AF483011

Rudolf Stratz

MADLENE
(Historischer Roman aus dem großen Bauernkrieg von 1525)

e-artnow 2018

August Sperl
Richiza (Mittelalter-Roman)

Julius Wolff
Der Raubgraf (Mittelalter-Roman): Spiel um Macht - Eine Geschichte aus dem Harzgau (Historischer Roman)

Levin Schücking
Der Kampf im Spessart (Historischer Roman)

Charles Sealsfield
Tokeah (Historischer Roman)

Julius Wolff
Das schwarze Weib (Historischer Roman aus dem Bauernkriege)

Charles Sealsfield
Der erste Amerikaner in Texas (Abenteuerroman)

James Fenimore Cooper
Der Bienenjäger (Wildwest-Abenteuerroman)

Charles Sealsfield
Romane und Geschichten aus dem Wilden Westen: Die Neue Welt Sammelband: Historische Romane und Essays: Tokeah oder die weiße Rose, ... Blockhaus, Grabesschuld, Das Kajütenbuch...

Johannes Scherr
Die Pilger der Wildnis (Ein Wildwestroman)

Hendrik Conscience
Der Löwe von Flander (Historischer Roman)

Rudolf Stratz

MADLENE (Historischer Roman aus dem großen Bauernkrieg von 1525)

e-artnow, 2018
Kontakt: info@e-artnow.org

ISBN 978-80-273-1701-1

Inhaltsverzeichnis

I

Da, wo in winterwelkem Dickicht die Waldecke bis an die Hochstraße vortrat, stürzten sich, aus ihrem Versteck herausfahrend, die Wölfe unter die Herde.

Fünf graue, blitzschnell in heiserem Belfern dahinfahrende Schatten, vor ihnen, wirr auseinander stiebend, das Gestrudel weißgelber, zottiger Schafpelze, deren fünf fast im selben Augenblick schon hilflos unter den Zähnen der Räuber zappelten.

Angstvoll kläffend, mit eingezogenem Schwanz, stand abseits der Schäferhund. Sein Herr, der greise, in Wald und Heide vertrocknete Hirte, war geflohen, dem Hügel zu, wo auf angstvoll schnarchenden und tanzenden Rossen die Edlen mit ihrem Gefolge hielten.

Ganz vorn ein kleiner, stämmiger Herr, verwegene Kampflust auf dem derben, vollbärtigen Antlitz, über das ein paar mächtige Augen trotzig und streitlustig wie die eines Bergstiers hinflammten. Daneben ein langer, hagerer Geselle mit dunklem Schnauzbart in dem gebräunten Raubvogelgesicht.

Hinter ihnen die Knappen, wildes, narbengeziertes Volk aus aller Herren Ländern in zerbeultem Eisenkleid, dem man Wind und Wetter und Nachtlager im Walde von weitem ansah.

»Helft, liebe Herren – helft!« schrie der Hirte im Heranlaufen.

Die Reiter hörten ihn nicht. Auf den scheuenden Gäulen hin und her geworfen, folgten sie johlend und jubelnd mit den Augen dem Einbruch der Wölfe.

In einer Reihe hintereinander zogen die jetzt wieder dem Walde zu, ein jeder seine Beute im Maule mit sich zerrend, ohne sich um den Lärm zu kümmern.

»Helft, lieber Herr – helft!« flehte der Hirte noch einmal und faßte, sich an das Pferd des blondbärtigen Ritters drängend, dessen rechte eisengepanzerte Hand, die starr und kalt wie von Stein auf dem Sattelknopf ruhte.

Der Ritter stieß ihn zurück und winkte, die Hand erhebend, dankbar den Wölfen nach. Übermütige Freude glänzte auf seinem Gesicht. »Glück zu, ihr lieben Gesellen!« jauchzte seine Donnerstimme – »Glück zu allerwege!«

»Glück zu!« schrien hinter ihm die Knechte und hämmerten mißtönend mit den Schwertscheiden gegen die Schilde. Und auf jedem dieser Schilde – der zurückspringende Hirte sah es erst jetzt – glänzte buntgemalt das Wappen des kleinen, breitschultrigen Edlen da vorn: der reißende Wolf, der eilfertig mit dem Lamm im Rachen abseits trabt!

»Wahrlich, Selbitz, das heißt ein gutes Zeichen!« frohlockte der Ritter – »nichts Lieberes konnt' mir diesen Abend werden –« und sich zum Schäfer wendend, fuhr er fort: »Wes ist die Herde?«

»Dem hochwürdigen Abte zu Lorsch!« erwiderte der Alte, und ein neuer Jubel brach in der Schar der Reiter los.

»Dem Pfaffen beim Weschnitztal?« Der Ritter lachte herzlich. »Grüße die Mönche von mir! Sprich: Es ist an dem, daß die schwarzen, die braunen und weißen Schafe geschoren werden! Der gemeine Mann ist aufgestanden in deutschen Landen. Allerorten im heiligen Reiche hängt der arme Konrad am Glockenstrang und läutet Sturm, reckt seinen Bundschuh an langer Stange auf und läßt das Zieroldgeschrei dahinfahren. Ist's so oder nicht?«

»Ja, Herr!« sprach der Schäfer finster. »Ich bin ein alter Mann und versteh' das neue Wesen nicht! Aber es ist auf dem ganzen Odenwald eine Rottierung von Sturmhaufen, gleichwie wann die Bienen stoßen. Und tun die Bauern ganz freudig – lassen sich hören, sie wollten den Pfalzgraf samt Bischöfen und Fürsten und wer ihnen mit reisigen Zügen beikäme, stracks erwürgen.«

Der Reitersmann ob ihm schlug lachend mit der Eisenfaust an sein Schwert und spornte das Roß zum Weitertraben. »Jetzt heißt's, sich in die Händel schicken! Ein Frommer vom Adel wischt nicht leicht unters Eis, solange ihm das Schwert zuhanden ist. Aber den Fürsten und Pfaffen soll die Weile nicht lang werden, wann ihnen die Bauern durch die Häuser laufen und ihren Mutwillen treiben!« Und noch einmal im Galopp sich im Sattel umwendend, rief er zurück: »Die Zeiten begeben sich geschwinde! Jetzt sind die Wölf' im Lande Meister! Und was nicht reißen und beißen kann, selbes muß Wolle lassen! Das melde dem Hochwürdigen in

Lorsch! Solch neue und heftige Zeitung schickt ihm der Pfaff' und Fürsten Freund – der Götz von Berlichingen auf dem Hornberg! – – –«

Gewaltig klangen und klagten, indes die Reisigen weiter über die Hochstraße dahinritten, von allüberallher die Glocken. Wenn der Frühlingssturm einen Augenblick damit einhielt, durch die schauernden Tannenwipfel zu rauschen, dann tönte es in wildem, eilfertigem Gebimmel durch die Luft. In blechernen Klängen hallte es von den Dorfkirchen, und in das zornige Gezeter zitterte angstvoll aus weltverlorenen Klöstern und hochgelegenen Schloßkapellen wie ein letzter Hilferuf das Abendläuten der untergehenden Sonne nach, während von dem fernen Heidelberg dumpf dröhnende Turmschläge herüberhallten.

»Die Bauern läuten einen bösen Sonntag ein,« murmelte Hans Selbitz, »und ich vermeine: es wird ihnen diesmal besser glücken, als wie sie vor Jahren den Bundschuh aufwarfen und den armen Konz!«

»Lieber,« sprach der Götz ehrlich, »wahr ist's: Es schweißt den Bauern der Zahn gewaltig nach der Beute! Aber ich bang mich vor ihnen nicht! Ist ein leichtfertig und ungeschickt Volk und läuft vor einem mannlichen Ritterzug als der Has' vor den Rüden.«

»Und doch heißt's,« meinte der Selbitz nachdenklich:

»Kein Messer niemals härter schiert, Denn wann der Bauer Meister wird!«

»Ei – es soll auch scheren!« lachte der Götz. »Aber nicht uns, Lieber – die Armen und Frommen vom Adel, die's mit den Bauern halten – sondern die großen Hansen, die Fürsten und Bischöfe. Wahrlich, die haben uns trefflich genug geschabt und gezwackt die Zeit – mögen nun zusehen, wie sie ohne den freien Ritter die aufrührerischen Gesellen bestehen!«

»Und ich mein' doch,« erwiderte der Selbitz hartnäckig, »wenn der gemeine Mann also überhand nimmt, so zahlen die Pfaffen die Morgensuppe, die Fürsten den Mittag und wir vom christlichen Adel das Nachtmahl –«

Der Götz war nachdenklich geworden und erwiderte nichts. Schweigend trabten sie weiter.

Auf der einsamen Hochstraße kam ihnen, in seinen dunklen Wettermantel gewickelt, auf abgezehrtem, müde stolperndem Rosse, ein Reitersmann entgegen. Ihm folgten keine Knappen. Nur ein halbwüchsiger Bube lief nebenher und schleppte Schild und Lanze. Das Kleid des fahrenden Gesellen war von Regengüssen vergilbt, von Dornen zerfetzt, und wenn der Wind es lüftete, glänzte verrostet und zerschrammt der geringe Harnisch. Ein Eisentopf ohne Federn und Zierat bedeckte sein Haupt. Darunter fielen lange schwarze Haarsträhnen auf das bartlose, hagere Gesicht. Wind und Wetter hatten dies trotzige Antlitz gebräunt, Not, Kampf und Leidenschaft tiefere Furchen darin gezogen, als den dreißig Jahren des Fremden anstand, und düster schauten aus ihm die dunklen Augen in die Weite.

Der Berlichinger schirmte im Näherreiten mit der Hand die Wimpern, als wollte er dem Bilde nicht trauen. »Ist er's, Selbitz?« sprach er zweifelnd. »Oder blendet mich die Sonne, daß ich da einen, der in des Pfalzgrafen Acht und Bann ist, mit leiblichen Augen nach Heidelberg reiten seh'?«

Auch der Selbitz war ungewiß. »Seid Ihr's, Schwager?« schrie er, sich im Sattel aufreckend. »Seid Ihr's, Felix von Trugenhoffen, oder nicht?«

»Ich bin der Felix Trugenhoffen!« erwiderte der Fremde gleichgültig und ritt heran. »Gott grüß Euch, Schwager Berlichingen – und Euch, Selbitz!«

»Von wo kommt Ihr?« fragte der Götz verblüfft.

»Vom Schweizerland. ›Was Sporen trägt, muß sterben!‹ haben die Bauern allerwärts geschrien. Bin ihnen aber doch entritten.«

»Und werdet um einen Kopf kürzer gemacht!« sprach der Götz. »Ihr seid doch landflüchtig, Lieber, wie die anderen Ritter, die vorm Jahre mit dem Sickingen wider die Fürsten und Bischöfe hielten!«

»Und Trughof, Euer Burgstall am Neckar, ist ausgebrannt bis auf die Mauern!« ergänzte der Selbitz. »Und in die Acht seid Ihr deklariert, Schwager, als offener, gemeiner Landfriedensbrecher?«

»Freilich.« Ein wildes Lächeln glitt über das Gesicht des Fremden. »Mir geht's, wie's Euch aller Tage gehen kann! Die Pöne des *crimen laesae majestatis* ist manchem widerfahren. Hat aber nicht viel gefehlt, so waren dem Sickingen vorm Jahr Kurhut und Kaiserkrone, und wir hätten, was uns not tut, ein einig Reich vom Adel!«

»Die Fürsten sind stärker!« Herr Götz wiegte nachdenklich das buschige Haupt. »Die vermaledeiten rheinischen Pfaffen. Mit der Mainzer Arkeley haben sie den großen Sickingen zu Tod geschossen auf dem Landstuhl...«

Der fahrende Geselle nickte. »Ja,« sagte er düster. »Ich war dabei, wie er ausgeatmet hat. Jetzt hab' ich unten bei den Schweizern meinen Freund, den Ulrich Hutten begraben. Sie gehen hin. Einer nach dem andern.«

»Wie soll sich ein ehrlicher Ritter halten?« Götz von Berlichingen seufzte. »Unten muckt der Bauer mit seinem armen Konrad, oben druckt der Fürst mit dem schwäbischen Bund. Wir Freie vom Adel aber stecken dazwischen wie der Fuchs im Eisen. Gott besser's!«

»Es wird nicht besser!« sagte der fremde Reitersmann. »Es geht zu Ende. Wir sind die letzten Ritter. Ein neues Wesen kommt in die Welt. Davor kann Sporn und Tartsche nicht bestehen. – ›Es ist eine Lust, zu leben!‹ hat der Hutten gerufen und ist doch Todes verfahren. So geht's uns allen. Unsere Sonne steht schon tief im Westen. Noch einmal blühen in unseren Zeitläuften die alten Geschlechter in Schwaben und Franken und tun sich freudig hervor. Aber die Nacht ist nah!«

»Nein!« Der Götz richtete sich hoffnungsvoll in den Bügeln auf. »Die großen Hansen mögen manch alt ehrlich Geschlecht unterducken und an den Bettelstab richten, wie sie Euren Burgstall in Steine gelegt und Euer Land genommen haben – aber unser Reuterei und Gewerb werden sie mit all ihrem widerwärtigen Praktizieren nicht abtun. Müssen doch nach langer Furie ablassen und ist der Torheit ein Ende!«

»Ach Götz!« sagte der andere. »Ihr wißt ja nicht, was ich meine. Es ist nicht mehr an dem, daß man aus einem liederlichen Schlößlein heraus sein Ärgernis und Reuterspiel treibt, sich die Kappen bis über die Nase zieht und vermummt hinter den Hecken reitet...«

Der von Berlichingen ließ ihn nicht ausreden. »Doch, Schwager!« rief er. »Es ist besser, hinter der Hecke handeln als davor! Ich hab' Euren Vater noch gekannt. Der hat Euch als Säugling nach Frankenbrauch Kohlen und Würfel in die Wiege gelegt, auf daß Ihr ein abenteuerlicher deutscher Ritter würdet.«

»Das bin ich geworden!« Der finstere Geselle lächelte. »...Bin auf und ab geritten, hab' mehr vom Leder gewonnen und gehandelt als mir lieb ist, aber ich meine doch: es hat ein Ende mit unserer Ritterschaft, und ich bin froh, daß ich meines Stammes und Namens Letzter bin, Schild und Helm hinter mir vergraben werden und alles mannlich Geschlecht der Trugenhoffer mit mir dahingeht.«

»Und wenn Ihr das meint, warum seid Ihr dann mit Gefahr Leibs und Lebens wieder hier?«

»Ich will's Euch nicht verhehlen,« sprach Ritter Felix. »Zu Wesen am Walensee ... da hab' ich einen verrittenen Bruder aus den Sickingenschen Händeln getroffen, Ihr kennt ihn: den Rennehart von Neudeck. Den hatten sie damals wie eine wilde Sau gefangen und nach Heilbronn in den Turm geschickt. War aber ausgekommen und zu den Eidgenossen geflohen. »Ei, Trugenhoffen, lebst du noch?« fragt er mich. »Daß dich Botz mag! Es geht die gemeine Rede, du seist längst tot. In einer schlechten Herberg' zu Basel von den Reisläufern erstochen.«

»Ich hab's auch gehört!« nickte der Götz.

»Frag' ich: wer läßt das Geschrei ausgehen? – spricht er: Die Heerdegen von Hirnsheim. – Ist's so?«

»Ja. Die drei Heerdegen wollen Euch nicht wohl, Felix, die wollen Euch übel.«

»Sommer die Feifel ja!« knurrte der Selbitz. »Ihr habt sie hart verdrossen und es ihrer Schwester, der Madlene, wie ein Nigromanta mit schwarzen Künsten angetan! War in dem armen kleinen Haus Hirnsheim Aufreitens und Heimwesens genug von Grafen und Herren. Die hätten aber lieber des Wasenmeisters Gäste sein können. Und wer die Madlene um Bescheid anging, hat sie sich vernehmen lassen: »Herr! Ihr habt schöne Rosse. Laßt sie mich auch mal von hinten schauen!«

»Das heißt,« ergänzte der Götz, »wie der karge Abt von Ursperg spricht:
Der Mist und die Gäst' Sind im Feld zum best'.

»Da haben die Brüder sich endlich in die Handlung geschlagen, haben eine sichere Botschaft vorgewiesen, Ihr seiet des Tods vergangen, zum alten Haufen hingefahren und davon. Sprach die Madlene: »So laßt mich in ein Kloster gehen. Da drin will ich bleiben!....«

»Sie haben's aber nicht gelitten?« fragte der fahrende Ritter rasch ....» .... wie ich berichtet bin!«

»Beim lausigen Wams von Dornheim – nein! Sie haben's nicht gelitten. Haben die Madlene in die Ehe gegeben, dem Wolframsteiner. Dem hält sie seit einem Vierteljahr Haus. Der könnt' ihr Vater sein.«

»Und hat sie doch genommen?«

»Ein alter, böser Kriegsmann!« Selbitz nickte anerkennend. »Ein bescheiter, listiger und geschwinder Herr, riesengroß und stark wie ein rechter Schwab, viel umgetrieben in allen Ländern und Meeren. Wenn solch ein reicher aufrechter Freiherr mit seinem ganzen lustigen Ritterzeug recht freundlich und popularis vor einem verfallenen Waldhaus aufreitet, wo sie des Sonntags frisch Wasser zu Brot und Rüben trinken, da hat er bald die Braut hinter sich im Sattel. Da haben sich ihre Brüder, die Heerdegen, nicht zweimal fragen lassen.«

»Was hat er denn gefragt?«

»Er hat gesagt: »Unter zweiundzwanzig Gräfinnen hab' ich die Wahl; aber ihrer fürbindigen Schöne wegen und über alle Maßen guten Zucht und Gebärden bitt' ich von Euch Jungfer Madlene, Eure Schwester, zur Hausfrau. Die hat mir so gut gefallen, daß ich sie ohne alles Heiratsgut übernehmen, ihr auch alle Kleidung geben will. Des zum Zeichen sollt Ihr sie mir in einem langen Hemd überantworten. So ist's dann auch geschehen, wie er's selbst begehrt hat!«

»Und ich bin also recht berichtet gewesen!« sagte Ritter Felix. »Ich dank' Euch, Schwager Hans!«

»Da seid Ihr der Madlene wegen gekommen?«

»Ihres Hausherrn wegen!« Der fahrende Geselle lachte hart auf. »Wenn sie nicht mein ist, soll sie keines andern sein! Den Wolframsteiner will ich bestehen, nicht im Schimpf, sondern im Ernst, und es ihm und den Heerdegen nicht für gut halten, daß sie uns so geäfft haben. Wann die Läufte wieder stiller geworden, scheidet er von der Erd' ab oder ich. Auf *den* Tag gehört er mir zu und soll mir den Vortanz lassen. Und sollt' ich auch mein Leben darum darzustrecken und verlieren!«

Der Götz lachte bei dem Gedanken an eine Fehde zwischen dem irrenden Reiter und dem reichen Herrn. Hans Selbitz aber wurde ärgerlich. »Es ist genug gegackert!« schrie er und zügelte, volle Ungeduld auf dem braungebeizten Geiergesicht, sein tänzelndes Pferd. »Mach voran, Götz! Die Nacht fällt ein, die Rosse sind müd; wir haben noch lange Reise bis zum Hornberg!«

»Kommt Ihr mit auf mein Haus, Schwager Felix?«

»Nein!«

»Alsdann .... viel selige Zeit, Schwager Felix!« Götz von Berlichingen hob, zum Abschied winkend, seine eiserne Hand. Krachend und rasselnd fuhr der Zug der Heckenreiter in die Tiefe.

Es dämmerte stark. Der Nachtwind strich mit herben Flügeln über die Höhen des Odenwaldes, daß die kahlen Bäume schauerten und welkes Laub über den weißdampfenden Boden hintanzte. Der Gaul wurde unruhig und schüttelte sich vor Frost. Aber der einsame Ritter achtete nicht darauf. Hochaufgerichtet schaute er finster in die Ferne, und es zuckte um seine Lippen. Hans Waldvogel, sein Junge, ein dunkeläugiges Bürschlein von vierzehn Jahren, das einst in einem welschen Tal der Schweiz von seinen Ziegen weg ihm zugelaufen war und seitdem wie ein Hund folgte, kauerte am Boden und schaute erwartungsvoll auf seinen Herrn.

Endlich besann er sich. »Bist müde, mein Bub'?« fragte er freundlich, »So steig auf den Baum da, daß du vor den Wölfen ohne Sorgen bist, und bind dich fest und schlafe und lauf mir morgen nach. Ich aber reite die Nacht durch, daß ich mit der Sonne in Heidelberg bin!«

II

Durch die Rheinebene hin trabte eilfertig ein junger Priester, verstörten Angesichts, in eine schwarze Kutte gehüllt. Hinter ihm, in ehrerbietigem Abstand, ein gewappneter Ritter und drei Knechte.

»Da sind die Türme von Heidelberg!« rief der Kanzler Dalberg. »Gnädiger Herr – in einer Viertelstunde sind wir bei Euer Gnaden Bruder, dem Pfalzgrafen.«

Bischof Georg von Speyer drehte sich um und schaute nach seinen Landen zurück, aus deren Mitte sich, hell im Morgensonnenschein emporgewölbt, der ehrwürdige Kaiserdom erhob. »Gott sei gepriesen!« keuchte er. »Die Gefahr ist vorbei! Wenn man so gemächlich reisen darf« – er wies nach vorn – »wie der Reiterzug da vor uns, so kann es hier um die Stadt Heidelberg mit der Bauern Stürmen noch nicht so heftig bestellt sein!«

Ein riesiger Recke ritt da auf hochbeinigem, goldbraunem Hengst, von einer langen Knappenreihe gefolgt. Über den kunstreich mit Gold und Silber getäfelten Harnisch wallte von dem verwetterten, grimmigen Gesicht ein langer, eisgrauer Bart herab. Darunter verschlangen sich zwei schlanke Hände. Dicht an ihn geschmiegt saß hinter ihm ein blondes, junges Weib im Sattel und schaute träumerisch nach rechts und links in das Saatengrün und Himmelblau und das Glitzern und Prangen des Frühlings.

Der stolze Kirchenfürst jagte, ohne die beiden anzuschauen, vorüber. Er scheute sich, erkannt zu werden als ein landflüchtiger Mann, der Hilfe suchend mit einer Handvoll Knechte dahinritt. Der andere Zug trabte hinterher.

»Lieber Herr!« sprach das junge Weib nach einer Weile. »Reitet nicht so geschwind! Es stößt mir das Herz ab!«

»Ei was!« Der Recke warf einen sorgenden Blick nach rechts und links und stieß dem Hengst die goldenen Sporen in die Flanken. »Halt dich fest! Wird dir nicht gleich das Herz verdrucken! Die Zeit tut not. Es begibt sich großer Lärm am Rhein, im Lande Schwaben und der Pfalz. Und wer sich auch nicht um des gemeinen Pöbels Murbeln kehrt, sieht doch: der Handel kommt allzu grob an den Tag!«

Das junge Weib klammerte sich fester an ihn an. »Man merkt's: Ihr seid kein Frauenmann!« stieß sie atemlos im Jagen hervor. »Setzet mich hinter Euch, haltet mich wie einen Beutepfennig aus dem Türkenkrieg und kümmert Euch nicht, ob ich auf laufendem Roß verzucken und vergehen muß. Ihr seid ein grober, rauher Mann! Was es für Gestalt um uns Weiber hat, darein werdet Ihr Euch nie schicken!«

Von hartem Zügelriß pariert fiel das Pferd in Schritt. Es dampfte, und sein Reiter blickte finster drein. »Du schöpfst dir trefflich ein Gemüt, Madlene!«

knurrte er, ohne sich umzuschauen. »Belferst tagaus, tagein wider deinen Herrn und Hauswirt...«

»Der ist's mit meinem willen nicht geworden! Das ist uns beiden nicht unbekannt.«

Jetzt wendete sich Herr Wolfgremlich doch im Sattel und schaute zornig unter buschigen Brauen in Madlenes vom Ritt erhitztes Gesicht, um das zerzaust die langen Locken spielten. »Wir sind ein paar Ehevolk,« gebot er leise und nachdrücklich, »...und bleiben's! Und sollst keinen anderen in Sinn und Gemüt haben, wenn ich dir gut bin.«

Sie lächelte müde. »Die Gedanken ...die fliegen als die Schwalben im Herbst! Die meinen gehen weit fort ...weiß selbst nicht, wohin ...kenn' das Land nicht; aber ich werd's einmal schauen, wenn Gott mir mein Stündlein rüstet. Des tröst' ich mich!«

»Und an wen denkst du dort?«

»An den, der schon hinüber ist! Den die Reisläufer in Basel erstochen haben in einer schlechten Herberge, Weil er tot ist, darf ich's sagen. Und ich möcht' auch tot sein und bei ihm!«

Der Hengst machte, von unvermutetem Sporenhieb getroffen, einen mächtigen Satz und wieherte zornig auf. Die Stimme des Freiherrn klang wie Bärengrollen. »Hab' ich's dir nicht verboten,« knirschte er, »an den verlorenen Gesellen zu denken?«

»Ich hab' nun einen seltsamen, unverträglichen Kopf!« Madlene schaute über seine Schulter hinweg in die Ferne. »Ich denke eben doch an ihn. Ich will Euch ja nicht betrügen und Euch kein Storchennest zeigen. Ich meine nur, der Allmächtige gibt einmal uns beiden die ewige Freud'. Es hilft ja keine Stärke, keine Geradigkeit! Es geht zu seiner Zeit alles dahin, wie der Rauch; letztlich nimmt uns der Tod gar hin!«

»Aber noch leben wir, Madlene, und ich bin der Sache nicht zufrieden! Ich weiß ja wohl: ich bin ein frommer grober alter Schwab' und in Weiberhändeln nicht so behend wie der Franzos, aber doch noch ein aufrechter, reuterischer Mann und empfang' ein bitteres Mißfallen an deinem Wesen! Ganz beschwerlich bist du ... ganz unleidentlich...«

»Ei – warum habt Ihr mich dann genommen?«

»Ja, warum?« Der Recke seufzte. »Deine Brüder waren langsam und liederlich in deinen Sachen, Madlene, haben's verabsäumt, dich zu verheiraten – ihrem Stamm und Namen wenig Ehre eingelegt. Da bin ich von ohngefähr dazugekommen, hab' dich gesehen und bei mir gedacht: eine christliche Hausfrau ist eine Gab', die sich ins Schwabenland fügt und einen Schwaben so wohl als eine schöne Straußfeder ziert! Es ist der Welt Lauf. Die Alten haben den Cupidinem mit verbundenen Augen, als ob er blind sei, gemalt!«

»Da haben die Heiden aber wohlgetan!« sagte Madlene. »Ich war auch blind!«

»...Daß du deinen Brüdern gehorcht hast und dich mir zuführen lassen – eine arme Jungfer und Waise ohn' alle Zugab' und Heiratsgut, ohne Aussteuer und Abfertigung und...«

»Fröle Annele von der Frölichsburg.« Madlene sprach mehr zu sich als zu dem Recken vor ihr. »...Die ist mit ihres Vaters Bäcken in die Fremde davongezogen und beide im Elend gestorben, der Gesell und sie. Gott helf' ihr! So will ich's nicht treiben. Ich will mich halten. Mein Gesell ist tot, kann mich nicht ins Übel führen. Aber eben darum muß ich an ihn denken mein Leben lang...«

»Nun aber wahr' dich,« – Herr Wolfgremlich ballte vor Zorn die Fäuste über den Zügeln – »oder es gibt rote Ohren und zerstrobeltes Haar!«

Aber Madlene erschrak nicht. »Es steht ein verschlossenes Klösterle oben im Odenwald,« sagte sie. »Da hab' ich hinein wollen und Mariä Leid tragen mein Leben lang, als eine gottesfürchtige und vielbetende Klosterfrau. So wär's recht gewesen und der Handel gut geschlichtet. Schau, da seid Ihr vors Haus geritten...«

»Und hab' dich weggenommen von deinen vollen, verspielten Brüdern, wie sie dagesessen haben in dem verfallenen Torstüble und mit ihren Ofenheizern und Buben gewürfelt und gesoffen, und hab' dich aus der Not herausgefischt und all dem Strudel...«

»Ja, Herr! Das habt Ihr! Aber ich dank's Euch nicht!«

»Halt' ich dich nicht gut und in Ehren?«

»Ja, Herr!«

»Hab' ich dir nicht zwei welsche Pfauen geschenkt, wie sie die Pfalzgräfin selber kaum hat?«

»Ja, Herr!«

»Ist nicht unser Haus so fest und schön wie keines und sitzen mir nicht dahinter die Bauern auf Stunden weit in Zins und Gülte?«

»Ja, Herr!«

»Und wenn wir heute in Heidelberg einreiten, Madlene, lass' ich dir ein Osterlamm zurichten, ganz artig mit Maienschmalz und Mandeln, hin und her vergoldet und mit den besten Farben angestrichen, daß das ganze Frauenzimmer vom Adel dich vor Neid scheel ansieht! Also was willst noch?«

Das junge Weib lächelte schmerzlich. »Lieber Herr,« sprach sie. »Ich bin solcher Sachen nicht zufrieden! Möcht' lieber mit Tod vergehen oder im Kloster liegen, als ein schönes Haus haben mit welschen Pfauen und einem güldenen Osterlamm. Das freut mich nicht!«

Jetzt konnte sich der Recke nicht mehr halten, »Wohl ufher in Teufels Namen, daß dich alle Plagen angangen!« brüllte er und setzte sein Pferd in Galopp. »Ich bin kein Dockemändle, daß du so zu mir sprichst! Sei froh, daß ich nicht mehr in meiner Jugend bin und ein wilder Herr. Sonst wollt' ich dich zerzausen wie einen Hasenbalg mit deinem Klösterle und dir die Kutten erschwingen, daß nicht viel Staubs darin bleibt! Jetzt aber imponiere ich dir Silentium, bis wir einheimisch kommen. Das merk dir wohl!«

»Wann Ihr mich nicht fragt, Herr, so bin ich still. Wann Ihr mich aber fragt, so sprech' ich, wie mir ums Herz ist, heut und morgen!«

Stumm ritten sie dahin, und schwere Seufzer wölbten die Brust des Recken.

»Warum hast du dich in die Ehe getan?« dachte er bei sich. »Es geht ein falscher Würfel in der Sache um, und was die Alten gesprochen, daß die Weiber lange Kleider tragen und kurzen Sinn – das bescheint sich mir jetzt. So viel bin ich herumvagiert und hab' meinen abenteuerlichen Kursum gehabt in allen Landen, und nun beißt mir auf meine alten Tage solch Jungfer mit List und Geschwindigkeit und über die Maßen schön in die Augen, daß ich mich aller Ruh' müßigen und entschlagen und in Angst und Nöten mit ihr haushalten muß!«

»Aber dir geschieht recht, wenn du auch als ein vernünftiger Schwab' nicht dergleichen tust und den Schmerz hinter dich druckst! ›Treib's, so geht's!‹ spricht der Kappler und spricht wohl!«

Seine Heftigkeit tat ihm leid. Er wandte sich reumütig im Sattel um. »Rat mir, Madlene!« sagte er halblaut, »was soll ich dir Liebes tun? Da lass' ich mich keine Kosten bedauern.«

Sie hatte die Augen voll Tränen, »Was kommst du zu mir um Rat?« fragte sie mit erstickter Stimme, »Wir beide sind nicht witzig, einander zu raten. Ich weiß nichts!«

Da sprengte er zornig weiter, und seine bärtigen Lippen seufzten aufs neue, »Wer kann ermessen, wie viel Sorg', Not und Unfrieden aus dem ehelichen Stand entspringt, und welch ein seltsamer Vogel ist es doch um einen weißen Raben, um einen schwarzen Schwanen und ein verständig Weib ...«

Ein wildes Getümmel wogte durch die engen Gassen der Neckarstadt. In flüchtendem Gedränge, als säße der arme Konrad schon hinten im Sattel, strömte es durch die verschanzten, von pfalzgräflichen Landsknechten bewachten Tore und ritt und karrte vom anderen Ufer über die Dachbrücke hinein. Auf dem Marktplatz, auf den vom Jettenbühl das feste, des Ausbaus wegen mit Erdhaufen und Gerüsten umkleidete Schloß und weiter oben die Hohenstaufenburg herabschauten, staute sich das Gedränge. Ein wirres Geschrei und Gelaufe erfüllte da die Wirtshäuser, die keinen Platz mehr für die Neuankommenden boten, so daß die geflohenen Amtmänner, die Schreiber und Keller ratlos davor mit den Ihren auf offener Gasse irrten und die Schilder musterten, die der vom Lande eingerittene Adel außen an der Schenke aufgehangen hatte.

Vor den Edelhöfen derer, die in Heidelberg einen eigenen Sitz besaßen, standen in langer Reihe die gepackten Wagen und Pferde und lagen, vom Volke begafft, die Truhen und die Weinfässer, die Betten und die Sättel, die Kornsäcke und Waffen auf dem Boden. Da hielt der Edle von Handschuchsheim, der seine nahe Wasserburg im Stich gelassen, und ihm gegenüber leitete von schweißdampfendem Pferde der Dynast von Hirschhorn, von Dienern und Mägden umdrängt, den Einzug in den Hirschhof, sein stattliches Haus. Vor seinem Münchhof saß fassungslos weinend der greise Zisterzienserabt von Schönau. Umsonst versuchten ihn die Brüder zu trösten, und verächtlich blickte, auf sein Schlachtschwert gelehnt, der finstere, streitbare, Abt von Maulbronn, dem ein Plattenpanzer den hageren Leib umfing und die weißen Haarsträhne unter dem Eisenhut hervor über die faltigen Züge quollen, zu der verstörten Gruppe hinab. Aus dem Gewühl der Knappen, der Bürger, der aus allen Waldklöstern herabgestiegenen Mönche leuchtete es wie von Schneeflocken um das Deutsche Haus her. Dort quartierten sich die aus ihrem Neckarreich verjagten Deutschherren eilfertig ein, schlaffe, unkriegerische Männer mit angstbleichen Zügen.

»Die Pest über die Pfaffen!« fluchte, aus seinem Hofe tretend, der Marschall von Habern zu einer Gruppe Edler. »Wahrlich, ein trefflicher Ordenskomtur – der Herr Dietrich von Klee! Kaum rottet sich der gemeine Mann zusammen, so läßt er ihm alles deutschherrliche Land, fährt mit den Rittern seines Wegs und gibt Haus Hornegg, das feste Schloß, das seit Römerzeiten steht, mit allem Gold und Kleinod und Urkunden in den Mutwillen der Bauern.«

»Das Wasser steigt allenthalben!« erwiderte kopfschüttelnd Hans Landschad von Steinach, der pfälzische Rat. »Es ist bei keinem mehr Rettung, als bei unserem Kurfürsten und dem schwäbischen Bund!«

»...und Gott allein ist's bekannt!« murmelte der grimme Junker von Affenstein und schaute gen Westen, da, wo über der Rheinebene in blauem Dunst die ferne Haardt verschwamm, an deren Abhang sein Stammsitz lag. »Gott allein ist's bekannt, wie weit noch die greuliche Gefahr und geschwinde Empörung durchs Reich fliegt!«

Herr Landschad und der Marschall von Habern blickten in finsteren Sorgen das Neckartal hinauf, wo dem reichen pfälzischen Rat ob Steinach seine vier Schlösser auf das Städtlein niederdräuten und dem Reiterobersten des Pfalzgrafen die Minneburg über sein weites Lehen hinwegsah.

»...›Das Übel frißt um sich wie eine ungestüme Flut! In Tirol sind alle Bösewichter auf!‹ schreibt der Hochwürdige aus Salzburg, und aus Frankfurt ist gestern einer gekommen und sprach: ›In Niederdeutschland sieht es allerdings übel aus! Aufruhr und Mutwille allerwege! Und sonderlich in Thüringen! Dort richtet ein verkehrter Mann zu Mühlhausen, Thomas Münzer geheißen, die fürnehmsten Praktiken der Sedition zuwege, und ein Aufruhr fließt aus dem anderen, wie eine vergiftet pestilenzische Luft, daß kein Entweichen davor möglich ist!‹«

»Gottlob, da sind wir am Löwen! Ihr, Wirt, schafft mir ein Kandel Wein, wir sind seit Tag und Tau im Sattel! Die Stadt hat ein böses Gesicht!« wandte sich der Wolframsteiner zu den Edlen. »Was lauft ihr alle, als sei der Bauer schon im Lande Meister? Ich hab' im Vorbeireiten durch die Gassen alle Edelhöfe voll gesehen! Die Venningen sind in ihr Haus eingekommen, die Sickingen, die Göler von Ravensburg, die von Botzheim und Wallbronn – ei, was weiß ich, wer alles! – Meine Frau und ich – wir fürchten den Bruder Bauer nicht und reiten unverzagt in unsere Burg!«

»Gott bewahr' Eure Burg und Euch vor den teuflischen Rotten!« sprach der Affensteiner. »Ich habe böse Zeitung vom hochwürdigsten Greiffenclau aus Trier. Das schändliche Übel des Aufruhrs ist auch über ihn gekommen –«

»Selbes ist mir nicht unbekannt!« unterbrach ihn der von Wolframstein. »Wir reiten ja vom Rheine her! Dort haben sich überall leichtfertige Burschen im Gespräch zusammen verpflichtet, neue Haufen aufzuwerfen, und an der Haardt wie im Elsaß sind die Bauern zusammengeloffen! Ei, ihr Herren, was habt ihr aber ein Schwert zur Seite hangen? Fahret unter sie, ehe es zu spät ist. Denn auf Ostern, geht die gemeine Rede, soll der Tanz begonnen und mit Mord, Brand, Nahm' und Raube Ritterschaft und Pfaffheit wacker begegnet werden!«

»Ihr redet, wie Ihr's versteht!« erwiderte der stattliche Marschall von Habern, »wer soll wider die Bauern zu Felde ziehen? Der Truchseß von Waldburg hat mir noch gestern geschrieben: ›Als des schwäbischen Bundes Feldhauptmann kann ich die aufrührerischen Gesellen nicht strafen, wenn mir von den Fürsten nicht eilends Hilfe wird!‹ Die aber vermögen's nicht, sondern haben's mit eigenem zu tun!«

Eine plötzliche Stille legte sich über den Marktplatz und ehrfurchtsvoll wich alles zurück.

Durch die Menschengasse ritt, von vielen Edlen gefolgt, ein junger Mann in goldbelegtem Harnisch und Seidenschaube heran. Beim Anblick des Wolframsteiners glitt ein Lächeln über sein leichtsinniges Gesicht. »Willkommen, Wolframstein! Lieber, Besonderer!« rief Pfalzgraf Ludwig. »Ihr kommt mir zu guter Stunde!«

Herr Wolfgremlich beugte sich im Sattel, »Was befehlen Euer Gnaden?«

»Wisset!« sagte der Kurfürst halblaut, »Wie übel und mutwillig sich der gemeine Mann überall verhält, ist Euch nicht unbemerkt geblieben. Und von Tag zu Tag zeigt uns Gott mehr seinen Ernst. Der Bischof von Würzburg ist auf dem Wege hierher, von den Bauern aus seinem Herzogtum Franken vertrieben, und nun meldet mir der Erzherzog Eugen, des Landes Württemberg Verweser, seine Bauern hätten überall am Neckar und im Odenwald angefangen zu rumoren, seien hinausgezogen, in Sinn und Meinung, ihren Landesfürsten und Herrn samt aller Ritterschaft zu erschlagen und zu erstechen. Da bittet er mich um Gottes willen, ich sollt' ihm Hilfe senden, nach Weinsberg, wo sich seine Ritter unter dem Grafen Helfenstein sammeln. Ich aber kann's nicht. Mir tun Mann und Pferd hier selbst not.«

»Und da, meinen Euer Gnaden, sollt' ich von meinem Hause nach Weinsberg reiten?«

»Des wär' ich von Herzen froh!« versetzte der Pfalzgraf und wies auf drei junge Edle, die höfisch geputzt, Haupthaar und Bart nach welscher Art gekräuselt, mit verwegenem Lächeln die Treppe des Goldenen Bären herabstiegen. »Ihr mit Euren Schwähern da, den drei Heerdegen, und Euren Reisigen seid ein stattlicher Ritterzug, an dem die zu Weinsberg meinen redlichen Willen erkennen. Und Euer Schloß ist fest genug, daß es indessen eine handvoll Knechte gegen die Bauern verwahrt!«

Der Wolframsteiner machte ein mißmutiges Gesicht. »Es ist keine Ehr' an dem schlechten Bauernvolk zu holen, Euer Gnaden!« sprach er, »und einem alten Kriegsmann ist solch leichtfertiges Gesindel ein recht dummer Feind. Mir will's nicht eingehen, daß ich mich nach Weinsberg heben soll. Bin nicht mehr lustig zum Kriegen! Hab' ein junges Weib. Die hütet ein verständiger Mann vor jungem Gesindel und hält sie unbeschrien!«

»Ein verständiger Mann traut seinem Weibe!« Sehr überzeugend klang die Stimme des liederlichen jungen Fürsten nicht.

»Ich trau', so weit ich schau'!« Der Blick des Freiherrn streifte flüchtig Madlene. »Ich bin bei Jahren. Manch junger Gesell ist vor mir Tods verfahren, hat mit der Haut bezahlt, in einer schlechten Herberg' drüben bei den Reisläufern oder anderswo. Aber solch flinker Gesellen vom Adel gibt es mehr!«

»Ei – das laßt Euch nicht verdrießen!« lachte der Pfalzgraf. »Jetzt ist nicht die Zeit dazu geschickt, in währender Bauernnot!«

»Es findet doch einer seinen Weg!« beharrte Herr Wolfgremlich. »Gleich ist er da, läuft auf dem Seil und scharmuziert im Frauenzimmer. Die Weiber wollen ja immer besondere Moden und Manier. Da muß es abenteurig zugehen. Dazu bin ich zu alt. Und sind solch Gäste zu erwarten, so tut ein freundlich Aufsehen und Aufpassen ganz wohl!«

»Also bleibt zu Haus!« sagte der Pfalzgraf achselzuckend. »Laßt Euch vom Küchenbub den Löffel bringen und tut Euren Schlaftrunk im Frauenzimmer. Was es unterdem für eine erschreckliche Gestalt da draußen hat, das darf Euch dann nicht scheren!«

»Doch, Euer Gnaden!« Des Freiherrn finstere Züge röteten sich im Unmut. »Der Bauern Aufruhr liegt mir schwer an, und ich bin kein hinkend Pfäffle, zieh' nicht die Hosen herab und lass' Schwarzwald und Feierabend sehen, wenn das Feindsgeschrei ausgeht. Was Ihr mich heißt, das tu' ich nicht gern, aber ich tu's. Will meine Frau wohl im Hause Wolframstein verwahren, daß kein Bauer seinen Grind hineinsteckt, und dann auf Weinsberg reiten, so rasch die Pferde laufen und ...«

Eine plötzliche Bewegung Madlenes ließ ihn verstummen. Als sei ihr ein Geist erschienen, starrte sie, im Sattel zurückfahrend, vor sich auf den Markt.

Ein fremder Ritter stand da neben seinem abgetriebenen, von Schmutz und Schweiß befleckten Gaul. In den verblichenen Wettermantel gehüllt, mit beiden Händen auf das rostige Schwert gestützt, schaute er sie unverwandt an, und ein wildes Lächeln lag über seinen bartlosen Zügen.

Ein Gemurmel und Gegrolle des Erstaunens lief über den Platz.

Der Kurfürst wandte sich zum Landschad. »Wer ist der Mann?«

»Ein landflüchtiger Ritter, Euer Gnaden!« sprach der pfälzische Rat. »Trug seinen Burgstall Trughof am Neckar von der Pfalz zu Lehen und hat sich in die Sickingenschen Händel eingelassen. Kam solcher Art in Acht und Bann und tat sich auf und davon in die Schweiz. Weiß nicht, was er seitdem getrieben. Meint', er sei schon tot!«

»Nun gedenk' ich's wohl!« Pfalzgraf Ludwig ließ sein Auge in strenger Prüfung auf dem Trughofer ruhen, »Was wollt Ihr hier, Ritter?«

Felix von Trugenhoffen hatte sein Schwert auf das Pflaster gelegt und trat vor den Landesherrn hin. »Meinen Herrn such' ich! Ich will Buße tun!«

Der Kurfürst runzelte die Stirn. »Wie lange seid Ihr landflüchtig?«

»Ein Jahr!«

»Und wo waret Ihr selbe Zeit?«

»Bin kreuz und quer dahingezogen!« sprach Ritter Felix gleichgültig. »Hab' in vieler Herren Ländern umsonst meine Fortune gesucht.«

»Man sieht's Euch an!« sagte der Pfalzgraf und schaute dem Trugenhoffer forschend in das abgezehrte, wettergebräunte Gesicht mit den großen, dunklen Augen.

Dem klugen Landschad entging die Wandlung in den Zügen des Pfalzgrafen nicht. »Herr,« sagte er, »das ist kein Quidam und gemeiner Reiter, sondern ein Guter vom Adel, wohlberedt und einschlägig, in allen Sätteln zu Schimpf und Ernst vor anderen zu brauchen!«

»Und wunderbar starken Leibes ist er,« pflichtete der von Affenstein bei. »Wisset, Habern, der Ritter steht Euch für drei Reisige im Feld!«

»Und uns tun Reisige wahrlich not!« murmelte der Marschall, ohne seinen Herrn anzuschauen.

Doch der Kurfürst hatte seinen Entschluß schon gefaßt. »Felix von Trugenhoffen,« sagte er rauh, »Ihr kommt zu guter Stunde, da vor der gemeinen Not alles andere schwindet. Euch ist verziehen! Seid mein Lehnsmann, wie zuvor!«

Ritter Felix hob sein Schwert auf. »Ich danke Euer Kurfürstlichen Gnaden! So nehm' ich den Burgstall Trughof wieder von Euch zu Lehen und schwöre Euch Treue und Gehorsam als ein Freier vom Adel!«

Pfalzgraf Ludwig neigte das Haupt. »Den Gehorsam könnt Ihr gleich bekunden. Der Wolframstein, der da vor Euch hält, der reitet mit seinen Schwähern und seinem reisigen Zeug noch vor Mittag gen Weinsberg, um Stadt und Burg vor Jäcklein Rohrbach und seinen aufrührerischen Buben bewahren zu helfen. Da mögt auch Ihr –«

»Nein, Herr!« Der von Trugenhoffen richtete sich finster auf. »Ich will nach Weinsberg reiten Tag und Nacht, wie Ihr befehlt, aber nicht mit dem Wolframsteiner!«

»Und warum nicht?«

Ritter Felix schwieg. An seiner Stelle nahm der Recke ihm gegenüber das Wort. »Daß es Seine Gnaden wissen!« höhnte er. »Nicht um Urfehd' zu schwören, ist der Trughöfer zurückgekommen und nicht, um sein geringes Burgstädlein wieder aufzurichten, sondern um Madlenes willen, meiner Hausfrau! Tut mir leid, daß er dasteht. Ich hab' nicht anders gewußt, als er sei längst abgestorben.«

»So war die gemeine Rede überall!« sprach der Affensteiner.

Ritter Felix lachte. »Ich bin von den Toten aufgestanden!« sagte er. »Hab' im Grab nicht können schlafen, dahin die Heerdegen mich haben stecken wollen, und gelogen in ihren Hals hinein ...«

»So waren wir berichtet!« schrie Hans Daniel. »Zu Basel in der Herberg'! ...«

»Jawohl, zu Basel in der Herberg',« sprach der fahrende Ritter. »Da saß einer vom Adel ...«

»... ein kleinfüger armer Mann ...« höhnte der Wolframsteiner, »trägt die Harfe im Wappen und sonst nichts ... ein schlechter Verdorbener vom Adel ... mit den Sickingenschen und aller Fürsten Feinden stets ein Kuchen und Eier ... nimmt noch einmal eine schimpfliche Kappe ...«

»Selber Geselle vom Adel,« fuhr Ritter Felix fort, »hat von dem Blasius Schmidt, einem alten fröhlichen Mann am Rhein, in der Herberg' gehört: Der Heerdegen Sach' steht der Gestalt und Gelegenheit nach wohl. Die haben ihre Schwester dem Wolframstein ins Haus gegeben, – sie hat wollen oder nicht, da war nicht viel Erbarmen, ob sie sich auch ganz übel gehub und befand, ihr sei der bittere Tod lieber als solch alter keinnutziger Schwab' vom Wolframstein, der all seine Zeit und Datum nur noch auf den Wein gestellt hat ...«

»Hol' mich der leibhaftig' Teufel im Himmel!« Herr Wolfgremlich brüllte los. »Ich will dir das Maul abhauen, du Lotterbub'!«

»Denn ihr Herz« – der Trugenhofer würdigte seinen Gegner keines Blicks, sondern schaute dem Pfalzgrafen fest ins Gesicht – »das hat an einem andern Herzen gehangen, einem edeln, kecken, gesunden Herzen, in starkem Leibe wohl verschlossen. Selb' Herz ist in mir übermächtig geworden. Da hab' ich zu mir gesprochen: Ich will mich so halten und herfürtun, daß mein Herr, der Pfalzgraf, meine untreuen Praktiken vergißt und ich wieder in ein Lehnsrecht und Verstand mit Seiner Gnade komm'!«

»Daß dich die Pestilenz ankomm', du Bösewicht!« schrie Hans Daniel, »... in dein böses ungezähmtes Maul hinein!«

»Dann aber will ich mir die Buben ersuchen, die ihre Schwester hinkuppeln, und den alten Guggelmann, der sie nimmt.« Des Trugenhofers Stimme bebte in verhaltener Wut. »Will sie erreiten und mein Schwert in sie stechen, daß sie racks vom Gaul fallen und tot sind...«

»Lieber Esel ... beiß mich nicht!« höhnte von hinten der junge Jörg Heinrich. Aber sein Gesicht war bleich.

»Und vordem will ich keinen Trost meines Lebens haben, eh' ich mich an Euch ritterlich gehalten hab' mit Hauen und Stechen und Euch herausgeklaubt hab' aus Euren Knechten und allein Troß, womit Ihr Euch verfaßt. Da will ich Euch einen Reuterdienst erweisen, davor Ihr Euch bedankt! Soll Euer letzter sein!«

Der Pfalzgraf gebot mit einer Handbewegung Schweigen. »Trugenhoffen!« sprach er. »Ich merk's: Ihr seid ein übler, unsinniger Mann. Die Hitz' verblendet Euch. Schickt Euch in Gottes willen. Wann die Heerdegen ihre Schwester einem andern zur Hausfrau gegeben haben, so ist der Handel aus und sie ist für Euch ab und tot!«

»Die Liebe ist nicht ab und tot!« sagte der Trugenhoffer. »Die war zwischen uns und bleibt!«

Er schaute Madlene an. Sie erwiderte seinen Blick nicht. Starr und reglos wie versteinert stand sie da und sah zum Himmel auf, an dem in eiligem Flug die Frühlingswölkchen hintrieben.

»Und darum, Herr!« hub Ritter Felix nach kurzer Weile wieder an, »steht der Handel so: Wann die Bachforelle bergabwärts schwimmt, will ich Frieden machen mit den Heerdegen von Hirnsheim, wann dort in der Ebene der Neckar umkehrt und in den Odenwald zurückfließt, dann reich' ich dem Wolframsteiner meine Hand. Und wann die Sonne dort über dem Rhein aufgeht und von der Haardt gen Osten läuft, zur Stund' lass' ich von Madlene, des Wolframsteiners Hausfrau. Doch vordem nicht!«

Der Lärm unterbrach ihn. Die Heerdegen drängten sich heran und in ausschnaubendem Grimme fuhr Herr Wolfgremlich an sein Schwert, »Wahr' dich, du Heckenreiter!« dröhnte seine tiefe Stimme. »Mein Zorn greift hart zu!«

Vor ihm am Boden klirrte es. Der Eisenhandschuh des Trugenhoffers lag da auf den Steinen. »Das gilt dir!« sprach Ritter Felix. »Dir und den Heerdegen von Hirnsheim! Wisset, ihr Herren, daß ich euch Feind sein will in ehrlicher Fehde, bei Tag und Nacht, auf Leben und Tod!«

»Hebt Euch von meinem Angesicht!« zürnte der Pfalzgraf. »Es frommt Euch wahrlich besser, wenn ich Euch verlorenen Gesellen nicht mehr seh'!«

»Ihr habt mich wieder zum Lehnsmann angenommen–« Der Ritter hob den Handschuh auf, trat auf sein Roß zu und schwang sich in den Sattel. »So will ich meiner Lehnspflicht walten und mich, so müd' der Gaul ist, nach Weinsberg auf den Weg tun und meine Fehde anstehen lassen! Wann aber der Mutwille der Bauern gestillt ist und Ordnung in deutschen Landen, dann treff' ich euch, Wolframstein und Heerdegen, mit der Schärfe des Schwertes! Euer Feind soll mein Freund sein, und was euch leid tut, tut mir wohl. Das wisset alle, ihr wohlgeboren, Edel, Streng und Ehrfest, ... gnädig Herren und guten Freunde!«

Er warf sein Roß herum und trabte die Gasse zur Neckarbrücke hinab. Die Hufe des Hengstes donnerten und von weither klangen und klagten im Frühlingssturm des armen Konrads mahnende Glocken.

III

Im dämmernden Saal saß Herr Wolfgremlich gestiefelt und gespornt am Eichentisch und löffelte mißmutig seine Morgensuppe. Madlene kauerte neben ihm und schnallte ihm mit geübten Händen die letzten Riemen am Panzer und Beinschienen fest, eifersüchtig überwacht von dem danebenstehenden Bastian Rebenkönig, des Wolframsteiners altem Reisigen, zu dessen Vorrechten vor der Zeit der Ehe das Wappnen und Rüsten seines Herrn gehört hatte.

Herr Wolfgremlich stand auf und wischte sich den Bart. »Es wird Zeit, nach Weinsberg auszureiten! Du, Rebenkönig, bewach mir mit den Knechten wohl mein Haus und lasse die Zugbrücke nicht ohne Not herunter! Sonst geschieht's wie in der Haardt,« er wandte sich zu Madlene, »wo die Bauern eine ehrliche Gräfin zu Westerburg, die zu Neu-Leiningen ihr Wesen hat, gezwungen haben, den ehrlosen Bösewichtern zu Tisch zu kochen und zu dienen!«

Madlene nickte nur stumm.

»Jawohl!« fuhr er fort, »solch stolzen hoffärtigen Gemüts sind schon die Abenteurer, bedünken sich, sie wären nun Meister im Lande! Aber wir wollen den Hochmut und Frevel der Bauernschaft schon dämpfen – botz schweiß sommer gele! – und ernstlich wider sie handeln!«

Er reckte sich und streckte die Arme aus, daß der Panzer klirrte. »Gern scheid' ich nicht von hier ab, Madlene; ich kann vom Kriegen und Reuten keinen Trost mehr gewinnen. Bin weit übern Mittag und sitz' jetztmals der Geiß so nah' auf dem Schwanz, daß ich schon schier herabfall' und zum alten Haufen fahre!«

Das junge Weib erwiderte nichts.

Der Recke musterte sie verstohlen und mit finsterem Gesicht. Dann gab er dem Rebenkönig einen Wink. »Geh und sag meinen Schwägern, es sei an dem! Wollen in den Bügel treten!«

Der Reisige zog die Tür hinter sich zu. Die beiden waren allein.

Herr Wolfgremlich ging schweren Schrittes auf und nieder, daß die Dielen unter seiner Eisenlast knarrten.

»Schwör mir's, Madlene!« sagte er plötzlich. »Laß mir keinen ins Haus, wann ich fort bin!«

Sie schüttelte den Kopf. »Ich weiß und getraue mir wohl, das Schloß zu erhalten! Wann sich die Bauern davor rucken, sollten sie den Hingang für den Hergang haben und eilends weichen *sans dire adieu!* Ich will ihnen eigentlich den Weg weisen, wie Ihr mich's gelehrt habt, daß sie merken: Wir sind nicht gewillt, in unserem Erb' turbiert, angefochten und des mit Gewalt entsetzt zu werden, sondern bei unserer Possession zu verbleiben!«

»Aber wann nun ein anderer kommt und ist kein Bauer.« Der Freiherr murmelte es beinahe, und seine dumpfe Stimme zitterte, »Wann der Trugenhoffen sich nun nicht nach Weinsberg gehoben hat gestern vom Heidelberger Marktplatz, sondern reitet unversehens hier am Hause vor ...«

»So bleibt das Haus verschlossen!« Madlenes Gesicht war hart wie Stein. »Ich bin Eure Hausfrau. Hab' Euch geschworen am Altar und will meiner Seelen Seligkeit nicht verlieren!«

»Des mag sich Hans Lulle getrösten, aber wir nicht!« sprach eine helle scharfe Stimme. Hans Daniel von Heerdegen trat mit seinen Brüdern ein, buntgefiederten Helms, mit blinkenden Spangen herausgeputzt, als ging's zum Fastnachtsstechen. »Ich hör' den verloffenen Gesellen schon da unten pochen und rufen ...«

»Er singt das Lied vom armen Ritter!« lachte Jörg Heinrich, und der dritte Bruder summte den Spottvers vor sich hin, so leise, daß kaum der Rebenkönig neben ihm es verstehen konnte:

»Katzen und Mäus', Flöh' und Läus', Angst und Sorgen Wecken mich allmorgen!«

»Selb Lied hättet singen sollen!« sagte Madlene kalt. »Drunten im Waldhaus. Da habt ihr beisammen gesessen in Dampf und Weinfeuchte und war Lieb' und Einigkeit unter euch Brüdern ein seltener Vogel. Und habt nichts gehabt auf der weiten Welt, was euer war. Nur eines. Mich habt ihr gehabt. Das war eure Hoffnung und Fortune, wie ein gut Roß oder Dorf und nicht anders habt ihr's an den reichsten Herrn verkauft und haltet euch nun trefflich mit Fisch und Fleisch, welschem Wein und damastnen Schauben. Ich aber dank's euch nicht!«

»Da bescheint sich's, wie ich's mein'!« sprach Hans Daniel gelassen. »Schwager ... ich rat's Euch ernstlich: laßt sie nicht allein! Laßt einen von uns bei ihr, daß nichts Ungeschicktes geschieht!«

»Es geschieht nichts Ungeschicktes!« Madlene schaute ihren Brüdern ruhig ins Gesicht ... »und einen Wächter brauch' ich nicht. Bin schon gefangen genug. Zieht ihr getrost wider die Bauern und verseht euch dort eurer Viktorie. Mich habt ihr ja schon dargestreckt und still und stumm gemacht bis auf die Sterbenszeit!«

Die Brüder sahen sich an. Es war ihnen beklommen zumut. Jörg Heinrich versuchte zu scherzen. »Ich furcht' mich vor den Bauern!« klagte er weinerlich. »Ich besorg', sie tun mir was zuleid. Mußt dann um uns weinen, Madlene!«

Sie schüttelte den Kopf. »Für euch wären meine Augen trocken!« sagte sie laut und langsam. »Ihr habt mir mein Leben genommen. Mögen andere eures nehmen. Da bin ich nicht davor und möchte keinen Finger rühren. Es ist eins wie's andere: Mir nicht zulieb und nicht zuleid. Ihr seid mir fremde Leute!«

Eine Weile herrschte dumpfe Stille. »Solch Art hat es also um unsere Schwester!« murmelte endlich Hans Daniel. »Wann freilich das eigene Geblüt einem den Tod an den Hals hängt, wie der Katze die Schellen...«

Ein rauher Baß unterbrach ihn. »Kommt!« gebot Herr Wolfgremlich finster. »Ich mag nichts mehr hören! Tut euch in den Sattel!«

Ohne Gruß stiegen sie die Treppe hinab in den Hof. Der alte Rebenkönig schaute ihnen unter der Pforte nach, wie sie längs der Hügel durch die weißdampfenden Nebel dahinritten.

»Wo solch ungereimte Sachen in einem Geschlecht vorfallen,« sagte er nachdenklich zu einem weißhaarigen Reisigen neben sich, »ist's ein gewisses Zeichen, daß es zugrunde geht oder doch am nächsten dort vorbei. Denn wo's solche Händel hat, das sind die Vorboten!«

Der andere nickte: »Wann ein Unfall über ein Geschlecht soll gehen, so geschieht's und ist mit einem Stück nicht ausgerichtet, sondern es folgt je eins zum andern...«

Als die Hähne krähten und die Sonne im Tau des Grases glitzerte, ward es unten im Dorf lebendig. Das zitterige Glöcklein ließ wie alle Tage bisher seine Sturmschläge vernehmen, zwei eintönige Schläge, die wie ein fortgesetztes »Bundschuh!« – »Bundschuh!« über die dampfenden Äcker, den im Frühwind rauschenden Wald dahinwanderten, und ein Schwarm mit Spießen und Knütteln bewehrter Bauern zog zum Schloß empor. Ihr Pfarrherr führte sie, ein stämmiger, älterer Mann mit gutmütigem, derbem Bauernkopf, auf dem eine Eisenkappe funkelte.

Vor dem hochragenden, von dreifacher Ringmauer und tiefem Graben umlaufenen Turm- und Giebelgewirr der grimmen Feste, die sich wie eine kleine, bis an die Zähne verschanzte Stadt den Berg hinauf wölbte, machte der Zug halt, in sorglicher Entfernung von den Armbrüsten der Knappen, die von den Torzinnen herabblinzelten.

Nur ein paar der Kecksten wagten sich noch näher heran und schlichen bis unter die Fenster des hinter den Türmen zum Himmel aufstrebenden, efeuumrankten Herrenhauses, über das hinaus, ein aus Riesenquadern gefügter unförmlicher Koloß, der Bergfried, sein Reich überschattete.

»Kumm, Teifel!« brüllte ein wüster Geselle. »Kumm! Hol alles, was im Schloß sei!«

Und wie das Zanken hungriger Wölfe, die wohl zur Winterszeit in feiger Mordgier den Edelsitz umkreisten, scholl das Gebelfer seiner Genossen: »Kumm herab, Wolframsteiner! Wir wollen dir den Bart herausraufen!«

Einer der Knappen legte einen Bolzen auf die, stählerne Armbrust und schoß. In Zickzacksätzen fuhr das Gesindel zurück, und der Pfeil zitterte ohnmächtig auf der Erde.

Herr Wolfgang Kirschenbeißer aber, der Pfarrherr zu Gottwoltshausen, trat unverzagt und waffenlos vor die noch herabgelassene Zugbrücke. »Meldet eurem Herrn, dem Freiherrn von Wolframstein«, rief er mit dröhnender Stimme: »Es ist der gemeinen, nunmehr versammelten Bauernschaft ernstlicher Will', Meinung und Befehl, daß er, der Ritter, in unsere christliche

Brüderschaft eintritt und noch bei heutigem Tage mit dreißig wohlgerüsteten Mann der göttlichen Gerechtigkeit Beistand tut – und wo das nicht geschieht, soll er wissen, unsicher zu sein Leib' und Lebens!«

Die Knappen erwiderten nichts. Innen im Schloßhof erklang eine helle, befehlende Stimme, und knarrend öffnete sich das Tor. Frau Madlene trat heraus, fröstelnd in einen Fuchspelz gewickelt, und ging auf den Pfarrherrn und die hinter ihm sich drängenden Bauern zu. Unwillig musterte sie die in finsterem Trotz zur Seite schauende Schar.

»Wen habt ihr für euren Redner aufgeworfen?« fragte sie kurz. »Etwa dich, Michel Heul, den bösesten Bauern, der hinter meinem Herrn sitzt, oder gar dich, Christa Kutter, du loser Schalksknecht, der ihm den Bart ausraufen möcht'? – Wann er von seinem Ritt nach Weinsberg wieder heim ist, kannst dich melden und es versuchen!«

Der Pfarrer reckte sich auf. »Ist unser gnädiger Herr nicht im Schlosse, so höret Ihr, Frau, unser Begehr!«

»Ei schau!« sagte Madlene. »Unser Pfaff' an der Spitze des leichtfertigen Volks! Hat sich eine Eisenkappe über die Ohren gezogen und dünkt sich fürwahr ein Reitersmann! Aber so ist's überall! Wer leitet den gemeinen Mann zum Aufruhr an? Ausgeloffene Mönche, abtretene böse Pfaffen, lutherische Buben – fressen Fleisch, wann Fastens ist!«

»Tut gemach, Frau!« wollte sie Wolfgang Kirschenbeißer unterbrechen, aber sie ließ sich nicht stören.

»Nun habt ihr's erreicht! Unruhe und Mutwillen allenthalben. Die Bauern gehen in die adligen Häuser, prassen und schlemmen am dicksten zu, lassen das Vöglein sorgen, halten redlich und männiglich kostfrei Spaß und Fraß!«

»Jetzt muß auch der Bauer Herr werden!« knurrte einer der Knüttelträger. »Gott will's!«

»Was Stab und Stangen tragen kann,« ergänzte Pfaff Kirschenbeißer, »das muß jetzt auf sein! Es tut not!«

»Treibt keine ungeschickten Worte!« gebot Madlene kurz. »Wie ich Euch hab' kommen sehen, hab' ich meinen Pelz umgetan und bin fürbaß gegangen, was also wollt Ihr?«

Der Pfarrherr holte ein dünnes Heftchen aus dem Chorrock. »Ihr hört's ja! Euch in die christliche Brüderschaft zwingen!«

»Mit dem Büchlein da?«

»Das sind die zehn gründlichen und rechten Artikel der freien Bauernschaft,« sprach der Kirschenbeißer bedächtig, »wie sie allerdings von Thüringen bis Tirol im Schwange sind! Ihr habt sie wohl verlesen und wisset, weswegen wir beschweret sind!«

Madlene nickte. »Mein Herr hat sie mit mir in gerechtem Unwillen verlesen! Der Böse haust in euch. Ihr wollt euch den Pfarrherrn selbst erwählen und kiesen und schätzet den kleinen Zehent für einen unziemlichen Zehent, den die Menschen erdichtet haben!«

»Und zum dritten«, rief Wolfgang Kirschenbeißer grimmig, »ist der Brauch bisher gewesen, daß man die Bauern für Eigenleut' gehalten hat, welches zum Erbarmen ist, angesehen, daß uns Christus alle mit seinem vergossenen kostbaren Blut erlöst und erkauft hat. Ihr aber schindet und schabt uns mit Scharwerk und Todfall und Fastnachthennen, als wolltet ihr viel Freud' und Mut an unserem blutenden Schweiße haben!«

»Das glaub' ich,« – Madlene zuckte die Achseln – »daß euch der Müßiggang besser behagt! Darum dünkt es euch in euren Teufelsartikeln unziemlich und unbrüderlich, daß ihr Fische im fließenden Wasser, Wildbret und Geflügel nicht fangen sollt! Darum beschwert ihr euch der Befolgung halber, wollt uns die schönen Wälder verwüsten, um eure Bettlersuppe zu kochen, und darum wollt ihr der Herrschaft keine Dienste mehr tun!«

»Die Herrschaft hat's verdient,« grollte der Pfarrherr, »und ihr Edelfrauen insbesonders! Ei, ihr hoffärtigen Geschöpfe, müssen euch die Bauern nicht mitten in der Ernte Schneckenhäuslein suchen, Garn darauf zu winden, und für euch Erdbeer, Kriesen und Schlehen gewinnen? Den Herren aber muß der Bauer werken bei gutem Wetter, sich selbst bei schlechtem, und über sein armes bißchen Saat läuft das Gejaid und die Hunde ohne Achtung einigen Schadens!«

»Pfarrherr,« sprach Madlene mitleidig, »so hat's Gott gewollt und ist's immer gewesen. Ihr werdet's nicht ändern. Aber meinet ja nicht, die vom Adel seien alte Weiber und schier tot, weil ihr einen neuen armen Konz machen wollt! Sie werden mit euch Bösewichtern übel umgehen!«

»Frau! Es ist nicht an dem!« ermahnte sie der Kirschenbeißer. »Die Bauernschaft stellt Euch ein freundliches Ersuchen!«

»Ich hab's verstanden,« erwiederte Madlene, »wie die Bauern über mich fallen wollen und mir das Meine nehmen! Welcher Schelm hat Euch die zehn Artikel geschrieben?« herrschte sie, dicht herantretend, den Pfarrer an. »Nun nimmt der gemeine Pöbel, der ohnedies lieber meisterlos als in Geboten lebt, die Artikel mit gierigem Herzen an, begibt sich auf Üppigkeit, Jubilieren und leichtfertig Wesen. Ihr aber, Pfaff' Kirschenbeißer, statt zu merken, was Euch Bischöfe, Äbt' und Prälaten in Christo raten –«

»Die Prälaten haben ihre Untertanen nicht als Schäflein geweidet,« schrie der Pfarrer, »sondern als Hunde geachtet! Die sind ritterbürtig und mit euch Edlen eines Sinnes und Stammes! Ich aber bin eines Bauern Sohn!«

»Und habt der Obrigkeit zu gehorchen!«

»Jawohl, die Obrigkeit!« schrie Herr Wolfgang, und zu den Bauern gewendet fuhr er fort: »Sie strecken den Gehorsam zu weit hinaus, machen ein gemaltes Männlein daraus, haben die Welt bisher gar damit geäfft, es höflich herausgemustert und geputzt. So man aber diesen Stichling im Grund ersucht, so ist er nichts denn ein verlarvter Strohputz! Gott mag in seiner Gerechtigkeit dies greuliche babylonische Gefängnis nicht gedulden, daß wir Armen also sollen vertrieben sein, ihre Wiesen abzumähen und zu hauen, den Flachs zu säen, zu raufen, zu riffeln, zu röseln, zu waschen, zu brechen und zu spinnen, Erbsen zu klauben, Mohren und Spargeln zu brechen! Hilf Gott, wo ist doch des Jammers je erhört worden! Sie schätzen und reißen den Armen das Mark aus den Beinen. Wo bleiben hier die Stecher und Renner, die Spieler und Bankettierer, die da völler sind denn die speienden Hunde? Wo bleiben hier die mit ihrem Handlehen und Hauptrecht? Ja, verflucht sei ihr Schandlehen und Raubrecht! Und daß sich ja keiner dawider rümpfe, oder gar flugs geht's mit ihm als mit einem verräterischen Buben ans Pflöcken und Vierteilen, da ist minder Erbarmen als mit einem tollen Hund! Hat ihnen Gott solche Gewalt gegeben? In welchem Kappenzipfel steht doch das geschrieben? Des Teufels Söldner sind sie, und Satanas ist ihr Hauptmann. Hinan, weit hinein mit diesen Moabs und Behemoths und weit hinweg. Das ist Gottes höchstes Gefallen!«

Der Pfarrherr schwieg atemlos, und dumpfes, wütendes Grollen lief durch die Reihen seiner Bauern.

Madlene war bleich geworden und wich einige Schritte zurück.

»Ihr nehmt euch also vor, im Aufruhr wider eure Herren und Fürsten zu leben?« fragte sie drohend.

»Das wollen wir!« sprach Herr Wolfgang, andächtig die Hände faltend. »Denn wie steht's bei Martin Luther geschrieben: ›Wenn du frei sein kannst, so gebrauche das doch viel lieber!‹ ›Jeder Edelmann soll nur eine Tür haben.‹ hat Florian Geyer, selbst ein Edelmann, sich vernehmen lassen, ›und die Mönche mögen hacken und reuten wie die Bauern‹. Wer wider den Stachel löckt, darf jetzt seine Seele Gott befehlen. Denn das neue Reich ist kommen!«

»Ei freilich!« lachte Madlene. »Es ist doch was Neues!‹ sprach der Teufel, da er die Buttermilch mit der Mistgabel fraß! Ihr werdet noch wünschen, daß der Wein wieder im Faß sei! Hilft aber dann nichts mehr! Ihr müßt hindurch!«

»Wir wollen hindurch!« Pfaff Kirschenbeißer sah feierlich zum Himmel auf.

»Und wenn euch jetzt der Kitzel sticht –« Madlene trat, sich in den Fuchspelz wickelnd, in die Torwölbung – »so vergesset nicht: es ist kein Spaßens mit der gottgewollten Obrigkeit! Ich lasse jetzt vor euch ungehorsamen Buben mein festes Haus zuschließen. Ob auch mein Herr nicht da ist, hat er doch genug wehrhaftes Volk darin gelassen, euch Tölpeln den Weg zu weisen, wann ihr wider die Mauern anlauft. Tut's not, so ruf' ich ihn aus Weinsberg heran. Dann aber, rat' ich euch freilich selbst, mögt ihr der Ohrfeig' nicht erst gewarten!«

Das Haupt hochmütig in den Nacken zurückgelegt, ging sie, ohne rechts und links zu schauen, in die Burg zurück, und in schwerem Klirren und Stöhnen schwankte die Zugbrücke in die Höhe.

Eitel Siegmund von Heerdegen, der mit seinen Brüdern neben dem Wolframsteiner daherritt, schüttelte sich im Sattel, daß der Panzer klirrte. »Mir läuft das Wasser nur so bei der Hitze vom Leib!« fluchte er.

»Wir sind bald in Weinsberg!« tröstete ihn freundlich sein Bruder Jörg. Hans Daniel aber warnte ihn.

»Tu deinen Harnisch nicht von dir! Die Schelme lassen unversehens aus dem Dickicht ihre Bolzen fliegen!«

Wolfgremlich drehte sich zu den Junkern um. »Roßmucken sind's!« entschied er. »Roßmucken sind solche Bauern! Summen und Webern umher, machen die Gäule scheu und können uns doch nicht durch unser festes Eisenhemd stechen und weh tun!«

»Ich wollt', sie kämen uns morgen in den Lauf!« meinte Hans Daniel.

Sein Bruder Eitel lachte: »Wirst sie schon vor Weinsberg sehen. Ihre drei Haufen wollen vor der Stadt in eins zusammenstoßen, der Jäcklein Rohrbach mit den Neckarwinzern, Jörg Metzler mit den Odenwälder Bauern und Florian Geyer mit seiner schwarzen Schar!«

»Das setzt einen lustigen Handel ab!« frohlockte Georg von Heerdegen.

Sein Schwager, der finstere Ritter, nickte. »Wir haben schon lang keine Sauhatz gehabt!« lachte er grimmig, und eiliger trabten die Edlen gen Weinsberg.

IV.

Was die Pferde laufen konnten, ging der Zug Herrn Konrads III., des flüchtenden Bischofs von Würzburg, durch das Neckartal. Ein wildes Gewimmel von gepanzerten Lehensrittern und schwertbewehrten Domherren, von Köchen, Dienern und Knappen, Karren voll Mönchen und Priestern, die, gedrängt wie die Raben auf dem Ast, beisammensaßen, Reliquienschreine und Altargerät in den Armen, bepackte Maultiere, Hunde und Troßvolk, das neben den Gäulen lief.

Inmitten der regellosen Schar der Kirchenfürst selbst. Zusammengebrochen saß der stolze, alte Herr auf seinem weißen Hengst, das vom purpurroten Barett gekrönte Haupt gesenkt, Kotspritzer auf dem blanken, mit goldenen Reifen gezierten Harnisch und dem scharlachfarbenen Waffenrock, den Krummstab schlaff in der Hand haltend.

Ritter Felix war zur Seite gewichen, um die wilde Jagd an sich vorbeibrausen zu lassen. »Ich mein', man soll dem Feind die Bäuche weisen und nicht den Rücken!« schrie er in das Geklirr der Panzer, das Wagengerassel und Hufgepolter hinein.

»Ihr redet wie Ihr's versteht, Ritter!« erwiderte ihm, in eiligem Vorbeireiten sich im Sattel wendend, ein Reisiger. »Das Gespenst fliegt weiter! Ganz Franken und Schwaben steht in hellen Flammen, wann es dämmert, geht die Rede, soll man heute im Neckartal und auf den Bergen hier die ersten feurigen Häuser sehen! Merkt auf, ob nicht auch Eures dabei ist!«

»An meinem Häuslein ist nichts mehr auszubrennen!« lachte Ritter Felix und ritt weiter. – –

Kurz vor Neckarzimmern hallte wie vom Himmel her dumpfes Pochen an sein Ohr. Dort oben auf schwindelnder Höhe verwahrte Herr Götz von Berlichingen emsig sein Schloß Hornberg. Hell hoben sich der schlanke hohe Bergfried, das Gewirr der kleineren Türme und zackengekrönten Mauern vom Blau des Himmels ab. Winzig klein erschienen vom Tal die geschäftig hin- und hereilenden Knechte und die im Sonnenschein blinkenden Panzer der Reiter, die ihre Rosse den Bergpfad auf- und niederzügelten.

Zwei wilde Gesellen auf mageren Bauernkleppern kamen, dicht an Ritter Felix vorbei, den Abhang hinab. »Der Götz muß unser Oberst werden!« sprach der eine finster. »Er mag wollen oder nicht. Die Bauernhauptleut', Fähndriche und Gewaltigen haben sich zusammengetan und ihn erwählt!«

»Er aber hat sich beschwert!« lachte der andere tückisch. »Hast nicht gehört, Müllerhänslein, wie er sich gewunden hat! Es wollt' ihm nicht gebühren! Sie sollten den Neuhauser nehmen, wär' geschickter dazu!«

»Potz Blitz!« sagte Müllerhänslein von Bieringen gleichmütig, »wir haben ihn itzt abgefangen! Hilft ihm nichts, wenn er noch so ein langschweifig Geschwätz macht! Er muß Oberster sein, oder wir schießen ihn vom Gaul!« – –

Nun ritt der Trugenhofer im Deutschordensstädtchen Gundelsheim ein.

Die Deutschherren waren allesamt geflohen. Wie in einem Bienenstock summte es vor den Portalen des Schlosses und strömte über die Zugbrücken und kehrte beutebeladen zurück. Die Gundelsheimer fegten den Deutschherren gründlich Küche, Keller und Kammer ihrer Feste aus, ehe sie die Pechkränze hineinwarfen. Da schleppten sich Bauern mit Getreidesäcken, dort trugen vier Kerle im Schweiß ihres Angesichts einen steinernen Wassertrog auf Stangen davon und zankten sich Weiber um die Chorhemden, aus denen sie sich Schürzen zu schneiden gedachten. Die zerrissenen Briefe und Urkunden des Rentamts bedeckten wie ein Schneegestöber den Hof, und im Keller stand schuhhoch der Wein, der den zerschlagenen Fässern entronnen war. Betrunkenes Volk stapfte und plätscherte bei Fackelschein in der goldigleuchtenden Flut, die den Raum mit betäubendem Dunst erfüllte, und beugte sich nieder, den Wein mit der Hand in den Mund zu schöpfen oder in Näpfen und Kesseln auf die Gasse zu tragen.

Dort scharte sich johlend und jubelnd das Volk, Weiber und Kinder, um die Brandmeister, die den Beuteschatz des Schlosses, Silber, Leinwand und Hausgerät, unter den armen Konrad verteilten, und gellend klang das Spottlied:

»Essen, Trinken, Schlafengan,
Kleider aus und Kleider an,
Ist die Arbeit, so die Deutschherrn han!«

Ernster aber ging es im Städtlein selbst zu. Dort rüsteten sich die wehrhaften Männer, um zu dem großen Heer der Odenwälder und Neckarbauern zu stoßen. Sie stellten sich in Reih' und Glied, sie hoben ihr Banner mit der aufgehenden Sonne und der Umschrift: »Wer frei will sein, der zieh' zu diesem Sonnenschein!« und von einem Stein herab, neben dem die Pechkessel und das Brandgerät zum Einäschern der Burg schon bereit lagen, predigte der Schweineheinz von Krebsbach den Aufruhr.

»Fahrt an, christliche Brüder!« gellte seine heisere Stimme. »Wetzet die Waffen! Dran, dran, dran, weil das Feuer heiß ist! Lasset euer Schwert nicht kalt werden von Blut! Schmiedet Pinkepank auf dem Amboß Nimrods. Stellet euch fürwahr männlich und werfet den Turm zu Boden! Fresset den Pfaffen das Köstlichste aus den Speisekammern und saufet den Wein aus Gelten und packet die Schmerbäuche alle beim Grind! Und lasset euch von den Junkern nicht mit Affenschmalz bestreichen, sondern rucket ihnen die festen Häuser herum und schreiet: ›Hier steht der arme Konrad mit Grund und Boden und sonst kein Herr!‹«

Weiter und weiter ritt Herr Felix den schmutzigen, vielgewundenen Pfad längs des Neckars dahin, zuweilen zum Schwerte greifend und sein Pferd spornend, wenn wiederum mit Trommelschlag und aufgerecktem Bundschuh, den Pfarrherrn an der Spitze, ein Bauernhaufe des Weges zog.

Schon senkte sich die Abenddämmerung hernieder, da machte er an einer Biegung halt. Dort, jenseits des brombeerumrankten Hügels, der an dem Fluß vorsprang, mußte sich, von steiler Felswand auf die blauen Neckarwellen niederschauend, erheben, was von Trughof noch übrig war.

Jawohl! Da ragte noch der Bergfried in das lichte Blau des Abendhimmels, ein brandgeschwärzter, unwirscher Geselle, um den sich, an zwei Stellen vom Bundesgeschütze niedergelegt, die Mantelmauer krümmte. Über ihr starrten einige verkohlte Sparren und Balken in die Luft. Mehr als das und ein Haufe von Schutt und Asche war von dem Wohnhaus, den Stallungen und Kammern nicht übriggeblieben. Auf den zersprungenen Ziegeln und Holzsplittern, den Steintrümmern der Mauer sproßte das junge Gras und webte seinen lichtgrünen Teppich über den Hof bis zu dem gähnend offenen Burgtor. Die schweren Eichenbohlen, die es einst schirmten, mochten wohl flußabwärts geschwommen sein, und in dem Lehmboden davor zeichneten sich die Spuren des Wildes ab, das vor Sturm und Regen in dem verlassenen Gemäuer seinen Unterschlupf suchte. Um den Bergfried schwärmten die Krähen. Drohend, als wollten sie den Gast verscheuchen, klang das Geschrei der dunklen Wolke, die über der Burg ihren allabendlichen Massenflug abhielt.

Ritter Felix hatte sein Roß in den Trümmern des Hauses angepflöckt, da, wo noch ein Stück des einstigen Stalles aufrecht stand und vor Nachtfrost und Wölfen Schutz bot, und mit seinem Dolche Futter von dem Grase geschnitten, das üppig genug in seiner Stammburg gedieh. Nun klomm er vorsichtig zu dem hoch über dem Boden gelegenen Eingang des Bergfrieds empor. Dort in dem dicken Gemäuer wollte er, den Himmel hoch über sich, die Nacht rasten.

Eine wilde, zornige Traurigkeit erfüllte ihn. Wie war das alles zerstört und verwüstet von denen, die stärker waren als er! Seit undenklichen Zeiten hatte sein Geschlecht hier gehaust, frei und kühn wie die Bergfalken, die hart daneben an der Steinwand nisteten, und wie alljährlich neue Falken aus ihrem Reisiggestrüpp auskrochen und schrillen Schreies über das Flußtal hin auf Raub strichen, so, schien es, sollte auf ewig die Sippe der Trugenhoffen vom ragenden Felsen herab auf Welt und Menschen niederschauen.

Und nun saß er, ein Bettler, als der letzte seines Stammes, in der zerstörten Burg...

Wovon sie wieder aufbauen? Und wenn es ihm gelang, was half's? Die neue Zeit war da. Stärker als die dickste Mauer war das Pulver, und gewaltiger als der Ahnen Lehre und Beispiel der tiefe, sehnsüchtige Drang da innen: Heraus aus den unwirtlichen, windumpfiffenen

Raubnestern! Lieber tot, als solch ein Leben voll endloser Fehden und Völlerei, Speere brechen, Herden wegtreiben und Wanderer brandschatzen – hin und her in deutschen Landen, – ohne Zweck und Ziel – bis der Tod die krausen Händel endet!

Aber wohin? Dem Fürsten am Hofe dienen als geschmeidiger Knecht? Nein, die Heerfolge stand einem Mann von freiem Adel an, nichts weiter! Den Kaufherren gleich werden und mit dem Ellenmaß den Samt messen ... Ritter Felix griff, wie um einen Schimpf abzuwehren, an sein Schwert. Oder als Pfaffe dem Himmel dienen und dem Weib entsagen? Der Trugenhoffer schaute trotzig, lächelnd auf den Neckar herab, und seine Lippen murmelten es wieder: »Wann der Neckar bergaufwärts fließt und über ihm die Sonne gen Osten läuft, zur selben Stunde will ich lassen von Madlene, meines Feindes Hausfrau!«

Kein Fürst, kein Pfaff, kein Bürger, dann – dann müßte ein Armer vom Adel zum Bauern werden, mit den Haufen wandern, die unzählbar wie die Bienenschwärme auf Tal und Höhen summten und die großen Herren landflüchtig aus Palästen und Abteien trieben!

Unten im Hofe regte sich etwas. Leise Schritte stapften über das Gras. Eine dunkle Gestalt hob sich im Dämmerlicht undeutlich ab. Der Ritter nahm sein Schwert zur Hand. »Wen sucht Ihr?« rief er aus dem Bergfried herab.

»Den Felix von Trugenhoffen,« klang halblaut die Stimme des Fremden dagegen.

»Woher wißt Ihr, daß er hier ist?«

»Ich hab' ihn in Gundelsheim gesehen, als ich mit Jäcklein Rohrbach, Uz Entenmaier und dem Flammenbäck beisammen war!«

»So seid Ihr ein Bauernhauptmann?«

»Das bin ich!«

»Seid Ihr ein Mann oder mehr?«

»Ein einziger Mann! Laßt mich zu Euch aufsteigen, Felix!«

»Wer seid Ihr, daß Ihr mich beim Namen nennt?«

»Einst Euer Freund und Bruder! Antonius Eysenhut, der Leutpriester zu Eppingen, jetzt des freien Kraichgauer Haufens Gewaltiger und Hauptmann!«

»Antonius Eysenhut!« Ritter Felix eilte herab und trat dem Fremden in dem Hof entgegen.

Ein hageres Schwärmerangesicht, von blondem Vollbart und langen blonden Haarsträhnen umrahmt, von dunkelblauen, fanatisch leuchtenden Augen überglüht, so stand der schmächtige Mann da und begrüßte mit hartem Händedruck den Freund. »So sehen wir uns wieder, Bruder Felix!« sprach er. »Zwei Gute von uraltem Adel, die als Buben in der Klosterschule von Kron' und Landen träumten, und nun du ein geachteter Heckenreiter, ich ein entlaufener Pfaffe, und doch reicher als meine Feinde zumal. Denn mein ist die Zukunft!«

Der von Trugenhoffen ließ sich neben dem anderen auf die Steintrümmer nieder. »Bist also auch in der Bauern Brüderschaft eingetreten?« fragte er finster.

Pfaff Eysenhut schaute ihm ins Gesicht. »Mondelang,« sprach er langsam und feierlich, »hab' ich in Wahrheit in großer Angst und Bekümmernis keinen Schlaf getan, bis daß das Wort des Herrn und, Martin Luthers, seines Knechtes, hell in mir erstand!«

»Ist schon mancher lutherische Geselle eines Hauptes kürzer geworden!« meinte Ritter Felix kopfschüttelnd.

»Seitdem sind wir, meine Brüder im Geiste und, ich, im Lande umgezogen, gleichwie die Krähen in der Luft, wohin uns Gottes Wille weist. Und sieh: das Samenkorn sproßt auf! Allenthalben klingt es: ›Brüder, es will sich der Bundschuh regen,‹ und sammeln sich die christlichen Haufen der Bauernschaft zum Kampf wider die Tyrannen!«

»Das Bauernvolk ist zum Kriege ungeschickt,« sprach der Ritter hochmütig. »Euer Kriegen tut kein gut! Euch tun die Herren wie der Herzog von Württemberg dem armen Konz. Der ließ ihnen die Köpfe weidlich abhauen!«

»Wie der Handel ausläuft,« – Pfaff Eysenhut schaute zum Himmel auf, an dem um die silberne Mondsichel die ersten Sterne flimmerten – »das weiß nur einer. Aber solches ist uns bekannt: die Bauernschaft will nimmer in die alten Fußstapfen treten, und ehe sie solches mehr tun wollen, ehe muß des Menschenblutes mehr verzehrt und vergossen werden als Wasser ist auf Erden.«

»Die Sach' schaut seltsam aus!« Felix schüttelte wieder das Haupt. »Ich bin ein Ritter. Mit den Rittern hab' ich mich unter dem Sickingen wider die Fürsten verbündet, was schiert mich der Bauersmann? Er ist ein Schelm und gemahnt mich, wenn's zum Kriegen geht, an die Zigeuner!«

»Du sollst aber mit uns gehen!« sprach Pfaff Eysenhut leise und eindringlich. »Darum bin ich dir nachgestiegen, so sehr mich die Zeit drängt, daß ich vom Bauernrat in Gundelsheim wieder über den Neckar zu meinen Kraichgauern komme. Wach auf, Felix, und schau um dich und werde der Geringsten einer zu Gottes Gefallen. Sein Wort ist in mir lebendig geworden! Das Feuer geht aus meinem Munde und erhellt die Finsternis, in der ihr Herren hinter Turm und Mauern lebt!«

Ritter Felix war aufgestanden und trat an die Mauerlücke. »Wird euch noch leid werden vor den Burgen –« meinte er, »mit dem liederlichen Gesindlein, das ihr an euch hängt!«

Antonius war ihm gefolgt. »Kennst noch die Warte auf dem Kraichgau?« fragte er.

»Hans Hippolyt Venningens festes Haus Steinberg? Ei – Bruder, wer sollte das prächtige, wohlgeschickte Schloß nicht kennen?«

Die Hand des anderen wies in die Ferne. Eine ungeheure Feuersäule stand da reglos wie eine Riesenfackel in der stillen Nachtluft. »Gestern bin ich mit meinem Gesindlein kommen,« sprach Pfaff Eysenhut, »habe den Steinberg eingenommen, von Grunde ausgefegt und mit ihm ein Lustfeuer und Schrecken gemacht im ganzen Kraichgau – und mir freudig vorgesetzt, weiter dermaßen zu handeln!«

»Und ich soll mittun – einer vom Adel?!« rief der Ritter grimmig.

»Mit den Hohenstaufen,« sprach Pfaff Eysenhut, »sind meine Altvordern so gut wider die Ungläubigen gezogen wie die deinen. Aber es hat ein Ende mit der Hoffart! Die Menschen werden gleich! Das tausendjährige Reich bricht an! Schau, wie die Burgen da und dort von den Höhen lodern. Das sind die Brandfackeln der neuen Zeit. Das arme, gemarterte und gekreuzigte Volk ist aufgestanden und feiert fürchterliche Ostern!«

»Noch seid ihr nicht Meister im Lande!« knirschte Ritter Felix.

Pfaff Eysenhut legte ihm die hagere Hand auf die Schulter und schaute ihm verzehrend ins Gesicht. »Komm zu den Bauern, Herzensbruder! Rette dein zeitliches und ewiges Heil! Jetzt erfüllt sich das Wort für die Mühsamen und Beladenen: ›Was du einem unter diesen meinen Geringsten getan‹, hat Martin Luther die Schrift verdeutscht, ›das hast du mir selbst getan!‹«

Ritter Felix nahm den Helm ab, ging zu einer nahen Pfütze, Wasser hineinzuschöpfen, und tränkte sein Pferd in den Mauertrümmern. »Ihr seid übel beraten!« sprach er zurückkehrend. »Die Klöster können sich freilich euer nicht erwehren. Aber der Rittersmann ist des Bauern Tod, wenn er geharnischt in ihre Haufen einreitet!«

»Komm zu den Bauern, Felix!« sprach Pfaff Eysenhut noch einmal in weichem, bittendem Ton.

Der von Trugenhoffen schüttelte das Haupt. »Der Pfalzgraf hat mich als Lehnsmann angenommen. Ich bin ihm Heeresfolge schuldig. Morgen abend bin ich, wie es sein Geheiß, bei den Kraichgauer Edlen in Weinsberg!«

»So bist du von Stund an mein Widersacher« – Antonius Eysenhut wandte sich zum Gehen, »und der christlichen Bauerngemeinschaft Feind und mußt dein Abenteuer darum bestehen! Morgen um diese Zeit ist rings um Weinsberg der Himmel rot von feurigen Burgen. Dann weise du deinen Freunden, wer also schaltet, und melde ihnen: Pfaff Eysenhut hat sich zu Gast geladen und schickt die schädlichen Häuser in Flammen zum Himmel!«

V.

Der Ostermorgen graute über dem Weinsberger Tal. Noch war es Halbdunkel. Feiner Reif bedeckte das hunderttausendfältige Gewimmel kahler Rebstöcke, die sich Hügelauf und hügelab stundenweit nach allen Seiten über das reiche Land hinzogen, und Nachtwolken hingen um die Weibertreu, das finster vom Bergkegel auf die Reichsstadt Weinsberg herabschauende uralte Welfenschloß.

Weinsberg selbst lag noch ganz im Dämmerlicht, mit seinen guten Mauern und Türmen, seinen wohlverschlossenen Toren des Feindes harrend. Über seinen spitzgiebeligen, den Abhang aufsteigenden Dächern glänzten sechs große bunte Lichtstreifen in Nacht und Nebel hinaus. Die Kirche, die, Städtchen und Schanzen überragend, mit ihrem Friedhof wie ein Bollwerk auf der höchsten Höhe stand, war zur Frühmesse hell erleuchtet, und zu den dünnen, zitterigen Tönen des Turmglöckchens knieten drinnen Bürger und Volk, davor auch Graf Helfenstein mit ein paar Edlen im Gebet.

Die meisten Ritter aber waren auf der Straße. Sie schlenderten eisenklirrend die engen Gassen auf und nieder, sahen nach den Pferden, die gesattelt und gerüstet in den Ställen harrten, und schauten wieder von den Mauern, wo Scharen von Mägden in Körben die ausgebrochenen Pflastersteine zur Verteidigung herbeitrugen, hinaus ins Land.

Aber da draußen regte sich nichts, war nichts Lebendes zu erblicken. Selbst das Sturmläuten, das die ganzen Tage unablässig geklungen, war seit dem Abend verstummt.

»Alle Dörfer in der Rund' stehen leer!« sprach Eberhard Sturmfeder zu Ritter Felix, der neben ihm an der Turmzinne des Untertors lehnte. »Es ist alles zu dem hellen Bauernhaufen gestoßen und nichts zu Hause geblieben als die Gockelhahnen, den Ostertag anzukrähen!«

Ritter Felix sah ihn an. »Ich wollte, wir schrieben Pfingsten statt Ostern«, sagte er halblaut. »Der Handel wird bös! Die Bauern rücken an, und wer weiß es, ob wir dies Osterfest überstehen!«

Die Junker im Kreise lachten dröhnend auf. So wunderlich erschien ihnen die Besorgnis des Genossen.

»Was ficht dich an, Felix?« fragte der Sturmfeder. »Bist doch sonst nicht kleinlaut, sondern von herzhaftem Gemüt, und läßt dich durch das leichte Völklein schrecken!«

Und ein anderer alter Reitersmann, Sebastian von Ow, setzte hinzu: »Ei – wie hat unlängst der bayrische Hauptmann Muckentaler seinem Herzog berichtet: ›Auf den Bergen liegt nichts als heilloses Gesindel, Diebsleute, Spieler, abgehauste Bauern, Musikanten, Vaganten, Pfannenflicker und Trotzbuben!‹ Daß sich Gott der armen Schlucker erbarm'!«

Unten klirrte es auf dem Pflaster. Die drei Heerdegen wandelten da in zierlichen Harnischen, wallende Federn auf dem Helm, gähnend auf und nieder.

»Wer förcht sich da, oben vor den Roßmucken?« höhnte einer herauf, und der Trugenhoffer wandte sich finster ab.

»Schaut doch nur der Bauern Gewaltige!« hub Sebastian von Ow wieder an. »Arme leere Buben sind ihre Kapitäne, die das Ihre böslich vertan haben, wie Thomas Groß, der Mordbrenner, den sie das Mantelkind heißen –«

»Und seine Vettern, die Reitzendorffer,« lachte der Edle von Sturmfeder, »lassen sich jetzt Hans und Christoph Bauer schelten statt ihrem ehrlichen Namen vom Adel –«

»Derlei hängt sich an den Jäcklein Rohrbach wie der Kot der Straße an den Absatz!« meinte Jörg von Kaltental. »Den Jäcklein aber kenn' ich. Das ist ein mutwilliger Bub', mit Worten und Geschäften aufrührerisch, hat stets auf dem Vogelfang und beim Wein gelegen –«

»Und war im ganzen Neckartal keine Schlichtung oder Zank« – ergänzte Sturmfeder, »der Jäcklein hat dabei sein müssen mit seinen Hilpartsgriffen! An solchen Fahndrichen erkennt man, wie das Bauernvolk im Feld zu schätzen ist!«

»Und Florian Geyer?« unterbrach ihn der Trugenhoffer finster. »Ist das auch ein armer Bub' oder ein schloßgesessener reicher Ritter? ...Ist das auch ein heilloser Kesselflicker oder ist er ein erfahrener Kriegsmann, der einst den Götzen von Berlichingen niedergeworfen hat? Der aber führt uns heute die Bauern über den Hals! Gott befohlen, lieben Schwäger! Ich geh' und höre die heilige Messe!«————

Aber in der Kirche fand Ritter Felix keine Ruhe. Denn vor ihm kniete, in dem Dämmerlicht der spärlichen flackernden Kerzen, doch an der Riesengestalt und dem lang wallenden, weißen Bart kenntlich, der Wolframsteiner, und bitterer Haß zog bei seinem Anblick durch des Trugenhoffens Brust. Er suchte sich zu sammeln. Umsonst, wie er auch beten mochte, die Züge der Heiligen hart neben dem Altar verwandelten sich vor seinen vom Dunst des Weihrauchs umschatteten Augen, Sie wurden herb und kalt. Ein spöttisches lächeln lief über sie hin. Die goldenen Locken blinkten, und statt der seligen sah der Ritter ein schönes Weib – ein Weib, das er in Haß und Not liebte. Er wandte den Blick zur Seite, um den Frauenkopf nicht mehr zu schauen. Eine schmale, mit Eisenstreifen benagelte Holztüre war da zu seiner Rechten, dicht an dem Aufgang zum Turme, in der Wand. »Wohin mag die Türe führen?« ging es ihm müßig durch den Kopf, und seufzend erkannte er, daß es für heute mit Sammlung und Gebet vorbei sei.

Eben wollte er aufstehen. Da klangen hoch von den Kirchenzinnen drei rasche, warnende Glockenschläge, und dumpfes, sich eilig näherndes Gemurmel kam von außen.

Die Kirchentüre ward aufgerissen, daß heller Morgenschein in das Gewölbe flutete. »Sie sind da!« schrie Hans Daniel von Heerdegen. »Sie ziehen von allen Seiten heran! Kommt, liebe Herren und Freunde! Der Helfensteiner erwartet uns auf dem Marktplatz!«——

Dort stand Ludwig Helferich Graf von Helfenstein, ein junger, wohlbeleibter Herr von achtundzwanzig Jahren, von Bürgern und Edlen umdrängt. Er sah bleich und aufgeregt aus. »Seid herzhaft, ihr lieben!« rief er über den Platz. »Ob auch die Bauern mit großer Furie kommen, laßt euch nicht schrecken! Ich hab' mich schon gestern mit den Reisigen aus Weinsberg getan, den ganzen Tag über ob ihnen im Neckartal gehalten und ihnen Abbruch getan, viele von ihnen haben wir so erstochen und beschädigt. Glaubt mir: sie wagen's nicht, das Städtlein zu berennen. Und tun sie's doch, so ist der pfälzische Ritterzug unterwegs und wird uns nicht in Nöten stecken lassen. Ich aber, der Graf, hab' Weib und Kind oben im Schloß verlassen, um mit euch den Kampf zu bestehen! So steigt in Gottes Namen auf die Mauer und fahret unsäuberlich mit den Schelmen. Es wird schon recht zugehen!«

Aber als die Edlen mit ihren Reisigen und den Bürgern auf Turm und Zinne standen, schauten sie sich stumm und finster an ob des bösen Schauspiels, das sich ihren Augen entrollte.

Es schien, als seien die braunen Rebenhügel ringsum lebendig geworden und zitterten und wogten in immer neuen Flutwellen wider die Mauern von Weinsberg. Graubraun, eintönig, unendlich wie die verdorrte Erde, aus der sie zu werden und zu wachsen schienen, wanderte das Gewimmel der Bauern von allen Seiten heran. In tausendköpfigen, farblosen Fluten ergoß es sich in die Talgründe und stieg langsam wieder die Rebenhänge empor, näher und immer näher, wie eine unaufhaltsame, blindlings vorwärts getriebene Naturgewalt. Ein dumpfes, undeutliches Brausen zog vor ihnen her, wie das Rauschen eines mächtigen, alles überflutenden Stromes, und unermüdlich klang dazu das Gerassel der Sturmtrommeln, nach deren Takt die groben Bastschuhe beinahe lautos zwischen den Rebenpfählen Schritt für Schritt die schweigende Wetterwolke herantrugen.

Da und dort schwankte über dem Sturmgewölk auf langer Stange der Bundschuh. Aus dem Gewirr der schräg durcheinander starrenden Musketen, Hellebarden und Dreschflegel nickte das Bettlerzeichen grimmig den Edlen in Weinsberg zu und blähten sich im Morgenwind die grellen, nie geschauten Kriegsbanner der einzelnen Haufen.

Ein paar hundert Schritt vor der Stadt machten die Vordersten halt. Man konnte deutlich die bärtigen Gesichter der Winzer und Waldbauern, die Gestalten der Anführer erkennen. Zahlreiche Dorfpfarrer in Helm und Panzer, vereinzelte Ritter mit geschlossenem Visier auf wohlgerüstetem Roß, marktschreierisch gekleidete Wirte und Bauernburschen an der Spitze ihrer Schar. Zwei Herolde lösten sich aus den unruhig durcheinander webenden Schwärmen, hinter denen noch immer neue über Tal und Hügel in regellosen Massen sich nachschoben. Einen Hut an einer Stange schwenkend, traten sie als Parlamentäre vor das Tor.

»Eröffnet Stadt und Schloß dem hellen christlichen Haufen Odenwalds und Neckartals!« schrie stehenbleibend der eine zur Mauer hinauf, »Wo nicht, bitten wir um Jesu willen, tut Weib und Kind hinaus. Denn beide, Schloß und Stadt, werden dann den evangelischen Brüdern zum Stürmen übergeben und alsdann niemand geschont!«

Vom Turm des Untertores blitzte es auf. Ein Krach erscholl, und blutend wälzte sich einer der Unterhändler am Boden, indes der andere entlief. »Wir wollen euch willkommen heißen, daß die rote Suppe nachläuft, ihr christlichen Brüder!« höhnte, die rauchende Muskete absetzend, Wolfgremlich von Wolframstein mit seiner dumpfen Bärenstimme. »Ihr wollt uns wohl schrecken und meinet, wir hätten von Hasen das Herz!« Und zu den Edlen lachte er: »Nun merket den armen Konrad, wenn man ihm den Ernst zuwendet!«

Wie ein vom Stocke aufgerührter Ameisenhaufen wirrte es nach dem Schuß in dem Bauernheer durcheinander. Ein wildes, tausendstimmig anschwellendes Getöse klang über das freie Feld, was es bedeutete, ob Schrecken, ob Zorn, war nicht zu erkennen.

»Seht da!« schrie der von Ow und sprang unwillkürlich zurück.

In Schritt und Tritt, geordnet und gewappnet wie ausgesuchte, kriegserprobte Landsknechte, trennte sich ein mächtiger Haufen vom Bauernheer ab und zog in eiligem Marsch nach links gegen die Burg heran. Über ihm wehte, als einziges Feldzeichen, ein nachtschwarzes Banner. Ein Ritter, von Kopf zu Fuß schwarz gepanzert, ritt der schwarzen Schar voran über das Feld.

»Florian Geyer!« lief ein verstörtes Gemurmel über den Mauerkranz. »Schaut, Liebe, wie hat er seine Bauern gedrillt und zum Kriege geschickt gemacht! Die frommen Knechte des Frundsberg rücken nicht trefflicher in die Schlacht! Gott gnad' dem Schloß und was darin ist!«

»Laßt euch nicht schrecken!« schrie der Wolframsteiner und strich sich den weißen Bart. »Sind doch nur schlechte Bauern! Kommen mit aufgereckten Bannern vor uns angerückt, lassen die Fetzen fliegen und sich beschauen – aber zum Sturmlauf mangelt ihnen das Herz!«

Eine unheimliche Bewegung zitterte durch das Bauernheer. An Stelle des bisherigen Summens und Brausens trat tiefe Stille.

»Da reitet der Jäcklein Rohrbach vor!« flüsterte hinter den Edlen mit angsterstickter Stimme der Bürgermeister von Weinsberg. »Der wüste Bub' mit dem Galgengesicht. Und die Hexe neben ihm – das ist die schwarze Hofmännin – sie segnet die Bauern zur Schlacht!«

In plötzlichem Donner hallten dort drüben Tausende von heiseren Stimmen zusammen. Die braunen Menschenwände, die den Hügelrand eingesäumt, setzten sich wie von einer unsichtbaren Hand fortgerissen in Bewegung. Wie eine Sturmflut rollte es in betäubendem, immer wütender aufsteigendem Geheul von allen Seiten gegen die Stadt, ein Gehaste und Gerenne von ineinander strudelnden, vorwärts – nur vorwärts drängenden Schwärmen, Bundschuh und Banner schräg wie zum Sturme geneigt über den im Hellebardenschein und Helmglanz blinkenden wogen, ein Branden und Tosen, ein Aufprallen und Hin- und Herfluten längs der grauen, alten Reichsstadt, die sich inselgleich über das Meer der Schlacht erhob, von ihren Zinnen blitzte und bollerte es, und jeder Schuß streckte in den dichten Massen unten einen Bauern nieder. Aber die anderen achteten es nicht, von zwanzig, dreißig schwieligen Fäusten geschwungen donnerte der Sturmbock gegen das Untertor, und in sein furchtbares Anpochen hallten Schmettern und Krachen der Äxte zu beiden Seiten und der gellende Ruf: »Hinein! Hinein! Die Ritter müssen sterben!«

»Habt ihr's gehört – die Ritter!« schrie eine angsterfüllte Stimme vom Wall. »Uns Bürgern tun sie nichts!«

»Ihr Bürger sollt beim Leben bleiben!« brüllte es unten aus dem Gewühl der Stürmenden. »Geht in eure Häuser! Die Ritter müssen sterben!« Und in verdoppelter Wucht polterte es wider das wankende Tor.

Ein Bürger sprang vom Wall herab. »Laßt sie in der Brühe stecken!« schrie er. »Rettet euch! Am Obertor steigen sie schon ein!«

Die anderen Bütger schwankten. Der eine hob seinen Hut auf einer Stange hock und trat vor. »Friede für alle!« rief er. »Friede – ihr Brüder Bauern!«

Ein wildes Gelächter antwortete unten. Zerschossen flog der Hut zu Boden, und ringsum leerten sich die Mauern.

Den fliehenden Gruppen kam, in donnerndem Galopp über das Pflaster fegend, der Graf Helfenstein entgegen. »Wo sind meine frommen Bürger?« schrie er verzweifelt.

»Die Bürgerwachen –?« Wolfgremlich von Wolframstein rasselte eilends mit den Edlen vom Turm herunter. »Die halten als die stummen Hunde das Gewehr in die Höhe! Wir müssen fort! Das Tor ist nicht zu halten!«

»Auf den Markt! Auf den Markt!« Die Edlen drängten sich in der engen Gasse. »Dort stehen die Pferde, daß wir uns auf ihnen ins Schloß retten!«

Graf Helfenstein war voraus auf den Markt gejagt. Da schwankte er plötzlich, wie schwer getroffen, im Sattel, ein gurgelnder Ton klang aus seinem Munde, und die gepanzerte Rechte wies, sich zusammenkrallend, nach der Burg.

Auf dieser wehte hoch oben am Wartturm die schwarze Fahne, und alles lebte und webte auf Wällen und Schanzen von jubelnden Bauern.

»Die Geyerschen sind der Burg Meister!« Herr Wolfgremlich faltete die Hände. »Nun sei uns Gott vor!«

»Wohin? Wohin?« Zu Fuß und Roß tummelten sich regellos Ritter und Reisige auf dem Markt. »Ihr Herren – es geht um Hals und Leben!«

Schon senkten sich unten die Torflügel, wildes Triumphgeschrei begleitete das rastlose Donnern des Rammbocks, das prasseln der Äxte draußen, vom Spital her lief ein Schwarm Gewappneter, so rasch es das schwere Eisenkleid erlaubte. »Flieht! Flieht!« schrien sie. »Die Bettler im Siechenhaus helfen den Bauern über die Mauer!«

Jawohl – da kauerten oben auf dem Mauerkranz die abgemergelten, verfallenen Leiber der Spitalpfründner, wie Gespenster ritten die Jammergestalten auf der Zinne und grinsten und drohten, als wollten sie ein langes Leben voll Elend und Not in dieser Stunde rächen, zähnefletschend zu den breitschulterigen Edlen unten in die Tiefe.

Und schon hob sich da und dort zwischen ihnen ein struppiger Bauernkopf empor und stierte mit verwilderten Augen in die Gassen hinab. Andere folgten. Die ganze Mauer bedeckte sich mit den ungelenken Leibes heraufkletternden Gesellen. In ihr Geschrei mischte sich vom Untertor ein letzter donnernder Krach. Aus ihren fußlangen Eisenzapfen gerannt, schwankten die dicken, schon halb zerhauenen Torflügel noch einen Augenblick und schlugen dann auf das Pflaster, daß der Boden dröhnte und der Staub in Wolken aufstieg.

Und über sie hin flutete, wie ein angestauter Wildbach alles vor sich niederreißend und mitschwemmend, der Bauernstrom in die Stadt, und zu gleicher Zeit ergossen sich durch drei andere Tore die Sturmhaufen über Gassen und Plätze.

»Wo sind die Ritter?« hallte es in wütendem Geschrei, »Wo ist der Helfensteiner? Er muß sterben, und wenn er von Gold wäre!« – –

Auf dem Markte deuteten durch den betäubenden Lärm Herr Wolfgremlich und Graf Helfenstein nach der über ihnen sich türmenden Kirche. »In die Kirche – in die Kirche! Das ist der letzte Ort, wo wir dem Bauer widerstehen können!«

Die Pferde im Stiche lassend, klommen die Scharen der Edlen eilends den steilen Weg zum Gotteshaus hinan. Dicht hinter ihnen streckten sich schon die Hellebarden der Bauern und klang der Schlachtruf: »Bleibt stehen, ihr Herren! Der arme Konrad will sich von euch die Ostereier holen!«

VI.

An der oberen Kirchhofspforte krachten bereits die Beile der vom Schloß herabstürmenden schwarzen Schar, und an der Innenseite half ein Haufe Weinsberger Gesellen mit Axt und Hammer weidlich nach. Wohl stoben sie erschreckt auseinander, als sich der Gottesacker ringsum mit den keuchend und klirrend vom Städtchen heraufklimmenden Eisenmassen der Ritter und Reisigen füllte – aber zur Hälfte war die Arbeit schon getan, der Einlaß zum Friedhof gebrochen.

»Verrammelt die Kirchentür!« keuchte Graf Helfenstein den anderen zu. »Wir müssen die Schnecke hinauf uns in den Turm retten! Sonst können wir alle nicht anders als uns des Tods getrösten!«

Hastig drängten sich hinter ihm die Edlen in das Gotteshaus und verrammelten es, die Wucht ihrer Panzerleiber dagegen pressend, während die obere Pforte aufkrachte und in wilden Sprüngen die Knechte der schwarzen Schar über die Grabsteine hin gegen die Ritter anflogen, die nicht mehr die Kirche hatten erreichen können.

Rings um die Kirche zogen sich die steinernen Wappentafeln der darunter beigesetzten Adelsgeschlechter.

Hier, an der Stelle, wo ihre Ahnen ruhten, ihr eingemeißeltes Stammeszeichen als Rückhalt, den Feind im Auge, fielen die Edlen im ungleichen Kampf. Sebastian von Ow, Eberhard von Sturmfeder sanken mit ihren Genossen unter den Schlägen der Bauern, und ihr Blut dampfte über die Grabplatten.

Innen in der Kirche hallte indes das Gewölbe von den Sturmschlägen der Bauern, dem Waffengerassel der Ritter, die sich aneinandergepreßt die steile, vielgewundene Steinschnecke zum Turm hinaufarbeiteten. Die Treppe war so schmal und niedrig, daß sich ein einzelner Mann nur mit Mühe durchzwängen konnte; dichte Finsternis hüllte sie ein und hemmte den langen, in ungeduldigem Zucken und Zittern, schuppenklirrend, wie eine fliehende Schlange durch den engen Unterschlupf sich emporwindenden Zug.

Ritter Felix stand mitten in der Kirche, das Schwert in der Hand, vor ihm drängten sich am Treppenaufgang zur Schnecke die Reisigen und mahnten fluchend und brüllend die schon im Turme Befindlichen zur Eile.

»Das sieht übel aus!« ging es ihm durch den Sinn. »Dort oben sind wir ja gefangen wie der Fuchs im Eisen! Und bleibt man unten, so ist der Tod gewiß!«

Der Tod, der ungeduldig an die wankende Kirchentüre hämmerte. Der Trugenhöfer blickte umher, und plötzlich fiel sein Auge wieder auf die schmale, mit Eisenbändern beschlagene Pforte, auf der vorhin in so rätselhaftem Lächeln die Augen der heiligen Magdalene geruht.

Mit raschein Entschluß stieß er die Tür auf. Ein Gang von zehn, zwölf Stufen führte in eine kleine, halbdunkle Gruft hinab, in der zwei Steinsärge sich im Dämmerlicht schattenhaft abhoben.

Irgend ein Wohltäter der Kirche mochte da begraben sein. Der ruhte da nun still und friedlich, das Ehegemahl neben sich, im ewigen Schlaf und ließ sich nicht erwecken, wenn die Bauern in das Verlies herniederstiegen und über seinem Grabe den Ritter Felix von Trugenhoffen erschlugen.

»Wahrlich – besser schon im Grabe zu liegen, als so zu enden!« murmelte der Trugenhöfer vor sich hin. Aber fast zugleich lief ein leises Lachen über sein Gesicht. Es war ihm ein Gedanke gekommen.

»Tut mir leid, daß ich Eure Ruhe stören muß, Lieber, Fester!« sprach er und stemmte den Schwertknauf unter die Deckelwölbung des Steinsargs, »aber wem dergestalt nach dem Leben getrachtet und gefahndet wird, der muß bei den Toten Schutz suchen!«

Die Sargplatte hob sich. Modergeruch stieg mit dem Staub empor, und innen, mit gefalteten Handknochen im Steinbett liegend, stierte ein reichgekleidetes Gerippe aus schwarzen Augenhöhlen finster zu dem Edlen empor.

Ritter Felix bekreuzigte sich. Von Grauen geschüttelt, ließ er den Stein wieder niedergleiten und las die Inschrift: »*Anno Domini* 1515 uff Samstag nach Lucä verschied der ehrenfeste Hans

Wolf von Willenholz, dem Gott gnädig sei.« Nein – da war keine Rettung! Das Skelett wahrte sein enges Haus. Und riß er es heraus, als ein Frevler und Kirchenschänder, dann wies es ja eben, am Boden liegend, mit fleischloser Hand seinen Feinden den Weg zum Versteck.

Fast ohne zu wissen, was er tat, sprengte er auch die zweite Sargwölbung und stieß, zurücktretend, einen halblauten Ruf der Überraschung aus.

Der Sarg war leer. Nur eine leichte Staubschicht bedeckte den Boden des Steintrogs.

Und plötzlich entsann er sich, daß vor wenigen Jahren ein Trauerzug, der die Leiche der Willenholzschen Witwe in die bereitstehende Gruft der Weinsberger Kirche bringen wollte, mit Mann und Roß in den hochgehenden Frühjahrswassern des Kochers versunken war.

Deswegen war wohl das Grab unbenutzt geblieben! Einerlei – zum Nachdenken blieb ihm keine Zeit. Den schweren Deckel mit dem Schwert in halber Hohe festklemmend, stieg er hinein und ließ dann die erdrückende Steinlast wieder herabsinken, so daß an einer gegen das hochgelegene Fenster hin gekehrten Stelle, von außen unsichtbar, sein Degenknopf zwischen Sarg und Platte lag und ihm Licht und Luft sicherte.

Kaum hatte er das getan, so klirrten eilfertige Schritte die Treppe herab.

»Komm rasch, Hans Daniel, da herunter –« flüsterte eine angsterstickte Stimme, »ich kenn' die Gelegenheit!«

»Die Schelme finden uns hier im Pfaffenloch so gut wie in der Kirche!« keuchte der andere Heerdegen dawider. »Sag, wo ist Eitel Siegmund blieben – unser Bruder?«

»Der ist tot, Hans Daniel!«

Eine kurze Pause. »Ich mein', wir sehen ihn bald wieder!« stieß dann der jüngere Bruder schweratmend hervor.

»Bis sie zu uns kommen, ist ihre Furie gestillt,« tröstete ihn der andere, »sie nehmen uns für gefangen und schätzen uns, wie es sonst –«

Seine Worte verhallten in dem wütenden Lärm, der sich, verdoppelt von der Wölbung widerklingend, oben in der Kirche erhob. In das Schwertergerassel und das Poltern umstürzender Bänke tönte gellend das Kriegsgeschrei der eindringenden Bauern.

»Gott bewahr' uns!« schrie Hans Daniel. »Ich hab' das Türlein nicht verschlossen. Sie müssen uns hier sehen!«

Ein Bauer, die Hellebarde in der Hand, stand auf der in die Gruft führenden Treppe. »Im Pfaffenloch sind zwei Reisige verkrochen!« brüllte er, sich rückwärts wendend. »Helft, christliche Bruder –«

Das Schwert Jörg Heinrichs fuhr mit dumpfem Schlag in seinen Kopf wie die Axt in das Holz, lautlos fiel er, das Gesicht nach unten, vor den Särgen zu Boden und streckte sich im Tode. Der Heerdegen blickte wild um sich. »In dem Kämmerlein können wir das Schwert nicht schwingen!« rief er zu seinem Bruder. »Steig mit mir hinaus in die Kirche, daß wir wie Ehrliche vom Adel sterben!«

»Gott sei uns gnädig! Amen!« sprach Hans Daniel, und beide liefen, das gezückte Schwert vor sich haltend, eilfertig hinaus in das Toben des Handgemenges. – –

Die Schnecke mußte sich gerade über dem Pfaffenloch befinden. Ob seinem Haupte hörte Ritter Felix aus dem Grab heraus das Poltern und Schnaufen, das Hin- und Hergetrampel der in dem erstickend schmalen, nachtfinsteren Gang widereinander arbeitenden Menschenleiber.

»Tut Feuer an die Kirche!« schrie eine Stimme. »Die Schnecke ist versperrt, daß wir das Nest oben nicht auszuheben vermögen. Sie haben einen Reisigen im Turmgang erstochen und das Schwert in ihm stecken lassen. Den schieben sie jetzt im Gedränge über die Schnecke auf und nieder und können nicht an ihm vorbei und einander zu Leib!«

Außen auf dem Kirchhof, auf den das schmale Fenster des Pfaffenlochs ging, standen verwilderte Bauerngruppen und drohten, die Spieße schwenkend, zu dem Turmkranz empor.

Jetzt plötzlich trat tiefe Stille ein. Alle die zornfunkelnden Augen wandten sich nach oben, wo sich wohl ein Ritter über den Turmkranz beugen mochte.

»Höret, ihr Bauern!« hallte die Bärenstimme des Wolframsteiners herab, »Wir Ritter und Reisige hier oben wollen uns gefangen geben und dreißigtausend Goldgulden zahlen, wann ihr uns am Leben laßt!«

Ein verworrenes Gebrüll schlug von unten dagegen. »Und wann ihr uns zehn Tonnen Goldes gebt, der Graf Helfenstein und alle Reiter müssen sterben!«

Dicht am Fenster des Pfaffenloches stand auf dem Kirchhof ein kleines, vertrocknetes Bäuerlein, das faltige Kindergesicht von spärlichem weißem Haar umrahmt. Er hielt eine Muskete in den zittrigen Händen.

»Halt auf ihn, wann er sich wieder vorbeugt, Martin!« ermahnte ihn ein finsterer Geselle daneben. »Und triff recht!« Und zu den Umstehenden gewandt fuhr er fort: »Dem alten Martin ist vor vielen Jahren sein Sohn beim Wildern abhanden gekommen. Niemand wußt' wohin. Jetzt eben haben sie oben im Burgverlies ein Gerippe gefunden, einen Schweinszahn zur Rechten, ein Hirschgeweih zur Linken!«

Der alte Martin bewegte lautlos wie betend die Lippen, ließ sich aufs Knie nieder und hob die Muskete über sich.

»Fünfzigtausend Gulden, ihr Bauern!« dröhnte oben Herrn Wolfgremlichs Stimme. »Bedenket wohl, was –«

Das Feuer fuhr aus dem langen Rohr in die Höhe, und aufschreiend stob alles auseinander. Eine schwere Eisenmasse kam oben vom Turmkranz herab und schlug dröhnend auf dem Kirchhof nieder, wo der Wolframsteiner, mitten durch den Kopf geschossen, reglos liegen blieb.

Und zugleich verwandelte sich das bisherige Hin- und Hergetrampel auf der Schnecke in ein stürmisches Aufwärtspoltern. Das Hindernis war beseitigt. Die Bauern erstiegen den Turm, wo schreckgelähmt, ohne weitere Gegenwehr, Graf Helfenstein mit seinen letzten Rittern sich in ihre Hand gab. Durch den Spalt unter dem Sargdeckel sah der von Trugenhoffen, wie sie die Gefangenen über den Kirchhof hin zu dem festen Rundturm weiter unterhalb führten, Jäcklein Rohrbach mit der schwarzen Hofmännin voraus, hinterher der ganze jubelnde Haufen. Es ward ruhig. Nichts regte sich mehr zwischen den blutbespritzten Grabsteinen.

Was nun?

Felix von Trugenhoffen überlegte. Wenn er in seinem reisigen Gewande zu entkommen suchte, ward er sofort erkannt und erschlagen. Er mußte einen schlechten Kittel tragen, wie der starke, viereckige Bauernknecht, der da tot vor ihm auf dem Boden lag.

Er löste die Riemen und Schnallen seiner Panzerkleidung und legte, seinem Grabe entsteigend, die gespornten Stiefel, die Eisenhandschuhe, den Wappenrock und Panzer dem erschlagenen Bauern an. vorher hatte er dem das grobe Wams, die Leinenhosen, die Bastschuhe und den Mantel genommen und sich selbst darein gehüllt. Da lag nun ein toter Reitersknecht mehr, in seinem unansehnlichen, verrosteten Harnisch, den vom Blut unkenntlichen Zügen in keiner Weise von anderen zu unterscheiden. Und wer wollte gar auf einen fremden Bauern achten, der im Gedränge der Tausende mitlief und im Abenddämmern sich unbemerkt verlor? Aber halt – noch eines! Mit scharfem Dolchschnitt trennte sich Herr Felix die wallenden, den Freien verratenden Haarsträhnen vom Hinterhaupt und stülpte die Bauernkappe darüber. Dann stieg er unsicheren Schrittes, wie ein Traumbefangener, der den Dingen ringsum nicht mehr traut, die Treppe hinauf in die Kirche.

Vor dem verwüsteten Altar, zwischen den zerschmetterten Pulten, überall am Boden hin lagen stumme Gestalten. Hart an der eingerannten Tür die beiden Heerdegen. Der Sonnenschein flutete von außen herein und übergoß mit trügerischem Rot die blassen jugendlichen Gesichter wie das ihres Bruders, der an der Kirchhofsmauer über einen Grabstein gesunken war. Nicht fern von ihm deckte des Wolframsteiners Riesengestalt den Boden. Seine Fäuste waren geballt, sein Gesicht im Grimm erstarrt, und leise bewegte sich im Morgenwind der lange weiße Bart.

Geraume Zeit stand Ritter Felix schweigend da. Er war allein. Was zum Bauernheer gehörte, war zur Plünderung aufs Schloß geeilt. Finstere Gedanken gingen durch seinen Kopf. Da ruhten nun seine Feinde! Er hatte seine Rache dahin! Ehe er selbst seine Fehde mit ihnen beginnen konnte, war der arme Konrad über sie gekommen und rechnete mit ihnen ab. Eine furchtbare

Abrechnung! Wie ein böser Alpdruck erschienen dem einsamen Ritter im Bauerngewand diese letzten Stunden. War er vielleicht eingeschlafen dort unten auf der Torzinne, als Herr Wolfgremlich der Roßmucken spottete, und träumte er das ganze Gemetzel und den Fall von Weinsberg?

Aber nein! Er war wach! Über ihm leuchtete die warme Frühlingssonne und breitete ihre lachenden Strahlen über den zerstampften Gottesacker. Zwitschernde Vögel schwirrten über die Leichen von Busch zu Busch, und ein herrlicher Ostersonntag blaute über die Rebenhügel.

Wieder sah Ritter Felix auf seine stummen Feinde, hernieder, und würgend stieg ihm der alte Haß und Groll bis in den Hals empor. Aber er bezwang sich.

Vor dem Tode mußte die Feindschaft schwinden. Und die Hände faltend, betete er für Herrn Wolfgremlichs Heil und die Seelen der Heerdegen von Hirnsheim. Im schauernden Morgenwind verklang das Murmeln seiner Lippen: »So helf' euch Gott und das ewige Wort! – Dem armen Leib hier und der Seele dort! Behüt' euch auch der allmächtige Gott vor dem ewigen Tode! Amen!«

VII.

Unheilverkündender Qualm dünstete aus den Luken und Erkern des alten Schlosses, das mit seinem hochgebauten, von Türmen flankierten Päläste und dem unförmlich breiten und niederen, wie eine plumpe Dogge vor ihrem Herrn ihm zur Seite kauernden runden Bollwerk den rebenbekränzten Bergkegel krönte. Die lichten Flammen folgten nach. Auf- und niederzuckend winkten die roten Feuerwirbel in den Fensterwölbungen, sie fuhren in langen, flackernden Zungen hinaus und liefen als glühende Streifen an den Dächern des ehrwürdigen Baues dahin. Oben, im Sparrenwerk der Giebel, schlugen sie zusammen. Ein knisterndes, funkenstiebendes Feuermeer lohte zum Himmel auf, und über ihm stand tiefschwarz und unbeweglich eine mächtige Rauchwolke in der blaßblauen Luft. Und schon erklang aus dem gefräßigen Knirschen und Knistern der Flammenströme da und dort das Poltern einstürzenden Gemäuers, und eilig stoben die letzten Plünderer, die ihre Nachlese in den verwüsteten Räumen hielten, über die qualmenden Treppen hinab auf den Hof, um sich den zu Tale ziehenden Bauernhaufen anzuschließen.

»Ich hab' den Burgpfaffen Wolf erstochen!« frohlockte einer der Weinsberger Gesellen, die, mit Seidengewändern und Silberbechern, mit Zinngerät, Leinwand, Kornsäcken und Hüten voll Guldenstücken beladen, durch die Rebenterrassen zur Kirche niederstiegen. »Hätt' ich den Helfensteiner hier, ich wollt' ihn gleich erstechen!«

»Das soll ihm werden!« schrie ein anderer. »Unsere Spieße müssen sein Kirchhof werden, und du, Melchior Nonnenmacher, sein Zinkenbläser, magst ihm das Schelmenlied spielen: ›Hierum tummel dich und kurzum! Du mußt 'rum und sähst du noch so krumm!‹«

Und vor dem mit Laubgewinde und Bändern ausgeputzten Zierwagen des Odenwälder Haufens, von dem die Sturmfahne wehte, erhob sich der Müller von Bulgenbach in blutrotem Mantel, rote Federn am Hut, und sprach feierlich: »So soll's geschehen und die alte Weissagung sich erfüllen, daß eine Kuh auf dem Schwanenberg im Frankenland stehen soll und da luegen und plärren, daß man es mitten in der Schwyz hört! Was heut geschehen, das hören die Herren noch weiter als in die Schwyz hinein und wissen, es hat sein Ende mit der Vetterleinsherrschaft im Lande!«

Der von Trugenhoffen hatte sich in das Gewühl gemengt. In den Staubwolken, unter dem Getümmel der trunkenen Bauern war er sicher, unten in der Stadt, wo er erst den Abend zuvor eingetroffen, nicht erkannt zu werden.

Das tat not. Denn durch die Straßen ritt unter Trompetenstößen eine Abordnung der Odenwälder Schreckensmänner, zerlumpte Bauern, die krummen Rückens, die blutigen Samtschauben der erschlagenen Ritter über ihre Kittel gehängt und die breiten Schwerter umgegürtet, auf den riesigen Streitrossen kauerten. Ein Trommler wanderte voran. »Merkt's, Bürger von Weinsberg!« schrie er an jeder Straßenecke. »Es sind vierundsiebzig gesattelte Pferde angefunden und nur neunundsechzig Herren und Ritter tot oder gefangen zur Stell'! Wer einen Reisigen bei sich verborgen hält, soll ihn bei Leib- und Lebensstrafe ausliefern, daß ihm sein Recht werd'! Denn es ist des hellen christlichen Haufens ernstlicher Will' und Meinung, künftig keinen Herrn, keinen vom Adel, keinen Reisigen mehr leben zu lassen, sondern jetzt und künftig alle zu erstechen, wer aber einen für gefangen annimmt, der soll selbst erstochen werden!«

Der Zug ging weiter, die Menge hinterher, rechts und links die mit verwundeten Bauern gefüllten Häuser durchsuchend, ob sich da noch ein Paar Sporen fände.

Ritter Felix ward es eng ums Herz. »Zwei Stunden noch bis Sonnenuntergang!« dachte er. »Ich wollt', die Nacht wäre da und ich könnt' entrinnen!«

Ein trunkener Winzer stieß ihn in die Seite. »Kommst mit, Bruder,« lachte er, »zur Linde am Untertor?«

»Was ist da zu schauen?« fragte der Ritter.

Der Rebbauer schmunzelte tückisch, »Wirst die Edlen schauen, du armer Bauer! Deine Herren, die rechten und echten Räuber und abgesagten Feinde ihrer eigenen Landschaft! Solche schädlichen Herren nur flugs aus ihren Stühlen gestoßen, ist Gottes Wille, denn die Schrift nennt sie nicht Diener Gottes, sondern Schlangen, Drachen und Wölfe!«

»Ei, von welchem Pfaff hast so predigen gelernt?« sprach Herr Felix finster.

Der Trunkene richtete sich auf. »So spricht Pfaff Eysenhut! ›Weh über Weh!‹ ruft er, ›sehet vor euch, arme Bauern, und seid einig, so vermag euch die höllische Pforte mit ihrer ganzen Ritterschaft nicht zu zerreißen!‹«

Ein seltsames Gemurmel lief durch die dichtgedrängten Massen am Untertor, da, wo auf breiter Wiese die alte Linde stand. Das Geheul und Gezeter hatte sich in ein dumpfes, erwartungsvolles Grollen verwandelt, das, über die Köpfe der Tausende hinzitternd, immer neue Schwärme in eilfertigem Lauf herbeizog.

Trommelwirbel rasselte eintönig aus der Mitte der Menschenwogen. Eine Gasse von Spießen senkte sich da kreuzweis zu Boden, wilde, blutgierig dreinblickende Gesellen hielten sie in sonnenverbrannten Fäusten.

»Das sind Herrn Jäckleins Trabanten!« sprach der Winzer. »Hans Winter aus dem Odenwald kommandiert sie!«

»Und was haben selbe Bauern vor?« forschte der von Trugenhoffen, innerlich erschaudernd.

Die Volksmenge selbst gab ihm Antwort. Ihr verworrenes Murmeln schwoll brausend an, und rascher wirbelte die Trommel. Gelles Pfeifengezwitscher zitterte dazwischen.

»Da treibt der Nonnenmacher sein Gackelspiel!« lachte der Winzer. »Hat des Grafen Hut und Feder auf dem Kopf und bläst ihm auf zur Gassen! Hörst du's, was er ruft: ›Hab' ich dir einst lange genug zu Tanz und Tafel gepfiffen, so will ich dir jetzt erst den rechten Tanz pfeifen!‹«

Der Ritter prallte zurück und legte die Hand über die Augen. Jetzt erst ward ihm klar, was hier geschehen sollte.

Er konnte nicht hinschauen. Wie aus weiter Ferne hörte er das Flehen einer weiblichen Stimme und um sich ein Gelächter. »Die Gräfin ist bei dem Jäcklein gerade beim Rechten, daß sie ihn umzustimmen vermeint. Und wann die Kaiserstochter zehnmal vor ihm kniet und ihr Knäblein in die Höhe hält, der Graf von Helfenstein muß sterben!«

Ein gellender hundertstimmiger Aufschrei fuhr durch die Menge. Ein Wald von Spießen reckte sich einen Augenblick über die weinroten Bauernschädel und die schreckensbleichen Gesichter der Frauen und senkte sich sofort wieder kreuzweise zur Gasse. Ein zweiter wilder Schrei: »Der Schenk von Winterstetten ist tot!« – Dann ein regloses Schweigen, in das unheimlich des Nonnenmachers Zinke schrillte, und plötzlich, wie ein Unwetter losbrechend, ein donnerndes Stimmengewirr, ein Jauchzen und Gebetstammeln, das in mächtigem Brausen über das Blachfeld zog.

Ritter Felix wußte, was das bedeutete! Der Graf von Helfenstein, des Kaisers Schwiegersohn, war nicht mehr, und nur sein Name mochte noch oft genannt werden in dem Kampfe, Auge um Auge, Zahn um Zahn, Leben um Leben, den der Tag von Weinsberg zwischen Adel und Bauernschaft entfesseln mußte.

Vor seinen Augen lag es wie ein Schleier. Undeutlich sah er ein buntscheckiges zappelndes Etwas auf Spießen hochgehoben und wieder versinken und hörte den Ruf: »Nun reißt des Grafen Hausnarr keine Possen mehr!« Und immer wieder senkten sich die Spieße und hallte in hundertfachem Aufschrei der Name des Gemordeten. – – –

Trommelwirbel und Pfeifenklang verstummten. Die Menschenknäuel lockerten sich. Es war geschehen.

Durch die sich ehrerbietig bildende Bauerngasse eilte Jäcklein Rohrbach, in die damastene Schaube des Grafen gekleidet. Zu seiner linken Pfarrer Jakob Leutz, der Feldschreiber des Bauernheeres, den Rosenkranz des Helfensteiners am Arm, zur Rechten, ein blutbesudeltes Messer in der Hand, die schwarze Hexe.

Selbst auf Jäckleins Galgengesicht mit dem langen Schnurrbart und den unruhig flackernden Augen lag Eine seltsame Blässe. »Das Gericht ist gehalten, Brüder!« sprach er heiser. »Morgen klingt das Totenglöcklein auf allen Burgen, so weit das Auge reicht, und die Ritterschaft im Kraichgau und Neckartal ist mit roter Tinte ausgestrichen aus Wappen- und Turnierbuch. So haben wir mit Fleiß gehandelt, der gemeinen Bauernschaft Hauptleut' und Rät', den Fürsten zum Trutz, der Pfaffheit zum Spott und dem Adel zum sonderbaren Entsetzen!«

Von der brennenden Burg her stob in sausendem Galopp ein schwarzgepanzerter Ritter auf die Menge zu. Der blonde Bart wehte im Sturm um sein männlich stolzes, kühngeschnittenes Gesicht, und suchend blitzten die blauen Augen über das Pferd hin nach der Wiese.

»Wie soll ich das verstehen?« schrie er schon von weitem, »Was sondert Ihr Euch ab, Jäcklein Rohrbach und maßt Euch einen Kriegsrat über die Gefangenen an?«

Herr Jäcklein zuckte trotzig die Schultern. »Ihr kommt zu spät, Florian Geyer! Der Graf und die Ritter, Eure Freunde, sind allesamt schon durch die Spieße geloffen!«

Das Roß des Edlen stieg jäh empor, so ungestüm hemmte es der im Sattel zurückschwankende Kriegsmann in seinem Lauf. »Was sagt Ihr?« rief er mit bebender Stimme. »Jäcklein, ich glaub's nicht!«

»So schau die festen Junker selbst, Herr Florian Geyer von Geyersberg zu Giebelstadt!« höhnte Jäcklein Rohrbach und wies nach der Linde, unter deren im ersten Frühlingsgrün sprossenden Zweigen die Ritter in ihrem Blute lagen.

Florian Geyer schwieg eine Weile wie betäubt. Der trotzige, schwärmerische Ernst seines Gesichtes verwandelte sich in Grimm und Abscheu. »Solches habt Ihr geschafft mit Euren Mordgesellen,« sprach er dann, »die vom Adel ohne etliches Ansehen erwürgt! Wahrlich, Euer christlicher heller Haufe hat seine brüderliche Lieb' auf türkische Art erwiesen und mitgeteilt! Also in solch teuflischem Eingeben seid Ihr so zeitig vom Kriegsrat aufgebrochen?«

»Getan ist getan!« schrie Jäcklein herausfordernd, und ein Grollen der Zustimmung schwoll um den Ritter an.

Der blickte verächtlich, in bitterem Zorn auf die Gesellen herab. »Ei ja, zu solchem Tanze war euch gut pfeifen! Mir aber geht's nicht ein! Der Bauerngesellschaft hab' ich mich willig unternommen und beladen, und brauchen mich die schwarzen Brüder freudig für ihren Kapitän, aber eine Rotte von Mördern, Buben und Schelmen will ich keineswegs an mich hängen. Zur Stund' sag' ich dir ab, Jäcklein Rohrbach, dir und dem hellen Haufen des Odenwalds und Neckartals, und will keine Gemeinschaft mit euch haben, heut und später, sondern mit den Meinen den Krieg für mich führen, wie ich's versteh', als ein unverzagter Christ und nicht als ein Henkersgesell!« Und zu seinen herangerittenen Hauptleuten sich wendend, befahl er: »Laßt das schwarze Banner aufrecken und die Trommel rühren. Ehe die Sonne unten ist, zieht die schwarze Schar ihrer Wege und legt sich morgen, so Gott es will, vor das festeste Schloß im Neckartal, um es zu stürmen und zu brechen!«

»Welches ist's, Kapitän?« fragte einer der Kapitäne.

Florian Geyer wandte das Roß zu seinem Lager. »Der Wolframsteiner ist tot! So wollen wir morgen mit unseren Schwarzen in seinem Schlosse zu Nacht Hausen!«

Florian Beyer hatte es nicht geahnt, daß der Bruder und Freund vom Adel im Bauernkittel, an sein Roß gedrängt, jedes seiner Worte gierig verschlang. Hämmernden Herzens blickte Ritter Felix den davonjagenden Rebellenführern nach, während Jäcklein Rohrbach mit den Seinen scheltend und höhnend durch das Untertor in die Stadt einritt.

»Fort, nur fort nach dem Wolframstein, ehe es zu spät ist!« war sein einziger Gedanke.

Dicht vor ihm führte ein plumper Winzergeselle eines der Ritterpferde auf und nieder, die gesattelt und gezäumt bei der Flucht des Adels auf den Kirchhof den Bauern zugefallen waren. Ein schwerer Faustschlag schleuderte den Bauern unversehens zur Seite, eine Hand riß die seine aus den Zügeln, ein Mann in schlechtem Kittel schwang sich in den Sattel und meisterte mit kunstgerechtem Schenkeldruck das schäumende Tier.

»Es ist ein Reisiger!« schrie ein Weib.

»Seht, wie er zu Roß sitzt! Es ist ein Ritter!« gellte es überall. »Erwürgt ihn, fromme Brüder! Stoßt ihn vom Pferd!«

Aber mitten durch das zur Seite springende, sich überkugelnde und am Boden wälzende Gesindel stürmte der Hengst wiehernd und schnaubend dahin. Der Wind pfiff um die Ohren seines Reiters. Ferner und ferner klang das Geschrei und Gezeter des Haufens, matter leuchtete durch die Dämmerung der Brandschein der Weibertreu, und schon rauschte der Wald um den Reiter und entzog ihn den Blicken.

Er wandte sich nicht um. Über die Pferdeohren hin scharfen Blickes den dunkelnden Boden prüfend, jagte er in die Nacht hinein. Er dachte nicht an die eigene Ermattung, nicht an die Schrecken des Tages. Er kannte nur ein Ziel. Da, wo über dem schwarzen Schattenriß der Berge der Abendstern in unruhig flimmernden Zacken grüßte, in jener Richtung lag Burg Wolframstein, und durch Nacht und Nebel trug ihn ungestümen Laufes der Renner dem festen Hause zu.

Das Pferd wußte den Heimweg besser als sein Reiter, und plötzlich erkannte es Ritter Felix: er saß auf des Wolframsteiners Hengst, der freudig nach dem Stalle zurücklief!

Der Trugenhofer schaute zum Himmel auf.

»Unerforschlich sind die Wege des Herrn, und er fährt seltsam mit mir. Auf meines Todfeindes Roß reite ich in sein Haus. Statt sein Haus zu verbrennen, will ich es bewahren, und statt von ihm Schwertschlag und Hohn, will ich mir Dank holen von Madlene, seiner Witfrau.«

VIII

In der Schloßkapelle kniete Madlene und betete zu dem in bunter Schönheit über ihr prangenden Bildnis der heiligen Jungfrau empor. Heute fand zum erstenmal seit undenklichen Zeiten am heiligen Ostermontag keine Messe statt. Wolfgang Kirschenbeißer, der das Amt eines Burgpfaffen bisher mit versehen, war ja über alle Berge und predigte jetzt wohl im Bauernlager den Aufruhr.

Madlene richtete sich auf. Sie kam zu keiner Andacht, langsam ging sie durch die leere Kapelle, in der ihre Schritte unheimlich widerhallten, hinaus auf den Hof. Im Sonnenschein grünte da neben dem Steinrand des Schöpfbrunnens die uralte Linde, und darunter stand schwatzend ein Schwärm von Mägden.

»Der Pfarrherr hat schon recht getan, daß er mit den Bauern zum hellen Haufen gestoßen ist«, sagte die eine, ein keckes, junges Ding. »Wer lesen kann, dem weist er es in der Schrift nach, daß wir alle frei und einander gleich sein sollen und nicht den Herren leibeigen wie das liebe Vieh. Das ist uns lange verborgen geblieben. Aber jetzt kommt das neue Evangelium an den Tag!«

Sie brach erschrocken ab. In ihre Worte klang ein Hornstoß von der Torzinne. Männerstimmen hallten dort oben ineinander, und gleich darauf folgte das Rasseln der niedersinkenden Zugbrücke.

Sebastian Rebenkönig, der greise Reitersmann, beugte sich über die Turmkrönung. »Erschreckt Euch nicht vorzeiten, Frau!« In seiner heiseren Stimme zitterte merklich die Besorgnis. »Es hält ein Bauersmann vor dem Tor, sitzt auf unseres Herren Roß und spricht, er müsse Euch eine schlimme Zeitung bringen!«

Die Hufe des Hengstes hallten in schweren Schlägen unter der Torwölbung, dann tauchte der mächtige goldbraune Leib des Tieres aus dem Dunkel, und sein Reiter glitt erschöpft und verstört vom Sattel.

Madlene beschattete in ungläubigem Erstaunen die Augen mit der Hand.

»Ritter Trugenhoffen!« sprach sie langsam. »Seid Ihr's in Wahrheit, im schlechten Bauernrock und kurzen Haar!«

»Ich bin's!« erwiderte der Trugenhofer finster. »Bin die Nacht durchgetrabt, ehe Euch ein Schreier vors Schloß reitet und Euch beleidigt und mit der Nachricht kränkt.«

Madlene verfärbte sich, »was bringt Ihr? Macht's kurz! Ihr wißt – Ihr dürft Euch bei mir keiner Herberg' getrösten! Mein Herr leidet's nicht!«

»Frau!« Ritter Felix trat näher, wie um sie aufzufangen. »Euer Herr kann nichts mehr befehlen und verbieten. Er ist dahin! Die Bauern haben ihn erwürgt!«

Das junge Weib blieb wider sein Erwarten aufrecht stehen, starr und reglos, wie eine Bildsäule. Es hatte den Anschein, als begriffe sie seine Meldung gar nicht.

»Was redet Ihr da?« sagte sie tonlos. »Ich kann mich in Eure Worte nicht schicken, von wo kommt Ihr denn? Haben Euch meine Brüder gesandt?«

Der von Trugenhoffen stellte sich dicht neben sie. »Faltet Eure Hände, Frau Madlene,« sprach er rauh, »und bittet den allbarmherzigen Gott um seine Stärke. Damit Ihr's wisset: Eure Brüder können keinen vom Adel mehr senden und keinen vom Unadel! Sie sind tot. Die Bauern haben sie erwürgt!«

Madlene stieß einen gellen Schrei aus und wich mit aufgerissenen Augen von ihm zurück. »Ist's Euch unterm Hütlein wirr geworden, Ritter,« keuchte sie, »daß Ihr so zu mir redet!«

»Der Ritter ist krank. Man sieht's ihm an!« pflichtete ihr der vom Turm gestiegene Rebenkönig bei. »Entsinnt Euch, Herr – die Junker alle sind nach Weinsberg geritten – wohlgeborgen beim Grafen Helfenstein im Schloß!«

»Das Schloß ist gebrochen!« sprach Ritter Felix. »Der Graf von Helfenstein ist tot. Die Bauern haben ihn erwürgt!«

»Herr!« Der alte Reisige schwankte wie von einem Schlag getroffen, »Wie soll ich das verstehen! Es waren doch alle Herren und vom Adel um seine gräfliche Gnaden!«

»Alle Herren und vom Adel sind tot!« sprach der von Trugenhoffen. »Die Bauern haben sie erwürgt!«

Das Schweigen lähmenden Entsetzens legte sich über den mit Reisigen und Schloßgesinde dicht erfüllten Hof. Aus weiter Ferne klang im Winde das undeutliche Klagen der Sturmglocken.

Madlene trat auf den Unglücksboten zu, schneeweißen Angesichts, mit halb offenem Munde und starren Augen, als wandle sie im Traume. Sie wollte reden. Aber nur ein undeutliches Röcheln kam aus ihrer Kehle, und plötzlich fiel sie lautlos in sich zusammen.

Die Mägde trugen sie, selbst vor Schrecken keines Wortes mächtig, hinweg. Eine Strähne ihres goldblonden Haares hatte sich gelöst und huschte wie eine glänzende Schlange im Sonnenschein blinkend hinter der langsam schreitenden Gruppe über den Boden.

Ritter Felix folgte, seiner selbst unbewußt, dem flimmernden Streifen mit den Augen, bis er in der Türwölbung des Palas verschwand. Jetzt, wo er es zum erstenmal laut ausgesprochen, erschien ihm selbst die Nachricht, daß die Bauern aufgestanden und ihrer stolzen Herren Mörder geworden seien, so fremd und ungeheuerlich wie ein Gespenst in dunkler Nacht, das bei näherem Zuschauen verschwindet.

Neben ihm klang eine erstickte Stimme. »Wahrlich, Herr!« schluchzte der greise Rebenkönig, und die Tränen rannen über sein verrunzeltes Gesicht in den weißen Bart. »Ich kenne meines Herrn Pferd – ich seh' Eure blutigen Bauernkleider, und ob ich's auch nicht begreifen kann, so müssen ich und die reisigen Knechte es doch glauben, daß solch unerhörte Tat von den Bösewichtern ausgerichtet worden ist. Nun scheint es mir am besten, wenn ich gleich einen Boten nach Oberbottwar zu Herrn Dietrich von Weiler, meines Herren Freund, reiten lasse und ihn fragen, wie wir meisterlosen Knechte uns weiter in den erschrecklichen Läuften zu halten haben!«

»Verstehst du's denn noch nicht?« sprach Ritter Felix rauh. »Den Dietrich von Weiler haben die Bauern erwürgt samt seinem Sohne. Kannst auf allen Häusern in der Runde umfragen, und es wird dir von keiner Mannesstimme Bescheid, sondern eitel Weibergeflenne und Gezeter! Ich, Felix von Trugenhoffen, bin durch des Himmels unerforschliche Fügung einzig der Bauern Furie entronnen!«

Sebastian Rebenkönig sah ihm gramvoll ins Gesicht. »Habt Ihr's im Sinn, hier bei uns zu bleiben,« forschte er bang, »daß wir unter eines Ritters Befehl und Obhut sind?«

Der Trugenhöfer nickte. »Ich bleibe hier und will mit euch die Burg und die Frau darin vor den höllischen Rotten verwahren! Weiset mir jetzt in der Rüstkammer Helm, Schaube und Panzer, daß ich mich ehrlich kleiden kann, und dann laßt uns das Haus und die Mauern beschauen, wo es fest ist und wo es nicht fest ist, damit wir es wissen, wenn sich am Abend die schwarze Schar davor legt!«

Der lange Landfrieden hatte auch der mächtig getürmten Burg Wolframstein sein Zeichen aufgedrückt. Das merkte Herr Felix, als er, wieder im Ritterkleid, mit Sebastian Rebenkönig und ein paar anderen Reisigen durch das hohe, verdorrte Gras des Grabens über Pfützen und Geröll stapfte, als er sich vorsichtig auf den schwindelnden Zinnen der Mauerkrönung hinschob und über die hohe Holzleiter in den vierzig Schuh über dem Erdboden in unersteiglicher Höhe gähnenden schwarzen Schlund des Bergfrieds einstieg, um auf steiler Wendeltreppe die Plattform der Burgwarte zu gewinnen.

In der Sicherheit der Zeiten war der Wolframsteiner wie alle seine Standesgenossen sorglos geworden. Das sah man überall. An manchen Stellen zeigten die Mauern Risse und Ausbuchtungen. Abgebröckelte Steine und Trümmer bildeten gestrüppüberwucherte Haufen in der Grabensohle, die Tore hingen vermorscht in den rostigen Angeln, und in den Schießscharten der Türme nistete und krächzte das graugefiederte Volk der Dohlen.

»Fleisch und Korn ist da!« sprach Ritter Felix, im Hofe stehenbleibend und sich, von dem Rundgang erschöpft, die Stirne trocknend. »Der Brunnen gibt Wasser. Im Keller liegt Wein. Wir haben Hafer und Stroh, Waffen, Kraut und Lot zum Überfluß. So mögen sich die Bauern immerzu den Grind an den festen Mauern einrennen. Sie kommen nicht herein, sondern müssen uns unbeschädigt in unserem Hause lassen!«

»Das mein' ich auch, Herr!« erwiderte der Rebenkönig. »Ohne Stückrohre und Feldschlangen kommen die Bauern vor der guten Burg nicht zu Rate!«

Der Ritter lachte verächtlich. »Ei – wo sollte das leichtfertige Volk wohl Arkeley gewinnen?«

»Aus den Schlössern der großen Herren!« Der alte Reisige wiegte bedächtig das Haupt. »Die Bauern bedrohen ja einen jeden, der nicht in ihre Brüderschaft eintreten mag, sie wollten ihn flugs besuchen und mit ihm Hausen. Da wird jetzt nach der mörderischen und erschrecklichen Tat der Entleibung der Grafen, Herren und vom Adel manch anderer Graf und Großer im Reich in Entsetzen verfallen und auf Weg' und Mittel trachten, Frieden mit der Bauernschaft zu erlangen und ihr, nicht leichten Herzens, heraustun, was er an Kugeln und Kartaunen hat!«

»Ehe nicht eine Eisenkugel mir vor Augen das Gemäuer niederlegt, glaub' ich's nicht!« sprach Ritter Felix und schritt in den Palas, um nach Madlene zu schauen.

Aber als er mit eisengewappneter Hand an das Frauenzimmer gepocht hatte und eintrat, winkten ihm die Dienerinnen angstvoll Schweigen. Nur einen Augenblick sah er einen blassen Kopf, der mit geschlossenen Adern und schmerzlich verzogenem Munde reglos auf einem Pfühl lag, und schlich vorsichtig, um die halb Ohnmächtige nicht zu erschrecken, in leisem Klirren wieder aus dem Gemach. – –

Von der Erschöpfung überwältigt, war er selbst unten im Hofe in totenähnlichen Schlaf versunken. Als er erwachte, stand die Sonne schon tief im Westen, hart über den Rebenhügeln in blutigem Scheine glänzend und auf den Krebsen der Kriegsleute widerstrahlend. Die hatten stundenlang unter des Rebenkönigs Befehl an Wall und Graben gearbeitet, Steine hinweggeräumt, Schießscharten reingefegt, Gestrüpp mit dem Messer niedergehauen und verbrannt und hinter den morschen Mauerpforten große Dunghaufen aufgetürmt. Jetzt standen sie am Brunnen beisammen und schauten besorgt nach Westen in die Ferne, wo aus dem kahlen Geäst der Berge schwarz qualmende Wolken wie von einem Waldbrand dampften.

»Die Stolzeneck hat am längsten gestanden,« sagte der eine Reiter nachdenklich, »das böse, trotzige Haus! Jäcklein Rohrbachs Gesellen sind doch hineingekommen und haben es im Feuer niedergelegt!«

»Und alle Bauern ringsum haben geholfen!« murmelte ein anderer und deutete auf einen erschöpft am Boden liegenden Troßbuben. »Der Bub' hat's im Davonlaufen noch gehört, wie sie geschrien haben: ›Laßt das Raubnest in Flammen zum Himmel fahren.‹ und alles totgeschlagen, was in der Burg war, Mann, Weib und Kind, Pferd' und Hunde und den Gockelhahn auf dem Mist!«

Bastian Rebenkönig schüttelte den Kopf und schaute neckaraufwarts. In rotem Dunste leuchtete es durch die rasch einfallende Dämmerung herüber. »Da brennt das Kloster!« sprach er. »vor einer Stunde sind die Mönche vorbeigeflohen. Das hat Pfaff Eysenhut geschafft! Der ist mit den Seinen vor das Kloster gezogen und hat geschrien: ›Die Klöster dienen nicht Gott, sondern dem Teufel! Wir sind verursacht, solcher Schalkheit zu wehren!‹«

»Ich aber hab' mich auf Kundschaft ausgetan!« sagte ernst ein Reisiger, der, das Pferd am Zügel, schweren Schrittes herankam. »...Hab' über dem Hügel gehalten und will's Euch, fester Junker, und den Reitersleuten nicht verhehlen, was ich da hab' schauen müssen. Ein gewaltiger Haufen aufrührerischer Gesellen zieht mit einer schwarzen Fahne wider uns heran. Der Florian Geyer führt sie und hat zu seinen Buben also gesprochen: ›Schloß Wolframstein soll mir in Flammen aussterben. Das ist mein rechter Wille und Vorsatz!‹«

Die Knechte erwiderten nichts. Schweigend prüften sie noch einmal wehr und Waffen und starrten vor sich hin in das rasch niedersinkende Dunkel. Ritter Felix aber stieg den Bergfried hinan und blieb harrend oben auf der Zinne stehen.

Wohl eine halbe Stunde lang lauschte er. Da wehte es mit dem Abendwinde, der in schweren, stöhnenden Stößen den einsam ragenden Turm umbrandete, seltsam herüber wie das Getrappel von hundertfachem, eilfertigem Schritt und Trommelgerassel. Durch das Zischeln des Efeus an den Steinmauern, das Ächzen der Wetterfahne, das Krähengeschrei hoch in der Luft unterschied sein geübtes Ohr deutlich den dräuenden Ton.

In raschen Sprüngen eilte er den Turm hinab und über die weiter auf den Hof. »Merkt's, fromme Knechte!« rief er mit heller Kampfesstimme. »Die schwarze Schar kommt an!«

Die Reiter tauschten stumme Blicke. Sebastian Rebenkönig aber nahm seinen Eisentopf ab, daß das weiße Haar im Winde flatterte. »So wollen wir Gott dem Herrn treulich unsere Seel' befehlen« – sprach er andächtig – »allen ehrlichen Reitern unser Schwert, die Karten und Würfel aber dem Teufel, und, wann es denn nicht anders sein soll, in Gott verscheiden!«

IX.

Nachtschwarzes Dunkel umgab die Burg. Unfaßbar, unsichtbar und darum doppelt unheimlich raunte und webte es um sie her in den Schatten, leise Tritte, flüsternde Stimmen, Pferdegeschrei und Panzerrasseln, und weiter hinten über den Hügeln stieg ein flackernder Lichtpunkt nach dem anderen auf, die Beiwachtfeuer, die bald in langer, lodernder Kette ihren Halbkreis um die Feste bis an den Neckar zogen.

Zwei Pechfackeln schwankten langsam durch die Finsternis, im Winde wirbelnd und qualmend, auf das Tor zu und hielten zwanzig Schritt davor still. »Aufgemacht!« dröhnte ein dumpfer Ruf aus der Finsternis. »Die schwarze Schar will in Schloß Wolframstein Nachtmahl halten!«

»Das ist Kirschenbeißer, der Pfarrherr!« murmelte einer der Reiter. »Ich erkenne seine Stimme wohl!«

Ritter Felix beugte sich vor und legte die hohle Hand an den Mund: »Wer ist euer Feldhauptmann?«

»Der Bauer Florian – sonst Ritter Geyer genannt – ist unten im Lager.«

»Wollt ihr mir frei Geleit zu ihm geben?«

»Steigt dreist herab,« grollte Herrn Kirschenbeißers Baß, »wir christlichen Brüder gönnen jeder Partei, was ihr Gott und das Recht gönnt!«

Als Ritter Trugenhoffen, von dem Pfarrherrn und etlichen Bewaffneten geführt, in den Bereich der knisternden und lichterloh aufflackernden Wachtfeuer eintrat, umwölkte sich seine Stirn. Das waren gefährliche Gesellen, die da um die Brandstätten lagerten, hochgewachsene, freie fränkische Bauern mit breiten Schultern und keckem Blick, viele alte Kriegsleute und Landsknechts darunter, alle wohlgerüstet und in Ordnung, wie es der Feldbrauch heischte. Hatte er sie gestern nur von ferne gesehen, als sie im festen Schritt und Tritt, von der schwarzen Fahne überrauscht, abseits der Bauernhaufen zum Sturm auf die Weibertreu zogen, so merkte er jetzt aus nächster Nähe, wie gewaltig sich dies finstere, erprobte Volk von den verhungerten Waldbäuerlein, den trunkenen Winzerknechten des hellen Haufens unterschied.

Forschende Blicke trafen ihn von allen Seiten, während er durch die Lagergasse schritt. »Der ist's!« rief plötzlich eine Stimme. »Selber Ritter ist gestern zu Roß aus Weinsberg entkommen!« Die Gruppen drängten sich aufstehend neugierig um den Ritter und stierten ihn an. Ein berußter Kohlenbrenner hielt ihm seine Hellebarde quer über den Weg, daß der von Trugenhoffen stehenbleiben mußte.

»Mich lüstet, ich stoß' den Spieß durch dich!« knurrte der schwarze Geselle mit tückisch funkelnden Augen.

Ritter Felix schob unwillig den Eisenschaft beiseite. »Tu gemach!« sprach er. »Ich bin mit einem Geleit hier!«

Gleichzeitig legte ein herantretender, nach Ritterart Gewaffneter die Hand auf die Schulter seines Feindes. »Martin!« gebot er mit dräuender Stimme. »Laß ihn mit Lieb'! Es ist nicht Kriegsrecht! Es ist Kriegsrecht, wenn man einem ein Geleit gibt, daß man's ihm für Wort und Werk halt'!«

Fügsam, wie ein geprügelter Hund, schlich der riesige Kerl beiseite. Die beiden Edlen standen sich Aug' in Auge gegenüber, »Weißt noch, Florian Geyer, wo wir zuletzt beisammen waren?« fragte Ritter Felix nach kurzer Pause.

»Beim Sickingen!« sagte der Bauernhauptmann ernst. »Der Handel wider die Fürsten ist uns bös geraten!«

»Dich haben sie vorm Jahr auch geächtet?« Der Trugenhofer und sein Gegner ließen sich, etwas abseits von den Bauern, auf den Sätteln nieder, die, am Boden neben einem Feuer liegend, als Sitze dienten.

Florian Geyer nickte. »Sie haben mich verstrickt gehalten auf meiner Burg Giebelstadt. Ich hab' ihnen schwören müssen, nicht über mein Land hinauszugehen, kein Roß zu besteigen, keine Nacht anders zu verbringen, denn in meinem Hause. Solch Leben schlägt einem Kriegsmann so trefflich an, wie die Pestilenz selber!«

»Und du bist wahrlich ein Kriegsmann! Gedenkst noch, wie wir zusammen den Götzen in Möckmühl eingefangen haben? Da hielt der Berlichinger ganz mannlich unter uns, wie die Sau unter den Rüden, brüllte unter seinem Helmtopf, fegte mit seiner Eisenfaust die Sättel leer und mußt' sich endlich doch von dir vom Gaul stechen lassen!«

»Laß gut sein, Felix!« Florian Geyer machte eine abwehrende Handbewegung. »Ich mag mich der Zeiten nicht erinnern. Bin seitdem ein anderer geworden!«

»Das seh' ich!« versetzte Ritter Felix finster. »Du bist ein Rädleinsführer geworden in der jämmerlichen und gefährlichen Rebellation des gemeinen Bauersmannes, hast mit dem Jäcklein bei Weinsberg in dieselbe Kerbe gehauen!«

»Felix!« rief Florian Geyer zornig. »Das hab' ich nicht, des sei mir unser Heiland Zeuge! Der Jäcklein ist ein arger Schalksknecht und wird ein schlimmes Ende nehmen, und eher noch durch seine Spießgesellen, denn durch die Fürsten. Denn es strafet Gott, der höchste Regent, gemeiniglich einen bösen Buben durch den anderen! Und bis dahin hab' ich mit dem Jäcklein nichts zu tun!«

»Aber mit den Bauern! Führst du da nicht drei-, viertausend wütige aufrührerische Leut' wider deiner Schwäger und Freunde Häuser?«

»Ich will dir melden, wie alles kommen ist!« sprach der schwarze Geyer, und seine herrischen Augen glitten in die Nacht hinaus, als suchten sie dort ein unbekanntes, im Dunkel der Zukunft verborgenes Ziel. »Wahr ist's: die Bauern sind gegen die Obrigkeit aufgestanden. Nun sieh dir beides an, Felix, Mann und Roß. ein meisterloses Roß taugt zu nichts, rennt blindlings zu den Wölfen im Walde, ein Ritter ohne Gaul aber ist ein trauriger Geselle. Ist nun das Roß einmal aus dem Stall, wie in diesen Läuften, so ist's nur die eine Frage, wer es fangen und sich ihm in den Sattel schwingen soll. Und des hab' ich mich freilich vermessen und führ' das böse Volk zum guten Ziel!«

»Welches Aussehen und Gestalt hat aber selbes Ziel?«

Florian Geyer neigte das kühne, in trotzigen Linien geformte Haupt. »Ich bin kein Schwärmer und Träumer wie du, Freund Felix, auch kein Prophet und Retter sündiger Menschheit, wie sich Antonius Eysenhut zu sein dünkt, der wütige Pfaff' mit der Zunge voll Feuerflammen. Ich bin ein schlichter, fester Reitersmann vom Adel. Als ich nun still lag auf Giebelstadt, meiner Burg, und mir die Sickingenschen Händel wieder und wieder im Kopfe vornahm, da ist es mir mit Schrecken und Betrübnis in den langen Winternächten klar geworden, wie übel es um Deutschland steht. Zwietracht allenthalben. Der Kaiser liegt in Welschland wider den Franzosenkönig zu Feld oder wartet in Hispanien, ob Zeitung von den neuen, indischen Inseln kommt, unterdes aber kämpft bei uns die christliche Ritterschaft wider die Pfaffen von Trier und Köln, der schwäbische Bund muß des Herrn Konrad Schott, des arglistigen Mannes, Meister werden, die Reichsstädte am Neckar verjagen zur Kurzweil den Herzog von Württemberg.«

»Eben ist der unsinnige Mann wieder mit Schweizer Reisläufern in seine Lande eingefallen, raubt und sengt!« ergänzte der Trugenhofer.

»Der Götz nimmt dem Bamberger Bischof die Schiffe auf dem Main weg!« fuhr Florian Geyer fort. »Der schwäbische Bund wieder will den Götzen haschen. Der sächsische Kurfürst ist dem schwäbischen Bunde gram. Der Pfalzgraf hat seine Händel mit den Kurfürsten. Der Hansa ist ein Hering im Nordmeer wesentlicher als Kaiser Karl selbst, der wiederum sich hat vernehmen lassen, Deutsch woll' er nur mit seinem Rosse reden; kurzum, lieber, es ist des Jammers kein Ende! Die Völker ringsum werden stark. Türk' und Franzose pochen an des Reiches Pforten, die Holländer kreuzen auf den Wassern, die Spanier erobern eine neue Welt, wir aber liegen mit sieben Knechten hinter der Hecke einem Pfeffersack auf der Lauer, haben da eine Schlichtung mit einem Bischof, dort eine Fehde mit einem Reichsstädtlein, und treiben Händel miteinander wie die Buben und nicht wie die Männer, bis das Land in gemeiner Not ganz wehrlos wird!«

»Es gibt noch Reisige genug!« sprach der Trugenhofer finster.

»Wirst's ja sehen!« Florian Geyer stand auf. »Im ganzen Süddeutschland gibt es nur ein großes Heer noch, das ins Feld zu rücken vermag. Das ist die Kriegsmacht des schwäbischen Bundes, ein paar tausend Reiter und noch einmal so viel meuterische Landsknechte, mit denen allen wir

Bauern freudig den Tanz beginnen wollen. Merk: ich saß oben in meinem Turm, und mir ward trüb zu Sinn. Da zog unten mit fliegender Fahne, pfeifen und Trommeln, in Wehr und Harnisch, Sturmhut und Fäustling der Rothenburger Landsturm zum Aufruhr wider all die Herrlein im Lande. Und wie ich die riesigen, wohlgeschickten Kerle sah, da dacht' ich bei mir: was sollen uns die tausend und aber tausend Herrlein, die solch rüstiges, mannhaftes Volk leibeigen halten und den Tieren gleichmachen wollen? Was frommen uns die unnützen Brotfresser, die Mönche, die so nützlich sind als alte Weiber, wenn der Feind sich zu Gaste meldet? Was frommen uns die Junker mit Sauhatz, Fehden und Völlerei, was die Äbte und Bischöfe, die da römisch denken und lateinisch reden, wenn das Reich deutsche Männer braucht? Was brauchen wir die Fürsten, die nur darauf trachten, wie sie einander Land und Leute abgewinnen, und heimliche Franzosen sind, zu was einen Kaiser selbst, wenn es kein deutscher Kaiser ist, sondern ein Hispanier?«

Der schwarze Geyer brach zornig ab und seine Augen sprühten. »Wer nährt uns?« hub er nach einer Weile wieder an. »Der Bauer! Auf wem liegt alle Last und Not? Auf dem Bauern! Wer preßt ihn aus? Jedermann! Und wer erbarmt sich seiner? Niemand! Ich aber, Felix, bin von meinem Turm herabgestiegen, hab' meinen Herrensitz hinter mir gelassen, mich zu selben Rothenburger Bauern getan und so gesprochen: wer den Pflug führt, soll auch das Schwert meistern! Es soll nur mehr Stand in Deutschland geben, die Gemeinfreien! So viel Bauern, so viele Kriegsleute. Bauern im Frieden, Kriegsleut' im Feld, so viel Tausende und aber Zehntausende, daß ein Entsetzen durch die Welt geht, und ein Jedermann sich hütet, mit Deutschlands freien Bauern und ihrem Kaiser anzubinden!«

»Und wen mögen wohl die Bauern für ihren Kaiser aufwerfen?« fragte der Ritter Felix und sah dem Freunde ins Gesicht.

»Das weiß ich nicht!« sprach Florian Geyer. Aber ein seltsames Lächeln umspielte seine Lippen, während er sein Auge über die leuchtenden Wachtfeuer schweifen ließ.

»Das hab' ich dir alles nicht vorenthalten wollen, Felix,« sagte er nach einer Weile ruhig, »nun steht's bei dir, ob du mir Freund sein willst oder Feind!«

»Florian, Bruder!« Der von Trugenhoffen drückte ihm die Hand. »Es ist viel Heftiges und Wahres in deinen Worten! Mir summt der Kopf gewaltig davon, und ich furcht', ich werd' es nicht überstehen, sondern deine Meinung wird in mir bleiben und ärger wachsen, als mir lieb ist. Aber zu euch stoßen kann ich nicht. Ich muß im Schloß oben bleiben und für die wolframsteinsche Witwe meines Lehenseides an den Pfalzgrafen warten!«

»Jetzt ist keine Zeit, an Weiber zu denken, wo wir um die deutschen Lande würfeln!« sagte Florian Geyer. »Hab' auch eine Braut, Barbara, des Grumbach Schwester, auf Schloß Rimpar sitzen und sorg' mich nicht um sie!«

»Du bjst aus hartem Holz, Florian Geyer!« Der Trugenhofer bot ihm die Hand. »Leb wohl!«

»Wollt Ihr die Zugbrück' auftun, Ritter?« schrie, aus dem Dunkel herantretend, der Wolfgang Kirschenbeißer.

»Die Brück' bleibt oben!« erwiderte Herr Felix kurz. »Und wer uns zu Werke schneiden will, mag den Berg heraufstapfen!«

Florian Geyer schüttelte den Kopf. »Ich will nicht wider dich kriegen, Felix! Du kommst doch noch zu uns! Hast ja jetzt schon dein Haar abschneiden müssen wie ich und die anderen Bauern!«

Das bärbeißige Gesicht des Pfarrherrn ward dunkelrot vor Zorn. »Das Haus soll stehenbleiben?« schrie er. »Ei, Bruder Florian, Ihr könnt weiterziehen. Ich und die Bauern von Gottwoltshausen halten davor wacht wie die Katz' vor dem Mausloch. Wie oft hab' ich da hinaufgeschaut und gebetet: ›Großer Gott, schick in deiner Gerechtigkeit einen Blitzstrahl vom Himmel und zerschell die Zwingburg, an der wir Armen dahinsiechen.‹ Nun erfüllt sich die Zeit, wir haben den Gottesblitz in Händen!«

»Weist ihn her!« höhnte der Ritter Trugenhoffen, »Wendet Eure Taschen, Pfaff, daß ich ihn schau'!«

»Er kommt!« sprach Wolfgang Kirschenbeißer. »Blitz und Donner sind unterwegs. In drei Tagen um die Stunde bieten wir Euch im Schlößlein einen schönen guten Abend, davor sich jedermann bedankt, aus zwei trefflichen Kartaunen, Fester; sie sind auf die neue Form fein säuberlich gedreht, treiben kopfgroße Eisenkugeln durch Tor und Mauern!«

»Woher sollen euch die Stücke kommen?« forschte Herr Felix, seinen Schrecken bemeisternd.

Der grimme Pfarrherr lachte: »Mit den beiden hohenloheschen Grafen haben ihre Bauern gehandelt, daß Ihren Gnaden die Augen übergingen. Haben ihre seidene Fahne geschwenkt, schön gelb, braun und grün gestreift, und geschrien: ›Ihr seid nimmer Herren, sondern Bauern! Kommt her, Bruder Albrecht und Bruder Georg, zieht eure Handschuh aus und gelobet Frieden mit der Bauernschaft auf 101 Jahr!‹ Und indem die Grafen solches schwuren, ließ der helle Haufen im Jubel 2000 Flintenschüsse zum Himmel auf und schrie: ›Nun sind wir die Herren von Hohenlohe!‹«

»Und da mußten die Grafen ihre Stücke ausliefern?«

Der Kirschenbeißer nickte. »Zwei Schlangen und ein halber Zentner Pulver ist auf unser Teil gefallen. Und es sind die Grafen nicht die einzigen, die da fürchten, vom armen Konrad im Bett erwürgt zu werden. Die jungen Grafen Löwenstein sind auch in den Haufen gekommen, haben müssen die Hüte abnehmen und in einem Bauernhabit mit weißen Stecken in den Händen mitziehen. So hab' ich sie selbst vorgestern im Tiergarten von Heilbronn mitten unter den Bauern sitzen sehen, also erschrocken, als ob sie tot wären!«

Ritter Felix wandte sich zum Gehen. »Habt ihr Stücke, so habt ihr noch keinen Büchsenmeister und treibt die Steine ungeschickt ins Weite. Mir stünd's mit Ehren nicht zu verantworten, wollt' ich euch das Haus zum Plündern und Brennen auftun und die Burgfrau in die mörderischen Zeitläufte hinausstoßen, die allenthalben vom Main bis zum Bodensee im Gange sind.«

»Wir aber kommen zu euch!« gelobte Wolfgang Kirschenbeißer finster. »Und wenn wir als die Kraniche über die Mauern fliegen müßten, wir werden uns im Schlosse halten, als im Feindesland!«

»Wir wollen uns herzhaft zur Wehr setzen!« sprach Ritter Felix, die Lagergasse hinabschreitend. »Und wenn ich dann dir Pfaffen eins durch den Kopf hauen darf, soll's mich freilich nicht gereuen!«

X.

Von den Zinnen des Hauses Wolframstein sandten lodernde Pechpfannen ihre zitternden Lichtkegel in die Nacht. Helme und Hellebarden spiegelten sich darin, und riesenlange Schatten der auf- und abschreitenden Wachen glitten über die Mauern der trotzigen Feste. Es rührte sich nichts. In der Totenstille mußte auch das leiseste Zeichen eines heranschleichenden Feindes, jedes Waffenklirren und Knacken eines trockenen Astes wohl vernommen werden.

Erst als Felix von Trugenhoffen in den Palas trat, schlugen Stimmen an sein Ohr, ein ersticktes Schluchzen und Jammern und ein paar rauhe Scheltworte dazwischen.

Sebastian Rebenkönig tastete sich die halbdunkle Treppe herab. »Das ganze Frauenzimmer flennt in hellen Ängsten!« berichtete er dem Ritter. »Sie zetern und dadern als die Gänse, bis ich's ihnen jetzt verwiesen hab'!«

»Und wie hat sich die edle Frau selbst?«

»Sie ist wieder bei sich! Hat nach Euch gefragt, Euer Fest!«

Oben knarrte die Türe. Madlene stand auf der Schwelle und wankte, während der greise Reiter sich die Stufen hinabschob, auf Herrn Felix zu. Das blonde Haar umflutete aufgelöst in regellosen Wogen den schlanken Leib. Aus ihrem Gesicht war jeder Blutstropfen gewichen, daß es ganz andere Züge angenommen hatte und in dem Dämmerlicht wie das eines schönen Gespenstes erschien.

»Ich will nicht sterben«, stammelte sie bebend. »Ich fürchte mich vor den Bauern und dem Tod! Herr, rettet mich, ich will nicht sterben!«

»Dazu bin ich gekommen, um Euch zu retten!« Der Trugenhofer legte sachte den Arm um sie. »Aber wann unser letztes Stündlein bereitet ist, das weiß nur einer!«

»Er wird Erbarmen mit uns haben! Ich bin noch so jung – wenn ich die Augen schließ', so seh' ich die blutigen Edlen – meinen Herrn und die Brüder – und wenn ich die Augen aufmach', so seh' ich der Bauern Feuer und vergeh' in Entsetzen!«

»Das steht Euch übel an!« sprach Ritter Felix unwillig und führte sie durch das Frauenzimmer in ihre anstoßende Kemenate. »Da setzet Euch hin, faltet die Hände und betet! Denkt nicht an den armen Leib, sondern an die ewige Seele!«

Sie schloß die Augen und bebte.

»Unten in der Weißdornhecke am Turm hat's viele Vögel!« flüsterte sie vor sich hin. »Ich hab' wohl gesehen, wie die großen plumpen Krähen über ihre Nester kommen und die hilflosen Dinger flugs erwürgen. So wird's auch mein Los und Schicksal sein! Herr, erbarm dich meiner!«

»Ei, noch ist der Bauersmann nicht im Schloß!« Der Ritter stieß unwirsch sein Schwert auf den Boden. »Betet, Frau, das ist besser, als sich vor Menschen bangen!«

Madlene nahm seine Eisenfaust, die den Degen umspannt hielt, zwischen ihre kalten, weißen Hände, »Vergebt, Lieber!« bat sie. »Teilt mir von Eurer Herzhaftigkeit mit und rechtet nicht mit mir!«

Da preßten sich die gepanzerten Finger, das Schwert zur Seite gleiten lassend, um ihre Rechte, und ein wildes, trotziges Lächeln umspielte den Mund des fahrenden Gesellen.

»Seid guter Dinge!« sprach er. »Euern Mann und Eure Brüder kann ich nicht von den Toten aufstehen heißen, aber Euch will ich wahren gegen Höll', Tod und Teufel, so wahr ich ein Ehrlicher von gutem Adel bin!«

»Herr, wacht auf!« Bastian Rebenkönig rüttelte den schlafenden Ritter. »Es steht ein halbgewachsener Bub' draußen! Spricht, er wär' Euer Bub' und kein anderer!«

Der von Trugenhoffen fuhr auf und schaute verstört durch den Rittersaal, in den das Grau des Morgens drang. Dann kam ihm die Erinnerung. Er sprang auf. »Hans Waldvogel!« rief er. »Bist's wirklich, mein Bub'?«

»Ja, Ritter!« antwortete eine helle Stimme, und der schwarzhaarige Junge schlüpfte hinein. Seine dunklen Augen strahlten, und die weißen Zähne glänzten in freudigem Lachen. »Ich will meinem Heiligen eine Kerze weihen!« frohlockte er. »Ich hab' meinen guten Ritter wiedergefunden!«

»Man sollt's nicht glauben!« – Der Trugenhofer entzog sich seinem Handkuß. »wie ist dir das geglückt?«

»Ich war auf dem Weg zu Euch nach Weinsberg!« berichtete Hans Waldvogel. »Kam da ein Bettler auf schön geschirrtem Roß, eine goldene Kette um den Nacken, ein Ritterschwert zur Hand und viel schlechtes Volk um ihn. Die schrien: ›Die Edlen in Weinsberg sind allesamt tot! Nun ziehen wir von Neckarsulm gen Heilbronn, wollen die Stadt gewinnen, den inneren Rat durch die Spieße jagen, den äußeren köpfen, die Bürger zusammenstechen, die Landsknecht' zu Pulver brennen und andere Städt' damit beschießen.‹ Da verbarg ich mich im Schrecken und hört', wie einer zum andern sprach: ›Ein Ritter ist aus Weinsberg gen Wolframstein entkommen – trägt eine Harfe auf dem Schild.‹ Da hat mir das Herz im Leib gelacht, und ich hub mich eilends hierher.«

»Und mir ist's wahrlich lieb, daß du da bist.« Ritter Felix legte ihm die Hand auf den dunklen Krauskopf.

Der alte Rebenkönig trat heran. »Es gibt noch eine bessere Zeitung, Herr! Die schwarze Schar zieht ohne Sturm ab, und nur Pfaff Kirschenbeißer bleibt mit seinen mutwilligen Bauern vor dem Hause liegen.«

Der von Trugenhoffen erstieg den nächsten der kleinen Wachttürme und schaute ins Tal. Jawohl – da zog in langen, wohlgeordneten Gliedern, dumpfdröhnenden Schrittes, vom Stangenwald der Spieße überschattet, in deren Mitte die schwarze Fahne im Frühlingswinde flog, schweigsam und grimmig die Heermacht Florian Geyers neckarabwärts.

Der alte Reitersmann wiegte beifällig das Haupt. »Das sind weidliche Kerle! Wenn solche Schlaghaufen sich rottieren, dann kann man freilich allerorten der Obrigkeit nicht Lachens sein!«

»Und was der ehrlose Pfaff da unten an sich gehenkt hat,« sprach Hans Waldvogel dreist und deutete hinab auf Wolfgang Kirschenbeißers Fähnlein, »die dummen Bauern, die mich am lichten Morgen haben durchschleichen lassen, die wiegen wahrlich im Feld kein Lot! Die sollen nicht Heller und Pfennig Beute an uns gewinnen, dafür ist ihnen mein Herr und Ritter gut!«

Aber der von Trugenhoffen erwiderte ihm nichts, vorzeitig brauchte es keiner zu wissen, daß wohl schon zu dieser Stunde die Falkonette und kugelgefüllten Karren träge unter Gebrüll und Peitschenknall der Pferdetreiber über aufgeweichte Ackerpfade dem Schlosse zurumpelten. »Hast sonst noch Neues vernommen, Hans?« fragte er kurz.

»Ja, Herr! Am Abend selben Tages, wo Ihr aus Heidelberg geritten seid, war großer Jubel auf dem Marktplatz. Und kam der Pfalzgraf vom Schloß, sprach: ›Liebe vom Adel und treue Bürger! Mir wird Nachricht, daß des schwäbischen Bundes Heer unter dem Truchseß von Waldburg nunmehr ins Feld gezogen und zum ersten bei Wurzach der Rebellen Meister geworden ist. So will auch ich der gemeinen Not mich keineswegs verwahren und in drei Tagen mit Herren, Rittern und Fußvolk den Neckar aufwärts kommen und bei Gefahr meiner Land' und Krone nicht mit der Bauern Brüderschaft paktieren, sondern zum Truchseß stoßen, um die Schelme ernstlich auf Tod und Leben zu bestehen!‹«

»Drei Tage!« murmelte Ritter Felix sorgenvoll. »Laßt ein Haus drei Tage brennen und schaut, was dann noch zu retten bleibt!«

Die anderen beiden hörten ihn nicht, sondern schauten gespannt hinüber auf das andere Ufer des Flusses. In lärmenden Reihen wanderten da bewaffnete Bauernhaufen in der Richtung nach Heilbronn dahin. Freudenschüsse knallten, und vor den trunken hin- und hergeschwenkten Bannern tanzten die scheuenden Pferde im Zickzack über die Straße.

»Potz! wie der Pöbel zu Rosse sitzt!« lachte der alte Rebenkönig grimmig. »Das sind mir rechte Anführer!«

»Die Schreckensbuben von Weinsberg sind's!« sprach Herr Felix zornbebend. »Erkenn' die Hunde wohl wieder! Da der Jäcklein mit des armen Grafen Gugelhut und Federn auf dem Kopf, und da Jörg Metzler und der Flammenbeck!«

»Und wer ist der Ritter, der mitten im Schwarm reitet?« fragte Hans Waldvogel.

Der Reisige trat einen Schritt zurück. »Gott straf' mich! Es ist Herr Götz von Berlichingen! Sie haben den Herrn gefangen!«

»Gefangen nicht – aber zu ihrem Kapitän erwählt und gezwungen.« Des Trugenhöfers Züge verdüsterten sich. »Schaut, wie sie ihn umjubeln! Ihm freilich scheint's doch nicht wohl zu sein in der Mordsbrüderschaft!«

In der Tat saß der kühne, kleine Ritter nicht so trotzig im Sattel, wie sonst. Die stämmige, eisenumhüllte Gestalt hielt sich wohl aufrecht, aber in dem verwetterten Gesicht konnte man, soweit es der Blondbart frei ließ, trotz der Entfernung deutlich böse Sorgen und Röte lesen. Er glich wirklich mehr einem Gefangenen als einem Führer, wie er da, ohne rechts und links zu schauen, sich von den regellos dahinflutenden Massen mittragen ließ.

Sebastian Rebenkönig sah bekümmert aus. »Der arme Herr! Dem haben die Bösewichter gewiß keine Wahl gelassen!«

Felix von Trugenhoffen lächelte bitter. »Dir altem Kriegsmann kann ich's vertrauen!« sprach er langsam. »Uns vom Adel bleibt überhaupt keine Wahl in dieser Zeit, wir gehen unter, wohin wir uns wenden. Der Florian Geyer ist freiwillig der Bauern Freund! Er wird umkommen. Der Götz dient ihnen gezwungen und wird es doch bereuen müssen. Der Sickingen diente der Ritterschaft; den erschossen die Pfaffen. Der Hutten diente dem neuen Geist und mußt' im Schweizerland verderben. Dein Herr und wir anderen waren den Fürsten gehorsam, und der Weinsberger Handel ward unser Lohn. Verderben überall! Es ist kein Raum mehr für den Götz – den Geyer – den Eysenhut – für mich und alle Ritter!...«

XI.

Zwei Nächte waren vergangen, seit Ritter Felix so gesprochen. Das Abendgold der scheidenden Sonne umglühte die Zinnen und Türme des Wolframsteins, der trotzig wie je auf seine Feinde im Tal herabsah. Deren Zahl hatte sich gemehrt. Ein Haufe von »Jäckleins Trabanten«, verlaufene Weinschröter und Winzerknechte aus dem Weinsberger Tal, war dazugestoßen und umlauerte beutegierig die Burg.

Aber dies Gesindel war es nicht, das den Ritter und seine Reisigen so ernsten Angesichts auf den nächsten Rebenhügel schauen ließ. Zwei lange Eisenschlangen gähnten ihnen da im Abendscheine schillernd entgegen, und um die Stücke herum wirrte es, wie das Gewimmel eines Ameisenhaufens um tote Nattern, von eilfertig schanzenden Gestalten.

»Seid unverzagt, liebe Reiter!« sprach der von Trugenhoffen endlich. »Sie wollen uns nur schrecken! Solch leichtfertig Bauernpack weiß übel mit Feldstücken umzugehen!«

»Und der Augsburger Büchsenmeister?« Bastian Rebenkönig raunte es herantretend dem Trugenhofer zu. »Sie haben ihn für schweres Geld in Sold genommen; ich kenne den Herren wohl, der da drüben hantiert! Der hat sich dem Teufel verschrieben, kann auf eine Stunde weit den Hahn vom Kirchturm schießen, wenn ihm der böse Feind beisteht!«

Auf dem Hügel blitzte es auf. Unter dumpfem Knall blähte sich eine Rauchwolke vor dem feuerspeienden Rachen, und eine Eisenkugel schmetterte mitten in die Gruppe der Gewappneten auf dem Turmwerk, daß die Stein- und Holztrümmer sprangen und Staubwirbel in der zitternden Luft aufstiegen. In ungelenken Sätzen waren die klirrenden Gestalten hinter die dicken Mauerzinnen gestoben. Nur einer blieb am Boden liegend zurück.

»Mich hat's, Herr!« murmelte Sebastian Rebenkönig und schaute aus den alten müden Augen zu dem Ritter Felix auf, der, neben ihn hinkniend, den weißen Kopf in seinen Schoß nahm. »Es ist an dem, daß ich geh'! Mein Herr kann sich dort drüben nicht ohne seinen alten Knappen behelfen! Ich muß zu ihm – hab' mein langes Leben lang unverzagt dem Adel gedient! – so darf ich armer Knecht nun in eines Edelmanns Armen sterben!«

Der von Trugenhoffen drückte dem greisen, im Tode freundlich lächelnden Reitersmann die Lider herab und winkte zweien seiner Gesellen, ihn in die Kapelle zu tragen. Die taten's in Eile, denn schon richtete und maß der Augsburger Hexenmeister drüben mit seinem langen weißen Stab an der zweiten Schlange, und wie das Pochen einer Riesenfaust klopfte die Kugel an den linken Torturm, dessen vorderer Zinnenkranz als ein Gepolter stäubender Steinmassen in den Graben niederrollte. Der dritte Schuß vergrub sich in desselben Balkenwerks Mitte. Es fielen keine Quadern danach. Aber der Turm wankte, und langsam öffnete sich in ihm ein klaffender Riß von oben nach unten.

Dann wurde es drüben auf der unheildräuenden Rebenkuppe still. Die Dämmerung brach zu schnell herein und verhinderte weiteres Zielen. Bis zum nächsten Morgen mußten die Feuerschlangen tatenlos in den Erdbetten vor ihrem Opfer auf der Wacht liegen.

In finsteren Sorgen trat Ritter Felix bei Madlene ein.

»Das Wasser steigt!« sprach er. »Mit ihrer höllischen Arkeley schießen sie uns das gute Haus zuschanden, wann sie ein, zwei Tage das Geschütz dergestalt baß in die Mauern gehen lassen, sind wir dem Feind verfallen.«

»Und ist keine Rettung mehr?« fragte Madlene mit bebender Stimme.

»Es ist nur noch ein Rat!« Der Ritter schaute, prüfend in die Nacht, »wir tun uns heimlich aus dem Schloß und geben uns in die Flucht, wie's die Gäule nur vermögen. Aber es wird ein harter, böser Ritt durch das gottverlassene Land, und wie er ausgeht, kann ich Euch nicht melden!«

Madlene faßte seine beiden Hände. »Handelt, wie es Euer Verstand erfordert«, sprach sie und schaute ihm voll ins Gesicht, »Wie Ihr's meint, will ich meinen, denn mir ist kein Trost und Hilfe auf der Welt, als bei Euch!«

»Und ohne Euch kann mich die Welt nicht getrösten!« sagte der Trugenhofer. »Wartet nun, Madlene, bis ich die Knechte versammelt und berichtet hab'!«

Auf dem von der Glut der Pechpfannen überzitterten Hof blieb der Ritter in ungläubigem Schrecken stehen.

Der Hof war leer. Kein Harnisch blinkte auf den Mauern, kein Spieß einer auf- und niederschreitenden Wache hob sich von dem sternenglitzernden Nachthimmel ab. Das Schnauben und Trappeln der Pferde in den Ställen war verstummt, wie das angstvolle Geflüster und Gezeter der Mägde in Küche und Kammern. Nichts Lebendes regte sich mehr in den hochgieblig aufstarrenden Steinmassen ringsumher.

Doch da – in langen Sprüngen huschte eine schmächtige Gestalt von einer Ausfallpforte heran. Hans Waldvogel fiel weinend vor seinem Herrn auf die Knie.

»Sie haben mich bis zu dem Türlein mitgeführt und des Todes bedräut, wenn ich sie verrate!« schluchzte er. »Es hätte noch gute Weile, sprachen sie, daß ich's Euch melde!«

Der Trugenhofer riß ihn ungestüm in die Höhe, »Was denn?« knirschte er. »Wo sind die Knechte?«

»Sie haben heimlich die Pferde aus dem Stall gezogen, Stroh um die Hufs gewickelt und sind davongeritten, ehe die Bauern die Mausfalle zumachen. Wollen sich mit dem Schwerte Bahn durch den sumpfigen

Reiherwald hauen, die Rosse am Zügel, und nicht achten, ob ihnen indes die Bauern mit Bolzen auf den guten Krebs schießen. Aber mit einem Frauenzimmer, sprechen sie, ist solch mühsam gefährlicher Handel schon anfangs verloren, und weil der Ritter nicht ohne die Frau wird reiten wollen, mag's ihm lieber verborgen bleiben, als daß wir guten Gesellen darum allesamt umkommen sollen!«

»Die Hunde!« knirschte der Trugenhofer. »Und wo ist das Mägdepack hingeraten?«

»Durch das offene Türlein hinaus. Sie wollten anheim in ihre Dörfer laufen und nicht im Schlosse verderben!«

»Die Bauern sind nichts gewahr geworden?« Der Ritter schaute grimmig auf die spärlich flackernden Wachtfeuer im Kreise. »Ei, ihr Tröpfe, euch mag der Teufel das Kriegen lehren! Nun merke, Hans: schaff' alles, was drei Menschen vonnöten ist, jetzt eilends ganz oben in den Bergfried hinauf. Sieh, ob Musketen mit Kraut und Blei und Armbrüste oben sind und ein Faß mit Regenwasser. Schlepp' Wein, Brot und Dürrfleisch in den Turm. Laß dich die Mühe nicht verdrießen. Es geht auch um dein junges Leben! In Weinsberg haben sie die kleinen Reiterbuben erstochen wie die alten Kriegsleut'!«

Hans Waldvogel aber lachte. »Herr, ich bin leichten Herzens. Der Turm ist dicker, als ich je einen geschaut hab', und hoch und stark! Die Holztreppe zum Einschlupf oben schlag' ich mit der Axt kurz und klein. Steigen wir dann an den Strickleitern in die Höhe und holen sie nach, dann soll Euch kein Bauer die Sporen abziehen!«

In der Kemenate saßen bei flackerndem Kienspan die beiden einsamen Menschen einander gegenüber.

Sie schwiegen. In gewaltigem Brausen umwehte, von der Berghalde herabstreichend, der Frühlingssturm die Burg. Er füllte die winkligen Höfe mit seinen stöhnenden Luftwirbeln, er pfiff um die Turmkappen und sandte seinen erkältenden, mahnenden Hauch, unsichtbar wie ein Gespenst, in die Kammern der Palas. Madlene zog den Fuchspelz dichter über die Schultern. »Es ist, als wehte einen das Sterben an!« flüsterte sie tonlos.

»Kann sein, daß die Bauern uns über den Hals kommen,« murmelte Ritter Felix, »ehe der Turm eingerichtet ist. Ich kann dem Buben nicht zur Hand gehen in meinem schweren Eisenhemd, und von mir tun darf ich's auch nicht!«

»Und wenn die Bauern kommen?« Sie schlang die Hände verzweifelt ineinander.

»Dann erstech' ich Euch mit meinem Dolch –« sagte der von Trugenhoffen ruhig – »und schick' selbst etliche der Bösewichter dem Teufel zur Verehrung in die Hölle, eh' daß sie ihre Schweinsspieße durch mich rennen! Ja, Frau, das ist nicht anders, wir sind zwischen Tod und Leben!«

Madlene erwiderte nichts. Ein Windstoß umdonnerte die Burg und verhallte in langgezogenem Klage». Es raschelte und zischelte unten im schwankenden Dürrgras des Grabens, daß das junge Weib entsetzt zusammenfuhr.

Der Ritter sah sie mitleidig an. »Ist Euch sehr bang, Madlene?« fragte er.

Sie nickte angstvoll. Dann aber hob sie das schone Haupt. »Nein!« sprach sie schweratmend. »Es gebührt mir nicht, bang zu sein. Ich will mich verhalten, wie ich's Euch gesagt hab', und mich standhaft in Euch schicken, Ritter Felix, ob uns Gottes Gnade Leben oder Tod beschert!«

Der von Trugenhoffen faßte ihre Hand. Stumm lauschten sie dem Sturm des Frühlings draußen, dem unermeßlichen Rauschen, das anschwellend und verhallend, bald wie Jammer, bald wie Jauchzen aus dem Bergwald niederzog.

»Das ringt und tost in allen Landen!« sagte Ritter Felix. »Die Welt wird neu, kleidet sich in ein anderes, buntes Gewand! Und das ist wieder bis zum Herbst zerschlissen und vergilbt und muß vergehen. Das Menschenlos ist nicht anders, Madlene! In der verlassenen Burg, in der wir jetzt allein leben und atmen, da haben vor uns schon viele gelebt, sich der Sonne gefreut, sich geküßt und gekratzt, Speere gebrochen und Linnen gesponnen, gebetet und geflucht, sind dahingefahren, und ist von ihrem irdisch Teil nichts überblieben, als ein paar arme Gebeine unterm Wappenstein, dergleichen ich noch jüngst in Weinsberg gesehen hab'.«

»Und so werden auch wir dahingehen –« Madlene schaute vor sich hin – »wie Märzenschnee und Spinnweb ob den Stoppeln, und verweht und vergessen sein, wie die vor uns waren...«

»...und nach uns kommen werden, Madlene! Und das soll uns nicht grämen. Erschrecklich ist nur das eine, wenn man abgerufen wird und hat das Beste nicht erkannt, das im Leben uns armen Sündern bereitet ist!«

»Und wie erkennt man's, Ritter Felix?«

»Es ist überall auf Erden!« sprach der von Trugenhoffen. »Und wenn ein Mann und ein Weib wie jetzt in Nacht und Stille sich in die Augen schauen und um sie her der Frühling übers Land fährt, dann klingt's darinnen wieder und hat doch ein ander Aussehen und Gestalt, als wir geglaubt und gehofft hätten. Hab' gemeint: wann wir beisammen sind und so eins, daß uns keiner mehr heißen und dräuen kann: ›Du da geh' rechts und du links!‹ – so waren wir des getrost, dächten nicht anders, als wir hätten solch Glück, wie wir's auf Erden nicht besser wissen. Und nun bescheint's sich, daß uns selbes Glück in Nöten Leib und Leben widerfährt. Der Tod steht uns vor!«

»Der Tod steht vor uns!« Madlene schauerte zusammen. »Und der Tod steht dahinter. Mein Hausherr ist Todes verblichen und meine Brüder. Denen hab' ich, wie sie wegfertig waren und verreiten wollten, einen üblen Reisesegen gegeben. Hab' mich verlauten lassen, ob sie lebendig vorhanden seien oder nicht, das sei mir eins so lieb wie das andere, in Ansehen, daß sie mit meinem Glück und Leben so bös umgesprungen. Daß ich das gesagt hab', war große Sünde. Drückt hart auf mir!«

»Ei was!« sagte der Ritter. »Ich war doch bei dem Weinsberger Handel dabei, wann Ihr Euren Brüdern zehn Leben gewünscht hättet statt einem, so wär' es in den Wind gewesen. Da war keine Rettung mehr. Sie haben sich vorsätzlich in den Bauernhaufen begeben *tanquam Decius in confertissimos hostes*. Da sind sie erstochen worden. Gott verzeih' ihnen und uns allen!«

»Gott verzeih' mir! Ich trag' die schuld! Mich reut's schwer!«

»Mich nicht!« brummte der Trugenhofer halblaut vor sich hin. »Ist einer mein Feind und Widerpart, so ist's mir um sein Leben so viel wie Sankt Jakoben um eine Muschel!«

Madlene hatte ihn nicht gehört, »Wann uns Gott das Leben schenkt,« sprach sie, »so will ich auf ein Jahr in ein Kloster gehen und eigentlich Buße tun. In der Zeit weiß ich nichts von Euch und Ihr von mir. Das sollt Ihr mir handfesten und geloben!«

Ritter Felix seufzte. »Ich gelob's, Madlene!« sagte er kurz. »Kommt mir bös an! Aber ich seh's wohl: Es gebührt sich für Euch! Ich will mein Herz zuschließen, bis es übers Jahr wieder Frühling wird.«

Schritte huschten durch das Vorgemach. »Es ist alles gerüstet, Herr!« meldete Hans Waldvogel, hochrot vor Eifer und Anstrengung.

Auf schwanker Strickleiter klommen sie zu der Fackel hinauf, die am Einstieg des Bergfrieds flammte. Ritter Felix bückte sich, zog aus der gähnend schwarzen Tiefe das Taugewebe nach und legte von innen die Eisenplatten gegen den Mauerschlitz, mit dicken eisernen Stangen und Steinen sie wohl verwahrend. Dann richtete er sich auf und sah Madlene lachend an. »Nun sind wir von der Welt geschieden,« sagte er, »wie die schiffbrüchigen Kreuzfahrer auf der Klippe. Ringsum das Meer und ob ihm drei arme Sünder, Ihr, Frau, ich und Hans Waldvogel, mein Bub'!«

XII

Den weißen Morgenschwaden fluchend, die zwischen der Burg und den Schlangen ihre schützenden Schleier zogen, umstapfte Herr Wolfgang Kirschenbeißer mit einem Trupp der Seinen die Feindesmauern und blieb da, wo der Hügel sich zum Flußdickicht hinabsenkte, betroffen stehen.

Eine Spur zerstampfter Erde zog sich durch die feuchten, leicht dampfenden Schollen, die Eindrücke ausgeglitschter Pferdehufe und gespornter Stiefel durcheinander.

»Sie haben sich davongetan!« rief er, indem sich sein Bulldoggenantlitz verklärte, und trabte schwerfällig zum Lager zurück. »Ihr frommen Bauern – das Haus ist leer!«

Lange standen zögernd die Sturmhaufen vor den schweigenden Zinnen. Sie hatten einen Wagen mit Leitern herangefahren, aber keiner unternahm es, als der erste in den Graben hinab- und die Mauer hinaufzusteigen, bis endlich Pfaff Kirschenbeißer selbst sich des Wagestücks vermaß. Die anderen sahen ihm nach, wie sein massiger Leib waffenlos, einer schwarzen Kröte nicht ungleich, an der senkrechten Steinwand emporkroch, sich über deren Brüstung wälzte und verschwand.

Nach kurzer Zeit tauchte der grimmige Bauernschädel wieder auf. »Haus Wolframstein steht heut noch und nimmermehr! Der Feind hat es in unsere Hand gegeben!« – –

Da begann ein Klimmen und Klettern von allen Seiten. wie gespenstische Schatten huschten durch das Morgengrau auf leisen Bastschuhen die Bettlergestalten über die Höfe, in denen sie sonst nur mit abgezogener Kappe als elende Hörige gestanden, ihre gierigen Schwärme flogen die Stufen hinauf durch Kammern und Säle, in Keller und Boden und begannen eilfertig und hirnlos das Werk des Zerstörens.

In dem herniederwehenden Bergwind stäubten, ein tausendfaches Gewimmel, die Federflocken der aufgerissenen Betten durch die Luft; der weiße Mehlstaub quoll aus zerschlitzten Säcken; in den Gewölben sprudelte aus eingehauenen Fässern der edle Rotwein des Schwabenlandes. Hell klirrten die bleigefaßten, gemalten Spitzbogenscheiben der Kapelle, deren Gold und Silber, zu Klumpen gebogen, als papistischer Greuel im Säckel des Beutemeisters verschwand; aus den Fenstern flogen Waffen und geschnitzter Hausrat, Zinnkruge, Kleider, Linnen unter die johlenden Weiber im Hof.

Ganz unten in den tiefsten Gängen des Schlosses leuchtete man mit flackernden Fackeln nach verborgenen Schätzen und stieg, trunken vom Wein und erhitzt ob der vergeblichen Mühe, wieder ans Tageslicht empor.

Dabei stolperte einer von Herrn Jäckleins Gesellen, ein wüster junger Winzer, beim Aufgang zum Stall. Die Fackel fiel aus seiner Hand und teilte in fortlaufenden Funkenfäden ihre Glut den rings verstreuten Heuballen mit.

Wie Pulver flammten die auf. Vom Sturm entfacht, erhob sich langsam eine mächtige Feuersäule und wandelte den Kornböden zu, deren lose gehäuftes Getreide sie knatternd und krachend empfing. Im Augenblick lohte der ganze Giebel. Und von seiner brausend aufsteigenden Brunst fuhren im Pfeifen der Windsbraut flackernde Fetzen triumphierend durch die Luft dahin und ließen sich wie Raubvögel auf Sparrenwerk und Schindeln der umliegenden Dächer nieder. Dort nisteten sie sich ein. Vom Winde hingepeitschte Rauchwirbel entqualmten dem Trichter, den sie gierig in das trockene Gehölz der Türme und Häuser fraßen, und schon blähte sich, weit von ihnen entfernt, überall der Qualm des Feuers, das im Hause selbst, ein wütender Gast, über die Gänge hin, die Treppen auf und nieder eilte, bis der Dunst in eins zusammenschlug. Unter der schweren, die Sonne verfinsternden, funkendurchsprühten, schwarzen Wolke spielten die blutroten Flammen zitternd und hüpfend über allen Zinnen und Giebeln des Hauses Wolframstein.

»Feuer!« Die Weiber schrien es in wirklichem Schrecken, die Männer johlten dazu und lachten in trunkenem Mut. Das Schloß wäre ja ohnedies gen Himmel geschickt worden! Schlimm war es nur, wenn man etwas an Beute darin lassen mußte. »Tummelt euch!« donnerte Pfaff

Kirschenbeißer mit seiner mächtigen Stimme. »Eilt euch und fegt das schändliche Haus zu Grunde aus, ehe uns die Flammen ganz über den Hals kommen!«

Um ihn herum wogte das Getümmel. Die Beute hinter sich herzerrend, zu dritt und viert dahinschlepppend, stoben die Scharen der Plünderer durch Qualm und Aschenregen hin und her, den Ausgang suchend und doch immer wieder zurückkehrend, um der Glut ein letztes Raubstück zu entreißen.

Der Pfarrherr trat, mit den Händen die Funken von seinem Chorrock streichend, unter die Männergruppen, die noch allein den sich leerenden Burghof erfüllten. »Ist auch alles durchgesucht?« fragte er. »Habt ihr im Bergfried nichts gefunden?«

»Man kann nicht in den Turm!« schrie ein rauchgeschwärzter Bursche. »Die Leiter ist zerschlagen!«

»Dann haben sie ihre Kleinodien in den Turm geborgen –« tobte der Kirschenbeißer – »getrösten sich, daß das feste Mauerwerk dem roten Hahn widersteht! Rennt, christliche Brüder – schafft eine Leiter vom Wagen an. Die Feuersnot leidet's noch!«

Als die Leiter angelehnt war und der rußige junge Knecht als erster axtbewehrt sich hinaufhaspelte, zischte es oben aus einer schräg nach unten geneigten Schießscharte, und ein greller Aufschrei hallte im Hofe wider.

»Schaut nicht hinaus, Madlene!« sprach Herr Felix finster. »Ich hab' den Schalksknecht durch und durch geschossen.«

Wolfgang Kirschenbeißer unten legte die hohlen Hände an den Mund. »Steigt flugs herab –« brüllte er, »und gebt Euch uns auf Gnad' und Ungnad'! Tragt Ihr Sporen, müßt Ihr sterben! Weib und Kind sichere ich, der Pfarrherr von Gottwoltshausen, christliches Geleit!«

Der Trugenhofer sah seiner Gefährtin ins Gesicht: »Steigt hinab, Madlene, so seid Ihr des Gebens gewiß. Hier oben weiß ich nicht, was stärker sein wird, der Turm oder die Flammen!«

»Ich weiß eins, das ist stärker als beides, Turm und Flammen!« Madlene setzte sich nieder. »Das ist die Treu! Ihr habt sie mir bewiesen! Ich schuld' sie Euch und will sie wahrlich halten!«

»Steigt hinab!« herrschte sie der Ritter an. Sie schüttelte das Haupt.

Aus dem Qualm drang von unten wieder die finstere Stimme. »Macht voran! Wir sind in Gefahr Leib' und Lebens wie ihr!«

Ritter Felix ergriff das junge Weib am Arm. »So schlepp' ich Euch mit Gewalt über die Treppe«, knirschte er, »und lass' mich von den Bauern erwürgen!«

Sie entriß sich ihm und flog an die Schießscharte.

»Kennt Ihr meine Stimme, Pfaff Kirschenbeißer?« rief sie hell durch Rauch und Funken hinab.

»Großer Gott!« Der Pfarrherr trat erschüttert zurück. »Frau, seid Ihr oben?«

»Ich bin oben!« klang wieder der helle Ton in die glühende Nacht. »Ich mit meinem Freund und Gesellen, will mit ihm leben oder verderben, wie's Gott gefällt!«

»Kommt herab, Frau!« jammerte Herr Kirschenbeißer. »Ladet uns nicht Euren Mord aufs Gewissen und bedenkt…«

Ein betäubender Krach unterbrach seine Worte. Der Seitenturm am Palas, der schon die ganze Zeit, die lodernde Krone auf dem Haupte, wie betäubt hin und her geschwankt war, knickte in sich zusammen und prasselte, ein Haufe dampfendes Mauerwerk, hernieder, daß die Bauern unten in wilden Sätzen entflohen. Unmittelbar hinter ihnen schloß sich die Flammenwand um den Hof, auf dem mit kahlen, gespenstisch lodernden Ästen die uralte Linde zum Himmel wies. Trotzig starrte der Bergfried aus dem glühenden Tuftmeer empor, das mit brausenden Schwingen seine Quadern umkreiste und als erstickend heißer Schein hell in sein Inneres und die stummen Menschen darin leuchtete. Ein Knattern und Krachen wie das einer Feldschlacht hallte aus dem Kampf zwischen Flamme und Menschenwerk, und in das tanzende Gewühl der Feuergeister hauchte aus vollen Backen der Frühlingssturm seinen kalten Hauch, daß der Wald wogender Flammenwipfel sich schauernd vor ihm beugte und weithin flüchtend, mit blutigen Funkentropfen übersät, die schwarzen Schwaden zogen.

»Hält der Bergwind an, so sind wir gerettet!« sprach Ritter Felix zu Madlene, die, seine Hand umklammernd, mit ihm in das gewaltige Rauschen des Flammenmeeres zu ihren Füßen hinabstarrte. »Er treibt den Rauch zum Neckar, daß wir ihn nicht zu schlucken brauchen, sondern die klare Waldluft aus Busch und Matten!«

»Aber der Bergfried kann einstürzen wie die anderen Mauern!«

»Der ist für die Ewigkeit gebaut! Wenn nicht der Palas auf ihn fällt –« Ritter Felix brach ab und schaute düster zu dem brennenden Herrenhaus hinab.

Aus dessen Fenstern wehten überall die roten Fahnen, schlugen züngelnd und spielend ineinander und krochen wieder in die Prunkräume zurück, um dort gefräßig ihr Zerstörungswerk zu vollenden. Das Dach war schon ganz geschwunden. Nur die hochragende Umfassungsmauer stand noch aufrecht, eine ungeheure, von leeren Fensterreihen durchbrochene Steinwand, hinter denen es greller und immer greller glühte.

»Wenn das Innere zusammenbricht, fällt auch die Wand!« murmelte der Ritter.

»Wohin fällt sie?« Madlene wandte ihm ihr totenbleiches Antlitz zu.

»Vielleicht auf unseren Turm!«

»Und dann?«

»Dann bricht der Turm, und das Feuer verzehrt uns!«

Die Augen mit der Hand schirmend, spähte der Ritter hinaus. Es war ihm, als glühte hinter den Fensterhöhlen des Palas die Hölle, als tummelten sich riesige Gestalten in den Flammen, als klängen Befehle, Frohlocken und Gelächter menschenähnlicher Ungeheuer aus dem Brausen hervor, als rüttelten unsichtbare Klauen an der Mauerwand. Und dann ein Krachen und Poltern, das wie ein Erdbeben aus der Tiefe zu kommen schien – das Innere des Palas war eingestürzt, und in dem jäh wieder alles übergießenden Brandschein begann die Mauer sich rascher hin und her zu wiegen.

»Da ist der Tod!« Ritter Felix riß mit rauhem Griff das junge Weib aus der Ecke hervor, in der sie geschlossenen Auges, Gebete murmelnd, lag. »Da ist der Tod!« schrie er ihr durch das Brausen und Knattern ins Ohr, und deutete auf die flammende Wand. »Fällt das Feuer auf uns, so sind wir Asch' und Rauch! Vergehen, als seien wir nie gewesen.«

»Gott will es!« Sie wollte stammelnd wieder auf die Knie fallen. »Er weiß, was er an uns armen Sündern tut!«

Er preßte sie mit eisernem Arm an sich, »Wir vergehen, Madlene! Sind stumm in aller Zeitlichkeit und haben uns doch noch nicht gesagt, womit wir uns freudig in Not und Sterben getrösten!«

»Wir dürfen's uns nicht sagen!« Sie riß sich los und trat schweratmend ans Fenster. »Es ist heillose Sünd'! Noch ist mein Hausherr kaum erkaltet…«

»Bald sind wir mit ihm verweht und vergessen! Dann ist's zu spät!« Der Ritter lachte wild auf und wies durch das Funkensprühen wider die mächtig ragende, in der Glut leise schaukelnde Mauer. »Schau …das Mäuerlein wiegt sich ab und nieder. Besinnt sich, ob es uns nicht im Hui überzucken soll! Dann heißt's Ach und Wehe und erfüllt sich mit uns im feurigen Ofen!«

»Seid still!« Madlene schmiegte sich zitternd an ihn an. »Seid still! Bei meiner Seelen Seligkeit! Ich will taube Ohren haben wider Euch!«

Sie verstummte und schaute mit großen Augen in die Flammen. Aus weltaufgerissenem Rachen glühte es ihr entgegen. Da stand der Tod, ein hochragendes, von gierigen Flammen umhüpftes und umlodertes Steingespenst, und eine wilde todesverachtende Luft stieg plötzlich bei dem ungeheuren Schauspiel in ihr empor.

»Mich bedünkt, nun fällt die Wand auf uns!« lachte der von Trugenhoffen. »Erdrückt uns ganz und gar und brennt den armen Leib zu Zunder. Hast noch taube Ohren, Madlene? oder willst es jetzt hören? Jetzt muß ich dir's sagen. Du mußt es mir sagen, wir finden sonst unsere Ruh' nicht im Grab! Du warst mein Lieb' und Leben! Dein gedenk' ich im Tod! Dich lieb' ich, Madlene!«

»Dich lieb’ ich, mein trauter Gesell, und lass’ nicht von dir! Fahr’ mit dir hin in Höll’ und Seligkeit. Will mit dir leben und verderben, wie’s Gott gefällt! Wie’s ist, ist’s mir recht. Ich will’s nicht anders!«

Inmitten des himmelan lohenden Flammenmeeres preßten sich zwei Lippenpaare wild aneinander. Da fuhr es in Rauschen und Wehen tosend vom Berghang herab. Einer jener gewaltigen Sturmstöße, auf denen, ein lachender Sieger, der Frühling über das vermorschte und Zerschellende dahinstiebt, umrüttelts die Burg und packte die lodernde Mauer, daß sie nach rückwärts schlagend im Sturze alles hinter sich zu Boden riß und unversehrt über sie der Bergfried ragte.

In den Donner der einbrechenden Häuser und Türme mischte sich vom Wald her finsteres Grollen. Eine schwarze Wand stieg, vom Sturme getrieben, eilfertig hinter dem kahlen Geäst empor, und wie ein Hohn auf die zornig zischenden und sich bäumenden Flammen sandte das Ungewitter im Zickzack seine Blitze dem Wolkenbruch voraus.

Kleiner und kleiner wurden die rotleuchtenden Stellen. Sie schwanden. Hartnäckig glimmte es noch eine Weile an halbverkohlten Balken fort und schlug verzweifelt aus Schutt- und Aschenhaufen immer wieder in spitzer Stichflamme heraus, aber unablässig strömte aus geborstenen Wolkensäcken der Regen, bis die dampfenden Überreste des Hauses Wolframstein sich kühlten und in ihnen der letzte Funke erlosch.

Erstickender Qualm umdunstete in gelblichem Gekräusel die Stätte der Zerstörung. Aber oben auf des Bergfrieds Zinne empfand man nichts von dem bitteren Geruch. Dort wehte der würzige Odem des Waldes, und weithin schweifte der Blick durch die klar gewordene Frühlingsluft. »Noch sind wir der Sorgen nicht ledig!« sprach Ritter Trugenhoffen. »Mich bedünkt es, die böswilligen Schelme möchten von neuem aus ihren Feldschlangen die Eisenkugeln an den Bergfried treiben.«

»Ei Herr!« Hans Waldvogel lachte. »So schaut doch nach dem Hügel! Kein Bauer ist zu sehen!«

Der Trugenhoffer schüttelte erstaunt das Haupt: »Ja wahrlich – alles leer – die Haufen sind davongezogen!«

»Den Fluß hinauf!« sein Bub’ wies in die Ferne. »Dort laufen die letzten, als sei der Böse hinter ihnen!«

»Selbes vermag ich nicht zu begreifen,« sagte der Ritter zu Madlene, die erschöpft in der Ecke kauerte, »aber übel kann man das Zeichen nicht deuten.«

Hans Waldvogel, der sich über die Zinne gelehnt hatte, machte eine Bewegung, als wolle er seinen Herrn um Schweigen bitten. Der trat zu ihm. Den Blick neckarabwärts gewendet, lauschten beide atemlos, während um sie die Windsbraut in leisem Geflüster erstarb. Ein dumpfer, dröhnender Klang kam aus dem Tal, in kurzen Zeiträumen sich wiederholend, etwas Helles undeutlich dazwischen.

»Es sind Heerpauken!« Hans Waldvogel zitterte vor Aufregung. »Ich höre die Drommeten ganz deutlich – es ist ein reisiger Zug im Anmarsch.«

Fern, bei der letzten Flußwindung, blinkte etwas auf, wie das Schillern eines Fisches in der Sonne. Es wurde länger und länger. Schon war es fünfhundert Fuß lang, schon tausend, und rastlos schob sich ein weiteres Geglitzer und Gefunkel hinter der trennenden Biegung heraus. Stärker und stärker donnerten die Heerpauken, schmetterten die Trompeten durch das Tal. Über dem Blitzen der Eisenmassen spielte, ein buntfarbiges Gewirr, der Schwärm von Bannern und Wimpeln, und zog, grellfarbig dahingaukelnden Schmetterlingen gleich, durch die Luft vor dem düsteren Kriegsprunk einher.

Hans Waldvogel hatte seine Falkenaugen weit aufgerissen und spähte mit offenem Mund. Nun jauchzte er hell auf: »Ich seh’ den Löwen, Herr!« jubelte er. »Im blauen Feld fliegt der Pfälzer Löwe allen Fähnlein voran! Der Pfalzgraf kommt mit Mann und Roß!«

Sein Herr atmete auf.

»Das hat die Tat von Weinsberg geschafft!« sprach er. »Die schärft den Großen Pflicht und Gewissen, daß sie ihre treuen Ritter nicht mehr mutwillig aufopfern!«

Er beugte sich zu dem blassen Weib hernieder: »Wir sind gerettet, Madlene! Die Hilfe ist da! Nun wollen wir von dem Bergfried steigen und einen Ausweg aus Schloß Wolframstein suchen! Im Bettlergewand bin ich jüngst in ihm eingeritten, und da ich's nun verlasse, möcht' ich mit keinem Fürsten im Heiligen Reiche tauschen!«

XIII.

»Es gehet zu der Mayenzeit, Der Winter fährt dahin. Manch reisig Volk zu Felde leit. Als ich berichtet bin. Zu Fuß und auch zu Pferd, Wie man ihr begehrt. Ganz munter, besunder Die beste Reuterey – Eine ganze werte Ritterschaft. Fußvolk ist auch darbey!«

Aus rauhen Kehlen klang durch das Klirren der Wehr und Waffen, das Hufgetrampel und den Donner der Heerpauken das Feldlied des Pfälzerzuges zu dem tiefblauen Himmel empor, von dem hernieder die Sonne auf lichtem Eisen sich spiegelte und ein leiser Wind den papageifarbenen Schwarm der Banner rauschend flattern ließ.

Hellblau und weiß prunkten die vordersten Standarten. Die Rennfahne zog da dem Heere voraus, einhundertfünfzig auserlesene Ritter aus dem Neckartal und der Rheinebene, an ihrer Spitze der Feldherr des ganzen Heidelberger Zuges, Marschall Wilhelm von Habern, prüfenden Blickes die Ferne musternd und selten nur ein paar Worte mit den neben ihm reitenden Freunden wechselnd, mit Landschad von Stainach, dem pfälzischen Rat, und dem grimmen Junker Affenstein.

Hinter der Rennfahne grollte und stöhnte die zertrampelte Halde des Neckartales von schwerer Eisenlast. Der gewaltige Haufen zog heran, Herrn Johannes, den Wild- und Rheingrafen, mit blutrotem Banner an der Spitze, vierhundert auf wuchtigen Pferden sich wiegende Panzer, Edle und Knechte durcheinander, ein verworrenes Farbenspiel von Wappen, von springenden Hunden und grollenden Panthertieren, von Vögeln, Hirschgeweihen, Menschenköpfen, Balken und Streifen auf rasselnden Schilden. Dann wieder ein blauweißes Feldzeichen. Richard Greiffenklau, der Erzbischof von Trier, ritt unter ihm mit seinem Adel. Das breite Schlachtschwert hing von dem rüstigen Leibe des Ehrwürdigen hernieder und grimmig stechend blinkten unter dem aufgeschlagenen Visier die kalten Augen.

Und neues Rossegetrampel! Die Reisigen von Jülich und Cleve zogen, zweihundertfünfzig Mann stark, heran. Hinter ihnen reckte es sich in endlosen Massen empor, wie ein Stangenwald, in dem der Sturmwind gehaust, kreuz und quer, im schweren Tritte schwankend. Unter Leonhart von Schwarzenberg wanderten hinter Kirche und Adel die frommen Landsknechte. Dreitausend verwegene, wüste Gesellen, die Hellebarde über der Schulter, in abenteuerlicher Buntheit herausgeputzt, – brüllten sie eines ihrer Schelmenlieder, das, bei guter Laune der gefährlichen Horden von den Oberen überhört, ihnen um so furchtbarer ins Ohr klang, wenn wieder einmal eine der üblichen blutigen Rebellionen durch die Lagergassen grollte und angesichts des Feindes die Knechte ihren rückständigen Sold begehrten.

»Wir zogen in das Feld – wir zogen in das Feld – Da het wir weder Seckel noch Gelt,«
gröhlte es in den vordersten Reihen, und im Trommelrasseln scholl der tausendstimmige Kehrreim: » *Strampe de mi! – Ala mi presante, al vostra signori!*«

»Wir kamen für Siebentod – wir kamen für Siebentod – Da het wir weder Wein noch Brot ... *Strampe de mi!*«

Und aus der Mitte des endlosen Hellebardenzuges hob sich als tröstliche Erinnerung der Schlußvers:

»Wir kamen für Friaul! Wir kamen für Friaul! De het wir allesamt voll Maul! *Strampe de mi! Ala mi presante, al vostra signori!*«

Weiter hinten verklang der Gesang im Ächzen und Knarren schwerer Räder, in ruckweisem Gepolter und Peitschengeklatsch. Herr Georg Halbgewachsen führte dem Pfälzer Heere das schwere Geschütz nach und lachte zu seinem Waffenbruder, dem von Nippenberg, der neben ihm sein Roß zügelte: »Das ist fürwahr ein schöner, wohlgerüsteter Haufen, Reisige und Fußvolk, ganz lustig zu sehen. Und dazu unsere Arkeley! Der Feind soll schauen, wie man mit groben Krücken umgeht! Wir wollen vor seiner Wagenburg ein Avemaria läuten, daß ihm der Kopf brummt, und unter sie schießen wie unter die Hühner, darum, daß sie Burgen und Klöster abtun und geschworen haben, die Deutschherren, Pfaffen, Ritter und Juden allzugleich auf die Schlachtbank zu liefern!«

Hinter den Geschützen endlich kam, von Berittenen geleitet, der Troß, die Karren mit Kraut und Lot, mit Brot und Hafer, die Viehherden und kranken Pferde, die mit Tafelgerät, mit Weinfässern und seidenen Pfühlen wohlgefüllten Wagen des Bischofs von Trier, des Deutschmeisters und anderer geistlicher Herren, und endlich die Schwärme von Flüchtenden, die sich in dem allgemeinen Brand umher unter den Schutz der Pfälzer Waffen gerettet. Alte Edelherren mit Weib und Kind, Mönche, die Ratsherren der übergegangenen Städte und als ein Gewimmel schwarzer Kutten, die sich, wie die Küchlein unter den Fittichen der Glucke, um die stämmige, einem Mann in Derbheit und Kriegsmut gleichende Äbtissin scharten, die Nonnen aus dem Kloster Gnadenthal.

Bei ihnen hatte Madlene Unterkunft gefunden und war, während das Heer weithin am Neckar sein Lager bezog, in dem Zeltwagen der Äbtissin in tiefen Schlaf gesunken. Um sie klang das Schmettern der Trompeten, das Plätschern und Schnauben der Pferde in den Neckarwellen, das Brüllen der Rinder und die Flüche der frommen Landsknechte, all der verworrene hundertfache Lärm des Lagers, und weckte sie nicht, bis der Frühlingstag schon fast gesunken war und über die Rebenhügel im Osten die Dämmerung heranschlich.

Da schlug sie die Augen auf. Ritter Felix stand vor ihr.

»Der Pfalzgraf hat sich nach Euch erkundet,« sprach er. »Eben war ich bei Seiner Gnade, nachdem ich mich ausgeruht und mir Staub und Asche im Flusse abgewaschen hab'!«

Sie richtete sich empor. »Wie hat Euch der Kurfürst aufgenommen?«

Der von Trugenhoffen lachte seltsam. »Recht lind und lieblich, Madlene, wie es die Art der großen Hansen ist, wenn sie selbst in Nöten stecken. Reicht mir die Hand und läßt sich vernehmen, ich sei sein besonderer und treuer Ritter und Lehnsmann auf dem Trughof. Und hat mir doch vor einem Jahr mein Haus Trugenhof also zugerichtet, daß jetzt allnächtlich darin der Schuhu den Wölfen predigt und die Fledermäuse im Bergfried Meister sind. Aber freilich – jetzt verspürt es der Pfalzgraf am eigenen Leib, wie es tut, wenn man sein altes Stammhaus im Feuer aussterben sieht! Nun muß er selbst den Zorn verdrucken und hier am Neckar liegen bleiben, bis das große schwäbische Bundesheer unter dem Truchseß heranzieht und er zu ihm stoßen und, wie er spricht, der Bauern Frevel mit eiserner Rute züchtigen kann, daß andere ein Ebenbild davon empfahen!«

»Wer Euch reden hört, Felix« – Madlene war aufgestanden und trat vor ihn – »der sollte glauben, Ihr seid der teuflischen Bauern eher Freund als Feind, nach alledem, was sie Euch haben widerfahren lassen!«

»Mit den Bauern, die da würgen und brennen, hab' ich nichts gemein!« erwiderte der von Trugenhoffen langsam. »Man soll die bösen Buben dreist beim Kopf fassen, sie wissen nicht, was sie tun. Aber es steht etwas anderes dahinter, und das läßt mich nicht frei, und ich frag mich immer wieder: wie geht das zu? Die Bauern sind arm und von den Fürsten und Pfaffen geplackt – und wollen das abtun. Ich bin auch arm und von den Fürsten und Pfaffen geplackt und wollt' es umsonst abtun mit dem Sickingen und den anderen Rittern. Wie komm' ich also in der Fürsten und Pfaffen Lager und drücke dem Pfalzgrafen die Hand?«

»Ihr habt ihm die Urfehde geschworen auf dem Marktplatz zu Heidelberg!«

»Wißt Ihr auch noch, wem zulieb, Madlene?«

Sie hatte sich abgewendet, »Wahrlich, daran zu denken, ist nicht die Zeit,« sagte sie leise, »sondern Gott zu danken für seine wunderbare Fügung und Gnade« – ihre Hand wies auf den waldumbuschten Hügel, der sich über dem Lager wölbte. »Ich will hinauf, Lieber, dort oben in die Kapelle.«

Der Ritter kannte die Kapelle wohl, wenn Ungewitter aufzogen, dann läutete der Klausner oben die Anne-Susanne, die heilige Glocke, und vor den geweihten Klängen zog Blitzstrahl und Hagelschlag seitwärts, daß ungeschädigt die Reben weiter grünten und das goldene Korn rauschte, »steigen wir denn zu der Kapelle!« sprach er fügsam, und sie traten hinaus.

Die Äbtissin wollte Madlene zurückhalten, jetzt im Abendgrauen aus dem Lager zu gehen. Aber der Ritter tröstete sie: »Es hat keine Gefahr, Ehrwürdigste! Die Dörfer ringsum sind leer, und weit in die Nacht hinaus halten unsere Reisigen Beiwacht!«

»Dann betet für uns alle, Ritter!« seufzte die rotbäckige Nonne, »daß wir nicht allesamt verderben und vergehen!«

Da lachte der irrende Ritter, »Liebe Äbtissin!« sprach er. »Seid wohlgemut! Als der Götz sagt: ›Ich bin dreimal verdorben gewesen, aber danach noch hier! Ihr aber seid's ungewohnt!«« Und damit schritt er mit Madlene den steilen Waldpfad hinauf.

»Gebt mir Eure Hand!« sprach er nach einer Weile, während sie mühsam im Dämmern des Dickichts sich über Wurzeln und Steine aufwärts tasteten. Und als er ihre Finger in den seinen ruhen fühlte, fuhr er fort: »Vor wenigen Tagen hättet Ihr's nicht geglaubt, Madlene, daß wir einst als traute Gesellen Hand in Hand dahin gehen sollten.«

Sie schüttelte verstört den Kopf. »Redet mir nicht von gestern!« murmelte sie. »Schweigt lieber und kommt beten! Es war große Sünd'!«

»Es war keine Sünd', Liebe! Das Feuer selbst hat's so gewollt, wir sind vor einem feurigen Altar miteinander getraut. Du war Gott der Herr vor uns mit seinen Flammen. Als der rechte Schmied hat er unsere Herzen in der Glut zusammengeschlagen. Nun sind sie eins. Mögen rucken und zucken. Können doch nicht sich wieder absondern, sondern müssen eins im anderen das Leben bestehen und zu ihrer Zeit zusammen erkalten.«

Sie erwiderte nichts. Schweratmend schaute sie hinab ins Tal. Der Mond war aufgegangen und umwebte alles mit bläulichem Schein. In silbernem Zittern kräuselte sich unten das Silberband des Neckars, von den grellroten Flackerpunkten der Lagerfeuer gesäumt; vom Himmel grüßten in schweigendem Glanz die Sterne, und um sie her ging ein geheimnisvolles Rauschen und Weben durch den weißdampfenden, in die Flut des Mondlichts gebadeten Berg, ein lauer, süßer Hauch, dem sich die tauschweren Zweige demütig neigten.

Unten im Tal standen die blühenden Fruchtbäume, in keuschem Blütenschnee wie im Brautgewand durch die helle Frühlingsnacht leuchtend, und schauerten leise, vom Kosen und Fächeln der weichen Nacht umweht. Nichts regte sich sonst. Nur das Gefühl eines unendlichen Werdens umfing die beiden, überall ein Sprossen und Grünen, ein Aufwärtsdrängen, ein gewaltiges Sehnen im Mondwald und in ihrer Brust.

Schweigend gingen sie weiter zu der Kapelle. Sie stand offen und leer. Der Klausner war mit seinen Heiligtümern geflohen und hatte selbst den Klöppel der Anne-Susanne mitgenommen, daß keine fremde Hand die geweihte Wetterglocke läute. An der Schwelle hielt Madlene ihren Begleiter zurück, »Laßt mich allein!« sagte sie. »Ich will allein beten!«

So blieb Ritter Felix draußen stehen. Zum Beten war ihm nicht zumute, eher zum Lachen, zum Singen, zum Kampf, zu allem, worin sich Stärke und Freude betätigt. Ein wildes, übermütiges Kraftgefühl wuchs in ihm. Mit schweren Schritten ging er auf und nieder, die klare Nachtluft sog er in durstigen Zügen ein und blickte wie berauscht zum sternenflimmernden Himmel auf, zu der friedlich träumenden Erde hernieder, als sei das alles in der Stunde sein und ihm Untertan, so weit das Auge reichte und der Gedanke flog.

Und dann trat er leise wieder an die Kapellentüre, um nach Madlene zu schauen. Er sah ihre schlanke Gestalt, vom Mondlicht übergossen, vor dem Gnadenbild knien, das Haupt mit den blonden Flechten zurückgeworfen, die Hände gefaltet, und er hörte ihr stammelndes Schlußgebet: »O du allerseligste Jungfrau Maria und alle lieben Heiligen … bitte für mich … erlös' mich, wie aus dem feurigen Pfuhl, so aus der argen Sünd' und allem Frevel.«

»Was habt Ihr Sünde getan?« Ritter Felix ergriff sie bei der Hand. »Ihr habt Euren Mann nicht geliebt. Das ist Eures Herren, dem Gott seinen Frieden und Gnade schenke, – ist Eures Herren einzig Fehl und Schuld. Er hat sich gedacht: Ein Mann ist ein Mann und ein Weib ist ein Weib – und sei ein Weib so bös es wolle, wann ein Mann ihr die Zähn' zeigt, kann er ihr die Bosheit wohl abziehen. Greine sie danach, solang sie wolle, es wird ihr nicht schaden, wenn der Herr ihr einmal nach dem Kopf greift. Selbes aber war letz gedacht. Denn Ihr seid nicht bös und nicht hoffärtig, keine von den Jungfern, die jedem gern ein Klämperlein anhängen. Sondern Ihr wart jung und er war alt! Da macht Hans Sachs keinen Reim draus. Es fügt sich nicht und schlagt übel aus, als wir besehen haben. Ich bin jung. Da hat das Ding ein ander Gesicht und wird uns frommen, wann Ihr Euer Jahr im Kloster abgetan habt und des ledig seid!«

Sie gingen schweigend dahin. Dann blieb Madlene stehen. »Mir ist's wie im Traum,« sagte sie. »Die Ruhe und der Wald und der Mondschein. Und vor wenigen Stunden noch blutige Flammen und der Bauern Geschrei und Todesnot.«

»Dort war das Leid,« sprach Ritter Felix. »Hier ist die Freud'. Aus der Bitternis kommt das Glück. Mir ist's geworden und ich will's halten mit guter Hand!«

XIV

Vom Diebsturm zu Heilbronn scholl ein heller Trompetenstoß. Die Wachtposten des in der festen Stadt lagernden Bauernheers bogen sich über den Zinnenkranz, um zu erkunden, was dort drüben jenseits des Neckars blitzte und funkelte.

»Es sind Ritter!« sprach der Schweineheinz von Krebsbach, und ein gieriges Zucken lief über sein breites, feistes Gesicht. »Ei, ich bin darauf gestimmt, sie zu würgen, wie den Helfensteiner selig –!«

»Halt ’s Maul, du Schalk!« verwies ihn Christ Weynemann. »Sind’s Edle, so kommen sie nicht zum Tanz auf unsere Heilbronner Kirchweih, sondern im Geleit! Du, Wilhelm Bräunlein, lauf zu dem Reyter von Bieringen, des hellen Haufens Schultheiß, und Antonius Eysenhut, der Bauernschaft Beutemeister, und Florian Geyer, und vermeld ihnen, es seien pfälzische Reisige draußen.«

»Und dem Götz nicht?«

Die wüsten Gesellen lachten. »Laß du den Berlichingen sich als des Haufens Gewaltigen dünken! Wir, die Männer von Weinsberg, wollen ihm die zwölf Artikel anders handfesten helfen, als er meint!«

Einer der Reiter war inzwischen im Galopp bis dicht an den jenseitigen Flußrand herangekommen.

»Macht auf!« schrie er. »wir kommen in der schwarzen Schar Geleit mit einem Brief vom Pfalzgrafen!«

»An wen ist der Brief?« brüllte der Schweineheinz zurück.

Der Ritter drüben hob sich eisenklirrend im Sattel und schwenkte das Schreiben: »An die Lotterbuben, die sich Oberst’ und Hauptleut’ im Bauernheer nennen!«

Ein zorniges Geschrei scholl vom Turm. »Du sollst den Brief samt Siegel schlucken!« dräute der Schweineheinz, und Christ Weynemann schrie dazwischen: »Ich will doch sehen, daß man euch allen noch auf dem Marktplatz von Heilbronn die Köpfe abschlägt!«

»Ei – zähmet Euer Kuhmaul!« Der Ritter wendete im Bogen sein Roß zu den Genossen zurück, »und laßt uns die Weil’ nicht zu lang werden!« – –

Es dauerte trotzdem fast eine Stunde, bis der Bauernschultheiß Reiter mit einigen Gesellen über den Neckar setzte und ohne Gruß zu dem Häuflein der Reisigen trat, die neben ihren weidenden Pferden wie glitzernde Panzerechsen im grünen Grase lagen. »Es ist nicht der Bauernschaft Meinung,« sprach er kurz, »euch in die Stadt zu lassen. Weil aber einer unter euch Pfälzer Rittern ist, von dem der Florian Geyer und Antonius Eysenhut sich nichts Übles versehen, so mag er mit uns zu Fuß einkommen und den Brief abgeben.«

»Und wer ist der von uns, zu dem ihr Vertrauen habt?« fragte der Junker Affenstein, die Stirn runzelnd.

Der Bauernschultheiß blickte umher. »Es ist der Ritter Trugenhoffen. Pfaff Eysenhut hat ihn vom Diebsturm geschaut.«

Eine finstere Stille trat ein, und mit beinahe unverhülltem Mißtrauen sahen die Edlen den lange schon verdächtigen Genossen an. Hans Landschad aber reichte ihm nach kurzem Besinnen das rotgesiegelte Pergament. »Geht also, Schwager Felix, und schaut Euch um unter dem wütigen Volk. Ihr wißt: unser Herr will nicht den Krieg. Er will den Frieden. Nun tut dazu, daß sein ernstes, schriftliches Vermahnen den verstockten Bösewichtern eingeht, ehe es denn zu spät ist und der Meister Ohweh mit Henken und Köpfen weit und breit im Schwabenlande umfährt!«

Unten in dem kleinen Weinstübchen am Fuß des Diebsturmes saß Herr Götz von Berlichingen, ihm gegenüber Ritter Felix, des Bescheids auf den nach dem Rathaus gesandten Brief harrend, vor der Türe schilderten die spießbewehrten Posten des Bauernheeres, und es hatte den Anschein, als bewachten sie weniger den feindlichen Unterhändler denn ihren eigenen Führer, dem sie eben erst mit Eid und Schwur den Befehl über den hellen Haufen von Odenwald und Neckartal aufgenötigt. Herr Götz sah unwirsch aus. In wirren Strähnen umflutete das Haar sein mächtiges Haupt, die sonst so verwegen blitzenden Augen hatten einen glasigen Schein. Als ein müder Mann saß er zusammengesunken auf der Holzbank vor der Kanne mit rotem Neckarwein. Er tat einen tiefen Zug daraus. »Der wächst in Neckarzimmern,« sprach er, »um Hornberg herum, mein gutes Haus. Wär' ich doch in Hornberg geblieben, statt hier der Bauern Gewaltiger zu werden! Das, meint Ihr, sei ich. Ich bin's aber nicht, sondern nur ein armer gefangener Mensch, der des Nachts vor Hitz' und Ängsten schwitzt, daß das Wasser von ihm rinnt.«

Ritter Felix erwiderte nichts. »Entsinnt Ihr Euch noch,« fing der Berlichinger nach einer Weile wieder an, »wie wir jüngst oben auf dem Odenwald aufeinandergestoßen sind? Da hatte ich meine Wölfe in die Herde fallen sehen und war guten Muts. Aber jetzt! – jetzt lieg' ich hier unter viel tausend Wölfen. Nicht die teuflischen Bauern mein' ich und Jäcklein Rohrbach, der bösesten Buben einen und der Schalkheit obersten Prinzipal, sondern meine Todsünden mein' ich, die mehr sind als der Sand am Meer…«

»Schwager Götz,« sprach der Trugenhöfer, »ich schätze, Ihr habt gestern abend zu lang in die Kanne geschaut!«

»… meine Todsünden,« fuhr der Götz zerknirscht fort, »die mein Gewissen auf allen Seiten wie die grimmen Wölfe anfallen und meiner armen Seel' heftig zusetzen, daß ich besorg', es sei meiner weder Hilf' noch Rat!«

Der andere konnte ein Lächeln nicht unterdrücken.

Selb hättet Ihr vordem erwägen sollen, Schwager Götz!«

»Ei ja, Schwager Felix!« sagte der Berlichinger ärgerlich. »Es ist freilich gut, dem Zaun zu handeln und nicht davor. Aber nun ist's getan, und mich dünkt nicht anders, mein Mark und Bein, Herz und Gemüt spürten schon den Rauch, Gestank und Flammen des ewigen Feuers – o weh – weh meiner armen, betrübten Seel'…«

»Denkt auch an Euren Leib!« erwiderte Ritter Felix. »Der Kampf ist nah, und wer unterliegt, mit dem wird der Feind unsäuberlich fahren!«

»Ich will ein einsiedlerisch Leben auf mich nehmen.« Der Götz sah düster auf die vom Rotwein bespritzte Tischplatte. »Ich seh's schon, ich verliere Haus und Hals und all mein schönes Geld, das ich so sauer auf vielen Ritten erworben – meine dicken Portugaleser, die Räbler und Sonnenkronen und all die ausgeklaubten güldenen Münzen – o weh mir, warum muß ich diese betrübten Zeiten erleben? –«

»Ich seh' wohl, daß ich auf dieser Welt weder Glück noch Heil mehr hab',« hub er nach einer Weile wieder an, »die Welt ist verkehrt, seit der Landfrieden hineingekommen, dieser Landfrieden, darein der Teufel sein Krummes macht und mit den Bauern, den heillosen, unsinnigen Tröpfen, mich armen Rittersmann prellt und sein Gespött daraus treibt!«

Der Bauernschultheiß trat ein und winkte dem Trugenhöfer. Dem schüttelte der von Berlichingen die Hand zum Abschied, daß die eisernen Finger sich hart um die Rechte des anderen krallten. »Fahrt wohl, Schwager Felix, und denkt an den armen Götz, wenn sich der schwarze Geyer und Eysenhut, der Pfaff, auch an Euch herantun!«

»Ei, du fährst mit deinen Ratschlägen hinein wie die Sau in den Trog!« brummte draußen der Schweineheinz von Krebsbach und geleitete mit dem Schultheiß Herrn Felix auf das Rathaus von Heilbronn. – –

Da, wo am Platze hinter der, in bizarrer Schönheit zu schwindelnder Höhe aufragenden Kirche das altertümliche Rathaus mit seinen Spitzbogenfenstern und dem hohen Treppenvorbau sich erhob, blieb der Trupp stehen.

»Da hat die Ehrbarkeit darin gesessen,« höhnte der Schweineheinz. »Die Schmerbäuche haben sich weidlich entsetzt, als die Weinsberger einkamen. Mich hat's bedünkt, ich wollt' ihrer einen mit dem Finger umgestoßen haben!«

»Und da nun erst das Geschrei entstand, die Bürgerschaft sollte die geistlichen Höfe nehmen!« lachte neben ihm Meister Flux. »Fröhlich, meine lieben Bürger –‹ hab' ich da gerufen, ›wir wollen den deutschen Hof einnehmen, und ich will mit meiner Axt die Tür gegen meinem Haus über aufhauen, wir wollen eine Trinkstube darin machen, und mit dem Rat wollen wir erst recht umgehen!‹«

»Die Ehrbarkeit hat sich geärgert, daß ihnen das Grün' und Gelbe herausrann!« ergänzte Christ Scheurer. »Hilft ihnen nichts! Sie müssen auf der Bauern Hilf' und Ordnung schwören und keine Vetterlein mehr in den äußeren Rat setzen, sonst fliegen ihnen die Köpfe ganz eilig über die Mauern, und der Leib bleibt in Heilbronn!« – – –

Ritter Felix hörte diese Worte nicht mehr. Er war dem Schultheiß in den Saal gefolgt, wo die Volkskanzlei und der Verfassungsausschuß der Bauern zur Beratung der Reichsreform tagten. Da stand Florian Geyer, von seinen getreuen Schwarzen umringt, mit Antonius Eysenhut. Zwischen sonnverbrannten Winzern, Bauernhofbesitzern und Wirten saßen in Menge die Dorfpfarrer; mit dem reichen Bürger teilten sich der gepanzerte Ritter, der Schreiber und Amtmann in dieselbe Bank. Leise, besonnene Höflinge wie Wendelin Hipler, der frühere hohenlohesche Kanzler, wüste Mordgesellen wie Jäcklein Rohrbachs Freunde Uz Entenmaier und der Flammenbäck, hochfliegende Träumer wie der greise Freiherr von Ellrichshausen, und derbknochige Männer aus dem Volke wie Jörg Mezler, der Odenwälder Wirt, all die verwetterten, grimmigen Köpfe, die nur das eine Gemeinsame, das kurzgeschnittene Haar, aufwiesen, wandten sich gleichzeitig der Türe zu, in der der Unterhändler erschien. Tiefe Stille trat ein.

»Felix von Trugenhoffen!« sprach Pfaff Eysenhut, das erbrochene Pergament in der Hand wägend, »Wir haben den Brief des Pfalzgrafen verlesen. Daß der Truchseß mit dem Bundesheer durch Schwaben zieht, daß bei Gaisbeuern und Weingarten viele unserer christlichen Bauernbrüder unter seinem Schwert erkaltet sind, ehe wir ihnen zu Hilfe eilen konnten, daß der Truchseß nun bei Tübingen lagert und darauf sinnt, sowie er die Meuterei seiner Landsknechte gestillt, sich mit dem pfälzischen Heere zu vereinen, selbes ist uns wohl bekannt und brauchte der Kurfürst nicht erst zu schreiben. – Nun bietet uns, die wir nicht bei Weinsberg waren, der Kurfürst, um arges Blutvergießen zu verhindern, den Frieden an. ›Ich merke,‹ schreibt er, ›daß euer Rottieren mehr ein teuflisch jäher Betrug gewesen, denn ein schlimmer Mutwillen.‹ Und zweierlei sollen wir tun, um den Frieden zu gewinnen. Zum ersten den katholischen Glauben wieder annehmen, zum anderen uns wieder in Hörigkeit, Fron und Gülten geben wie zuvor!

Zum ersten antwort' ich dir im Namen der freien Bauernschaft, zum anderen der Geyer, und sage: Wir halten alle Mönche für Gleisner und versehen uns zu einer Kutte Gutes nimmermehr! Die Pfaffen, wie sie jetzund leben, sind keine geistlichen Väter, sondern fleischliche Buben, und wir wollen ihren Bann achten, als ob uns die Gans anbläst!

Der Papst in Rom ist der Antichrist, seine Kardinäle des Teufels Apostel, jeder päpstliche Legat ein Verräter deutscher Nation. Kommt solch ein Sendpfaff' zu uns, so wollen wir ihn mit Hunden aushetzen!

Und verstopfte Ohren haben, wenn ein Kleriker wider uns schreit! Und wo ein Bettelmönch uns einen Käs abfordert, nach ihm einen vierpfündigen Stein werfen. Und wer einem geizigen Pfaffen etwas raubt und wegnimmt, das wollen wir so für Sünde achten, als sei er auf einen Würfel getreten!«

Pfaff Eysenhut hob seine Stimme zu mächtigem Rollen und streckte die Arme empor: »Das meld' dem Pfalzgraf: wir wollen ehrbare Geistliche über uns setzen und einen jeden nach seinen Werken halten und urteilen wie andere Menschen auch. Und so schwören wir Feindschaft allen Feinden des Doktor Martin Luther und seinen Abgönnern und wollen bei seinem reinen Worte bleiben jetzt und in Ewigkeit!«

Stürmisch hallte der Beifall der Versammlung nach, und Florian Geyer ergriff das Wort: »Zum zweiten melde dem Pfalzgrafen, deinem Herrn: In dem Handel, den wir führen, gibt's keine Umkehr! Denn wir führen ihn nicht für uns arme Sünder, sondern für unser gemeines, teures deutsches Land. Wer Augen hat, sieht's, wer Ohren hat, hört's, daß unsere deutsche Nation untergehen muß in Schande und Not, zum Spott von Welschen, Polen, Türken und Franzosen, wann weiter unser Land nur dazu da ist, daß Heckenreiter und Pfaffen sich in ihm weidlich halten und die Fürsten mit Bankettieren und Fehden ihre Zeit umtun.

Dem sind wir zu steuern gewillt!

freies Volk nur wollen wir und Kaiser darüber, dem wir treulich mit Pflug und Schwerte dienen! Sein Schutz und Schirm sei überall. Und zerbrochen seien die Sonderbünde der Fürsten, Herren und Städte, die nur dem eigenen Vorteil, nicht dem gemeinen Nutzen dienen!

So steht's geschrieben und zu lesen in unserem Reformationsentwurf des deutschen Volkes, für den wir leben und sterben wollen! Und weiter heißt es da: Alle Geweihten werden gegen ziemliche Notdurft abgelöst, desgleichen alle Fürsten und Edlen gegen ein ehrliches Abkommen. Ihre Güter aber fallen dem Reiche zu! Der Kaiser allein soll Steuern erheben! Nur eine Münze gibt es in deutscher Nation, gleiches Maß und Gewicht überall!

Die großen Wechselhäuser, die Fugger und Welser, die alles Geld in ihre Hände ziehen und arm und reich beschweren, die sollen nicht weiter wuchern!

Gleiches, göttliches und natürliches Recht für alle! Der Oberste und Reichste soll nicht anderes Recht haben als der Ärmste vor unseren Freigerichten! In denen aber sitzen freie Männer aus allen Ständen und sprechen Recht in deutscher Sprache, und soll kein Doktor des römischen Rechtes mehr sich im Gerichtssaal betreten lassen!

Das, melde dem Pfalzgrafen, wollen wir! Und wenn der gemeine Mann draußen dumpf dahintobt und weiß nicht wohin, und sich blutdürstig benimmt, wie wir es nicht zu hindern, aber auch nicht zu verzeihen vermögen, so müssen wir sagen: Es kommt nichts Großes anders als in Angst und Nöten in die Welt, und etwas Großes ist unser Entwurf: ein freies, waffentragendes Volk unter seinem Kaiser, ein deutsches Volk ohne römisches Recht und römische Pfaffen, ein glückliches, einiges Volk, gleich nach innen, stark nach außen!

Das haben wir dem Pfalzgrafen aufgeschrieben. Den Brief bringe ihm und sage: Wir kennen ihn und wissen, daß er's ehrlich meint. Aber wir kennen auch den Truchseß und wissen, des Friedenslust und freundliche Gebärden sind eitel Gaukelei, uns zu betäuben, damit er in uns fallen und uns würgen kann. Darum wollen wir ihn im Feld bestehen mit seiner Ritterschaft, Aug' um Auge, und Zahn um Zahn.

Und fallen wir, so wisse: Unser Reich stirbt nicht mit uns! Aus schwerer Not wird es immer von neuem in deutschen Landen erhoffet werden, und glücklich die, die es einmal mit Augen schauen!« – –

In stechender Frühlingsglut trabten die Pfälzer Edlen ihres Weges zurück, von berittenen Bauern der Schwarzen Schar geleitet.

»Über den Götz –« murmelte der Junker Affenstein kopfschüttelnd – »den Bauern heimlich davonzureiten!«

Ritter Felix wandte sich, aus tiefen Gedanken auffahrend, rasch zu ihm. »Der Götz?«

»Ja, habt Ihr's denn nicht gehört, was die Bauern uns berichten? Wie Ihr auf dem Rathaus wart, hat er sich plötzlich aus Heilbronn davongetan! Draußen in den Rebengärten haben sie ihn gesehen. Mit großem Schnaufen sei er dahingeritten, ganz erschrocken und kleinmütig.«

»Ich hab's nicht gehört!« Ritter Felix versank wieder in finsteres Brüten. »Ich denk' an anderes, was ich dort in Heilbronn gehört hab'.«

»Dort drinnen, lieber, weht eine giftige Luft!« rief der Landschad scharf herüber. »Die steiget manchem zu Kopf, und die unerhört seltsamen Reden, mit denen der Teufel aus den Bauern spricht, verwirren manch gutem Gesellen die Vernunft. Da sehet Euch vor, Felix Trugenhoffen!«

Der Angeredete erwiderte nichts. Düster vor sich auf den Boden starrend, ritt er dahin, ohne darauf zu achten, daß Herrn Landschads Augen lange durchdringend auf ihm ruhten. Endlich wendete sich der zu dem Junker Affenstein. »Es ist nicht anders«, sprach er, »und muß dem Pfalzgrafen gemeldet werden: Der Leib des Trugenhoffen ist noch bei uns und reitet mit uns zu Felde. Aber seine Seele und Meinung ist schon dort drüben, bei den Bauern.«

XV

Das dumpfe, herzbeklemmende Schweigen der bevorstehenden Entscheidungsschlacht brütete zwischen den beiden Heeren auf dem Hügelland von Böblingen.

In Böblingen selbst, dem alten, von festem Schlosse überragten Städtchen, starrte es von Handrohren und Hellebarden. Die ganze Bürgerschaft stand unter Waffen, als evangelische Brüder des hellen christlichen Haufens vom Odenwald und Neckartal, dessen erstes Treffen in tausendfachem Gewimmel, in mächtigen schwarzen, von gähnenden Feldstücken gespickten Klumpen das Feld zwischen Böblingen und Sindelfingen deckte. Die Wagenburg war dahinter als weiteres Bollwerk aufgefahren, und als drittes Treffen endlich ballten sich weit am Rande der Höhen die dunklen Schwärme der schwäbischen Bauern. Eine Reihe von Seen und sumpfigen Wiesen zog sich vor der ganzen Schlachtlinie hin. Die Stellung schien unangreifbar in ihrer Furchtbarkeit.

Wie um den Feind drüben zu höhnen, spielten und flatterten im Winde über den langen, eintönig grauen Menschenmauern die Banner des Bundschuh, die dreizinkige Gabel der Rothenburger Landwehr, die gekreuzten Dreschflegel der Schreckensmänner von Weinsberg, der Blumenhügel der Bildhäuser, das aufrechte Kreuz mit dem Namen Jesu der Sodenberger Bauern, das von Vogel, Hirsch, Fisch und Wald umgebene Kruzifix der Henneberger. Kampflustig winkten sie zu den reißenden Tieren gegenüber, welche die Wappenschilde des buntbewimpelten Fürstenheeres zierten.

Dort ritten langsam, von weithin gellenden Trompetenfanfaren ineinander gelenkt, die reisigen Haufen des schwäbischen Bundes zur Schlacht auf, Hunderte und aber Hunderte von schwergerüsteten Reitern, die Blüte der deutschen Ritterschaft mit ihren Knechten. Und immer neue rasselnde und blitzende Züge wanden sich hinter der kunstvoll geordneten Troßburg hervor, die den Rücken des Treffens deckte.

»Nie in meinem Leben hab' ich solche Menge reisigen Volkes beisammen geschaut«, sprach, neben seinem Rosse stehend, Ritter Felix und suchte im Inneren des Planwagens unter den schwarzen Kutten der Nonnen Madlenens blondes Haupt, »wahrlich, es ist lustig zu sehen, und einem Kriegsmann muß das Herz im Leibe lachen!«

Madlene bog sich über den Wagenrand vor und spähte hinaus in das dräuende Bild, das sich vor ihr entrollte. »So gibt es eine Schlacht?« fragte sie mit banger Stimme.

Der Ritter nickte. »Wir müssen unser Abenteuer darum bestehen! Es kommt anders, als ich dachte!«

Die rotbäckige Äbtissin war dazu getreten. »Seid getrost, Ritter!« meinte sie. »Es ist nicht Eure Schuld. Wir, die Nonnen, haben Euch gebeten, uns samt der Wolframsteinischen Witwe aus dem Pfälzer Heerestroß in unser Haus Gnadenthal zurückzuführen, nachdem die Bauern dort ihren Mutwillen gedämpft und sich freiwillig unter unsere Straf' gestellt haben. Der Pfalzgraf hat Euch Urlaub gegeben und Reisige, uns zu begleiten.«

»Und kaum sind wir von dem Pfälzer Heer weg,« ergänzte der Ritter und musterte mit pochendem Herzen den glänzenden Kriegsprunk, der sich unabsehbar über die Gefilde hinbreitete, »siehe, so zieht Herr Jörg Truchseß, des schwäbischen Bundes Feldherr, mit seiner Macht heran und reißt uns in seinen Wellen mit sich, wie der Bergbach das welke Laub. Jetzt kann ich Euch nicht weiter gen Neckarsulm zum Kloster bringen. Alle Wälder und Schluchten ringsum sind voll von Bauern, die vor dem Truchseß fliehen, um sein Heer schwärmen allerhand entloffene Buben zu Fuß und zu Roß, und dort hinten meutert sein eigenes Fußvolk, wie es die Schelme von Landsknechten fast alltäglich tun.«

»So bin ich aus einem Feldlager ins andere geraten.« Madlene seufzte. »Gott helf' uns weiter!«

»Die Bauern haben sich wohl vergraben und verschanzt«, murmelte der Trugenhofer mit düsterem Lächeln, »wenn sie sich unverzagt halten, gewinnt der Truchseß ihnen heute nicht einen Finger breit ab. Der schlimmste Feind ist ihm freilich nicht auf dem Hals, denn Florian Geyer liegt mit den Schwarzen vor Würzburg. Aber Bernhard Schenk, der abtrünnige Ritter, den sie zu ihrem Obersten aufgeworfen haben, versteht auch den Krieg! Der Truchseß ist ihm eilig mit dem Heere nachgereiset, in Gemüt und Meinung, sich mit ihm zu schlagen. Aber der Schenk hat sich mit den Seinen hier an einen bösen Ort getan. Die, Reiter kommen ihm durch den Sumpf nicht bei, und an Fußvolk hat er an die fünfzehntausend Bauern gegen ein paar tausend meuterische Landsknechte.«

Ein betäubendes Trompetengeschmetter, das jählings über der ganzen Linie aufklang, unterbrach seine Worte. Ein paar dumpfe Kanonenschläge hämmerten dazwischen, und tausendstimmiges Geschrei hallte hinterher. Madlene faßte seine Hand. »Um Jesu willen – was ist das?«

»Der Truchseß läßt das Feindsgeschrei blasen! Das Zeichen zur Schlacht! Das Fußvolk ist wohl noch fern vom Feind, aber das Geschützwerk hat Herr Jörg schon hinter sich geruckt, und die Ritterschaft sitzt mit blankem Schwert zu Roß. Sehet, Madlene, das trutzige Häuflein, das dort ganz vorn im freien Felde hält, das ist die Rennfahne des Bundes. Der Marschall von Pappenheim ist ihr Hauptmann, Wolf von Honburg, der Brandmeister, reitet gleich hinterher.«

»Und dort die Männer, die gegenüber dem Städtchen graben und werken?«

»Das sind die Schützen des schwäbischen Bundes unter dem Schauenburger. Das geringe Feldgeschütz ist bei ihnen. Ich kann den Zeugmeister erkennen, den Michelott von Achtertingen. Und vor uns die Menge Reiter und Rosse und Wimpel – das ist das Haupttreffen, mögen wohl zweitausend wohlgerüstete Pferde sein. Und doch sind dem Truchseß schon viele vor Müdigkeit auf seinem geschwinden Marsche gefallen.«

»Und wes sind all die Reisigen?«

»Dort rechts steht das Geschwader des Hauses Österreich unter dem Grafen Ulrich von Helfenstein. Der hat geschworen, seinen Bruder unerbittlich zu rächen und über die Maßen. Daneben die stattliche Ritterschaft sind dreihundert rheinische und fränkische Herren. Die haben die Bischöfe von Mainz, von Würzburg und Bamberg als ihre kriegspflichtigen Lehnsleute geschickt. Dann kommen fürstliche Haufen: vom Bayernherzog Wilhelm, vom Markgrafen Kasimir von Brandenburg, da zweihundert sehr starke Pferde vom Landgrafen von Hessen – ein jeder hat geschickt, was er vermag.«

»Und auf der linken Seite – wer sind die Gewaltigen, die da mit blankem Schwert ihre Reihen herunterreiten?«

»Die Bischöfe von Augsburg und Eichstätt mit ihren Prälaten, Äbten und Rittern, viele Grafen und kleine Herren traben mit ihnen, im ganzen auch dreihundert gute Pferde unter dem Diepolt vom Steyn!«

»Und warum sind die Hügel dorten leer?«

»Dorthin kommt das rechte, schwere Geschütz mit Schlangen und Kartaunen und was sonst noch zur Artelerey gehört. Aber es bleibt aus. Ich mein', die Landsknechte hinten geben es nicht heraus, toben und begehren einen Schlachtsold!«

Wohl eine Meile hinter den funkelnden Geschwadern der Ritter hielt der gewaltige Haufen zu Fuß, der frommen Landsknechte Gemeine. Ein wüstes, verworrenes Gebrüll, geschwungene Hellebarden, Flüche und Drohungen umbrandeten den Truchseß von Waldburg, der regungslos, mit der eisernen Ruhe des vielerprobten Feldherrn, in ihrer Mitte hielt; zu seinen Füßen wanden sich die sterbenden Körper einiger Knechte, die es gewagt hatten, von Versöhnung mit dem Bundesobersten zu sprechen und sofort unter den Spießen ihrer Genossen zusammengesunken waren.

Eine dumpfe Scheu aber empfanden sie doch alle, die viereckigen Niederländer und rauh krächzenden, tollkühnen Schweizer, die schwarzhaarigen Galgenvögel aus Welschland, und die aus allen Ecken des Heiligen Reiches verlaufenen deutschen Bauernburschen – eine Art finsteren Grauens vor dem unerschrockenen Mann, dem selbst in dieser entsetzlichen Tage, vor sich den zum Verzweiflungskampf gerüsteten Feind, im Rücken das eigene Volk im Aufruhr, kein Fältchen in dem strengen, von langem Barte beschatteten Antlitz zuckte. Kalt und hart, wie das Eisen, das ihn umpanzerte, saß er auf dem eisengerüsteten Roß. Die feinen weißen Dampfwölkchen, die zwischen den Stahlfugen sich aus dem Pferdeleib kräuselten, schienen das einzige Lebende an beiden zu sein.

»Den Schlachtsold, Euer Gnaden!« brüllte es um ihn herum, »Selb ist der Wille der Gemeinde: die frommen Knechte wollen nit ehedar in den Feind beißen, als sie Euer Gnaden Wort und Siegel haben, daß der alte Sold ab ist und ein neuer Monatssold zu heute anhebt!«

»Zu heute ist mir nicht Lachens!« sprach der Truchseß kurz zu dem Grafen von Fürstenberg und musterte die geringe Zahl derer, die sich als treugeblieben hinter ihm scharten. Es waren nur die Hauptleute und Fähnriche und eine Anzahl Doppelsöldner, von den Knechten unterstand sich keiner mehr, dem willen der Gemeinde zu trotzen.

Herr Jörg von Truchseß seufzte in bitterem Groll und gab mit einem Wink der Augenbrauen dem Haufen zu Roß, der als Nachtrab neben ihm hielt, den Befehl, vor den Landsknechten aufzureiten. Und fast zugleich erklang das Rasseln der schweren Feldstücke, die unter dem Schütze der Reiter so rasch wie möglich in die Schlachtlinie abfuhren.

Durch die Landsknechtgemeinde ging es wie ein Sturm. Es ruckte und zuckte in der gierig durcheinanderstrudelnden Masse. Der Truchseß bog sich über den Pferdehals. »Versucht's und nehmt die Stücke an euch!« donnerte er, und seine Augen sprühten. »Aber das schwör' ich euch, ich, der Freiherr von Waldburg, Herr von Wolfsegg, des schwäbischen Bundes Feldherr und Königlicher Majestät zu Böheim Erbtruchseß: ich lass' die Bauern ungeschädigt stehen und lass' meine Ritterschaft die Rosse wider euch wenden, daß ihr unter Schwerthieben auf Wege und Mittel trachtet, Frieden mit mir zu erlangen und ich mir die Rädleinsführer ernstlich herausklaube! Bleibt, wo ihr seid! Ich stell' euch kein bittliches Begehren, sondern schicke mich ohne euch Schalksknechte zur Schlacht!«

Zornig seinen Hengst wendend, ritt er im Galopp mit seinen Begleitern davon, und hinter ihnen verhallte kaum der Lärm des Landsknechtlagers, als schon von vorn der ihnen um die Ohren pfeifende Wind die vereinzelten Kanonenschläge und Trompetenstöße des beginnenden Scharmützels entgegentrug.

An der Wagenburg sprengte ihm der von Trugenhoffen entgegen. »Nehm' Euer Gnaden es nicht unrecht, wenn ich, ein pfälzischer Lehnsmann, mich in Eure Händel menge. Aber die Herren begehren nach Euch, suchen Euch an allen Orten und meinen, der Tag steht bedrohlich!«

Der Truchseß musterte den Ritter, »von Euch höre ich, Herr Trugenhoffen, Ihr seid der Bauern Händel nicht abgetan und in lutherischen Praktiken besser erfahren, als einem frommen Gesellen vom Adel ansteht. Da wundert's mich nicht, wenn Ihr Euch die Schlacht mit dem Frauenzimmer hier oben anschauen wollt!«

Ritter Felix fuhr grimmig auf. »Ich bin Euer Kriegsmann nicht! Und wer unter dem Sickingen seine Ritterschaft erwiesen, der braucht sie nicht erst Euch zu zeigen!«

»So treibt's wie Ihr wollt! Wir brauchen Euch nicht, Ritter. Halten den Tag auch ohne Euch. Auf den Abend aber braucht Ihr des Gespeis und Gespötts nicht erst zu gewarten!«

Der Truchseß hatte sich zu den herangekommenen Führern gewendet, um mit ihnen die Schlacht zu besprechen. Undeutlich klang aus den dunklen Scharen drüben zwischen dem Grollen und Blitzen der Geschütze der feierliche Gesang des Bundschuh: »Komm, heil'ger Geist – du, Herre Gott!« und gegenüber auf den Hügeln segneten, aus dem Sattel gestiegen, Bischöfe und Äbte mit ausgebreiteten Armen die todsprühenden Feldschlangen ein.

Schweigend starrte Ritter Felix vor sich hin.

»Mein Bedünken ist,« sprach der Fürstenberger zu Herrn Jörg Truchseß, »wir machen männiglich die Reisigen zum Anlauf geschickt und lassen, um den Hochmut und Frevel der Bauernschaft zu dämpfen, den Marschall von Habern mit der Rennfahne hinaus, wenn der den Angriff harschlich und trutzig tut, so geht's mit Gottes Hilfe gut!«

»Es mag sein,« – der Truchseß sann nach – »daß die Bauern, das leichtfertige Volk, sich dann in die Flucht geben...«

Da jagte auch schon der Marschall der Rennfahne über das Feld daher. »Dran, Euer Gnaden!« rief Er schon von weitem. »Dran, dran! «Es ist Zeit! Die Bösewichter sind verzagt wie die Hunde!«

»Ich glaub's nicht!« erwiderte der Truchseß. »Aber geht in des Herren Namen los. Ich reite mit!«

Ritter Felix wandte den Blick von Madlene ab und biß die Lippen zusammen, »Wer gibt mir ein rotes Kreuz aufs Kleid?« fragte er heiser. »Daß männiglich sieht, daß ich des schwäbischen Bundes Freund bin und, wenn Seine Gnade es erlaubt, mit den Edlen in der Rennfahne wider die Bauern reite...«

»Kommt mit,« sagte Herr Jörg, »der Tag wird Euch gedenken!«

Eine zerrissene, donnernde und flimmernde Wetterwolke stob die Rennfahne, ein paar hundert der verwegensten Haudegen im Ritterheer, im gestreckten Rosseslauf über eine schmale, trockene Wiese des Blachfeldes auf die dunklen Bauernfähnlein drüben zu.

Jeden Augenblick glaubten sie, in Entsetzen vor dem heranbrausenden Sturme, die Klumpen sich auflösen und in eilfertigem Gewimmel flüchten zu sehen.

Aber das Unerhörte, den Edlen Unglaubliche geschah. Die Feinde drüben, zähe finstere Gebirgsbauern aus dem Schwarzwald, hielten nicht nur stand, sie warfen sich plötzlich selbst den herangaloppierenden Reisigen entgegen. In rasendem Hasse rannte es da mit vorgestreckten Spießen heran. Ein Kruzifix schwankte über den Häuptern. Das trug mit zitterigen Beinen, in atemlosem Trab, der greise Dorfpfarrer von Digisheim vor den Seinen einher. »Die Hilfe des Herrn über euch!« klang seine Stimme. »Sehet, ihr Lieben – der Hirt läßt sein Leben für die Schafe! – Die Hilfe des Herrn...«

Er verschwand, zerdrückt, zermalmt unter dem eisern heranfegenden Sturm. Aber dieser Sturm selbst brandete und staute sich an dem dawiderlaufenden Lanzenwald. In weitem Bogen kreisten die Rosse vor den schneidenden Hellebarden ab, bis die knirschenden Herren sie mit Zügelrissen und Sporenstößen wieder nach vorn trieben und in das heulende Getümmel hineindrängten, in dem die Schwärme der Bauern sich um die erbost nach rechts und links ausfegenden Eisengestalten mit den wehenden Federbüschen drehten.

Am Eisen glitten die Spieße ab. Aber in den weichen Pferdeleib drangen sie verderblich ein. Da und dort tauchte jählings eine buntflatternde Helmzier in den Strudeln des Handgemenges unter, wie Hetzhunde auf das Wild warfen sich die Bauern über den gleißenden, ungefüg am Boden zappelnden Panzer. Gierig suchten Lanze und Messer die Harnischfugen, und rotes Blut spritzte nach.

Um den Truchseß selbst wirbelte in wütendem Geschrei der Kampf. Die breiten Schlachtschwerter der Grafen und Edlen zischten schirmend um ihn her und schlugen hellklingend in die Eisenkappen ein, aber für jeden Bauern, der von Blut geblendet in die Knie sank, sprangen zwei, drei neue in die Lücke, und immer wilder preßte sich der Ansturm von Hunderten von Menschenleibern gegen die angstvoll sich bäumenden und schnaubenden Rosse.

»Flieht, liebe Herren und fromme Knappen!« gellte plötzlich von hinten ein Ruf, und fast zugleich schon zeterte über das ganze Gewühl hin das heisere Gebrüll der Reisigen vom Unadel: »Flieht, liebe Herren, flieht!«

Aber das Gefecht hatte sich seitwärts gewälzt, tief in den sumpfigen Grund hinein. Keuchend, müde und langsam stapften und platschten die Gäule durch das quellende Moos dahin, die zornige Eisenlast auf dem Rücken, um die unablässig mit scharfbewehrten Stacheln der grimmige Hornissenschwarm der Verfolger summte. Weh dem, dessen Pferd, im Schlick sich abquälend, stecken blieb. Schon wateten die wilden Gesellen heran, und in hoffnungslosem Kampfe glitt der Ritter aufbrüllend unter den Spießen aus dem Sattel.

Jenseits des Sumpfes, wo die anderen Geschwader und die Stücke Schutz vor den Verfolgern boten, schlugen die Herren von der Rennfahne keuchend und fluchend das Visier empor und schauten einander, die Gesichter der Freunde suchend, unter das Helmdach.

Gar mancher Edle lag da draußen tot, und mancher Ritter rief umsonst nach seinem treuen Knappen. Dem Truchsessen selber hatte ein Hieb den Oberarm angefleischt, daß das Blut lustig lief, und der Graf von Fürstenberg mühte sich lange umsonst, seinen Hals aus der erstickenden Umklammerung des eisernen Kragens zu befreien, in den eine feindliche Kugel eine tiefe Rille getrieben hatte. »Ihr habt Euch weidlich gehalten, Herr Trugenhoffen!« sagte er, nachdem ihm endlich Luft geworden, mit matter Stimme. »Ohne Euch wär' ich schlimm gefahren mit dem langen Bauernknecht, der mir nicht von der Seite weichen wollt'.«

»Der Trugenhoffen hat trefflich gemäht!« rief ein junger Herr, der bleich von der Erschöpfung des Kampfes im Sattel lehnte, und der Truchseß selber setzte, seinen Grimm über den fehlgeschlagenen Angriff bemeisternd, hinzu: »Nichts für ungut, lieber, Fester! Was ich Euch vorhin gesagt hab', will ich nicht mehr sagen! Es war nicht wohl von mir!«

»Nun merkt es, Euer Gnaden,« erwiderte Ritter Felix, und es lag bitterer Hohn in seiner Stimme, »wie unverzagt der gemeine Mann streitet!«

Der Truchseß neigte das buschige Haupt. »Kein Landsknecht hält besser stand!« Und zu dem heranreitenden Bischof von Eichstätt gewendet, fuhr er fort: »Ehrwürdiger – wir sind mit blutigen Köpfen abgetrieben!«

»So lasset das schwere Geschütz recht gröblich unter sie gehen!« riet der Seelenhirt und deutete mit der blanken Klinge auf einen herantretenden Mann. »Hier aber bringe ich Euch Leonhard Breitschwerdt, den Vogt von Böblingen.«

»Er ist gefangen?« fragte der Fürstenberger.

»Freiwillig gekommen in seinem und der Ratsherren Namen!« Ein tückisches Lachen lief über das Gesicht des Kirchenfürsten, und durch die Reihen der Ritter rann frohes Murmeln hinterher, als er fortfuhr: »Gott sei gelobt! Der Verrat steht uns bei!« Aber an dem fuchsschlauen Lächeln, das bei des Vogtes Breitschwerdt Nahen auch die ernsten, auf den Schlachtfeldern Welschlands gebräunten Züge des Truchseß erhellte, merkte seine Umgebung, daß ihm der Bote nicht unerwartet kam.

Herr Jörg selbst sah wohl die frohe Überraschung der Edlen um ihn. »Wann werdet ihr Herren den Krieg führen lernen?« lachte er grimmig und strich seinen langen Bart. »Meint ihr wirklich, ich wäre, die mutwilligen Landsknechte hinter mir und vor mir die Gewalthaufen der Bäurischen, hier zwischen Sumpf und Bühel gerückt, wann ich nicht den alten Kriegsspruch im Herzen bewahrt hätte: ›Gute Kundschaft, halber Sieg!‹ Und mir ist seit langem insgeheim kund, daß Vogt Breitschwerdt und die Ehrbaren in Böblingen sich auf unsere Seite halten wollen –«

In dem vergrämten Gesicht des greisen Vogtes zuckte es. »Mein Herz, Euer Gnaden,« sprach er fest, »ist bei den Bauern und ihrer evangelischen Brüderschaft. Mich jammert der armen Kreatur, ihrer Nöte und Bedrängnis durch den Übermut der Herren. Aber die Herren, die Festen und Strengen, sind im Krieg erfahren, achten ihn als ihr einziges und ehrliches Tagewerk. Der Bauer ist im Felde ein leichtfertiger Gesell und weiß sich keines Rats. Die zuvorderst im Treffen stehen, die Schwarzwälder und die von Weinsberg, die freilich sind gegen die Rennfahne angestürmt wie die wütenden Hund', als ob sie über die Reiter auslaufen wollten. Aber was dahinter steht, ist kleinmütiges, verzagtes Volk und in sich uneins. Etliche wollen sich herzhaft schlagen, wie die Stuttgarter Fähnlein, etliche mit den Herren verhandeln, etliche still nach Hause ziehen –«

»Und da,« unterbrach ihn der Truchseß spöttisch, »habt ihr in Böblingen erkannt, wes der Sieg und wes die Rache sein wird –«

Der Vogt nickte bekümmert. »So muß es kommen, und wir wollen Euer Gnaden Strafe nicht erst beschauen, sondern Euch vordem die Tore öffnen.«

»Ei ja,« lachte der Graf von Fürstenberg. »Viele die bisher lautlos gewesen, gackern und schnattern jetzt: ›Wollte Gott, daß sich fromm', redlich' Leut' unser annähmen, daß wir zu Frieden kämen, wir sind sonst alle verdorben, ermordet, verbrannt, vertilgt, Weib und Rind!‹«

Der Truchseß aber sprach: »Ihr habt mein Wort, Vogt Breitschwerdt! Wohl ist solch Kriegsvolk in solchem Zug nicht in ein Bockshorn zu zwingen, aber ich will den Böblingern Unterschied machen zwischen Bösen und Guten und vor Brand sein, so viel wie möglich –«

»Die Brennereien sind ohnedem vom Übel!« murmelte neben ihm der Ritter Heinz Rüdt. »›Des Bundes Meinung‹ hat sich mein ehrwürdigster Herr, der Mainzer Bischof, vernehmen lassen, ›ist es nicht, das ganze Land zu verderben.‹«

Der Truchseß zuckte verächtlich die breiten Schultern, daß der Panzer klirrte. »Will der Ehrwürdigste mich den Krieg lehren, so soll er zu Roß steigen, und ich will an seiner Statt auf dem seidenen Pfühl sitzen!« Seinen Streithengst antreibend, gebot er dem Zeugmeister: »Lasset die Feldstücke unverdrossen unter die Bauern gehen. Die nächste Zeit müßt Ihr den Handel halten, bis wir uns unseren Vorteil in Böblingen versichert haben –«

Stundenlang brüllten und grollten hin und her über den Sumpf die Geschütze. Die schweren Stein- und Eisenkugeln flogen als rauchende Kreisel durch die Luft, sie klatschten, mächtige Wassertrichter aufwerfend, in dem Moosgrund nieder, sie fuhren krachend durch das Geäst der Bäume und hüpften über den festen Boden dahin, daß da ein Bauernfähnlein auseinander-stob, zwei, drei dunkle am Boden sich windende Gestalten zurücklassend, und drüben wieder ein Schwarm von Knechten jammernd einen schweren reglosen Panzer unter der Last seines zerrissenen Pferdes hervorzuzerren suchte. Und unablässig klang durch Trompetengellen und Rossegeschrei, durch das Blitzen und Böllern in der Runde aus dem Bauernheer der feierliche Choral: »Komm, heil'ger Geist, du, Herre Gott!« und schritten segnend die Dorfpfarrer die Front ihrer Fähnlein entlang.

»Reitet die Rennfahne heute noch einmal aus?« fragte Madlene, die von der Wagenburg hoch oben auf dem Hügel bebend das gewaltige Schauspiel verfolgte.

Die Ritter umher lachten verdrossen, und der von Trugenhoffen sprach, auf die Gäule wei-send, die, von der Jast des Reiters befreit, mit gesenkten Köpfen sich aneinander drängten: »Heut sind wir von der Rennfahne nur noch gut, Herrn Jörg die Wagenburg zu bewachen, daß ihm unter der Schlacht nicht die frommen Knechte unversehens hineinfallen und plündern. Die Rosse sind müd', haben ihre Kraft im Sumpf stecken gelassen, schnarchen und zittern und machen krumme Rücken, wenn man aufsitzen will.«

Madlene erwiderte nichts. Sie hatte die Hände gefaltet und sah vor sich nieder.

»Was betet Ihr, Madlene?«

Sie hob den Kopf. »Ich danke Gott, daß er Euch vorhin gnädig bewahrt, und ich bete zu ihm, er möchte die Bauern, die wütigen Schelme, strafen, wie's ihnen geführt, und den Rittern unten seinen Sieg geben!«

»Ihr wißt nicht, was Ihr wünscht!« sprach der Ritter halblaut. »Ein Gemetzel wünscht Ihr, davor Euch selbst schaudern würde! Daß man die Buben von Weinsberg straft, ist nicht mehr als recht und billig. Aber sehet das arme Volk da drüben über dem Morast! Sie singen und beten, schwenken ihre Fähnlein und wissen nicht, was sie beginnen! Man soll sie strafen mit Strenge oder Milde, wie's dem armen, ungeschickten Volk gebührt, aber zugleich mit Eifer zusehen, wie man ihre Armut und Not bessern kann. Glaubt Ihr, Madlene, die da drüben hätten Haus und Hof verlassen, Gut und Leben verwirkt, Weib und Kind dahingegeben und sich zu der Brüderschaft zusammengetan, wenn ihnen von den Herren nicht das letzte herausgezwackt und geschabt worden wäre, daß sie sich keiner anderen Hilfe mehr getrosten!«

»Das sind blaue Enten, lieber,« schrie Diepolt vom Steyn dazwischen. »Ein Bauer ist ein Bauer, und Gott in seinem unerforschlichen Ratschluß wird wohl wissen, warum er ihm alle Mühe auferlegt. Ich hab' kein Mitleid mit ihnen und sage es laut: mich dünkt es nicht mehr als billig und recht, wenn ein jeder Edelmann sieben Bauern an seinem Jagdspieß aufsteckt!«

Die Herren ringsum riefen lärmend Beifall. Sie waren aufgesprungen und deuteten im Stim-mengewirr hinab nach Böblingen. »Da steigen die Büchsenschützen hinauf!« frohlockte Die-polt vom Steyn. »Die Büchsenwagen ziehen sie hinter sich – der Truchseß, der tapfere Herr, als erster. Und Feuerbrände tragen sie mit sich, die Stadt flugs anzuzünden, wenn der Vogt sein Wort nicht hält!«

»Aber er hält sein Wort!« Heinrich Traysch von Buttlar jubelte. »Da tun sich die Tore auf. Die Bürger lassen die Bundesschützen ein.«

»Gott segne die wackeren Böblinger!« Ein greiser Rittersmann neben ihm wischte sich die Freudentränen aus dem Auge.

»Da kommen die Stücke hinterher!« fuhr Buttlar fort. »Ei, schaut – die Falkonette – die Dop-pelhaken – da schieben sie schon eine Feldschlange hinauf. Die Reisigen sind von den Pferden gesprungen und greifen in die Räder. Nun wahret euch, ihr Schelme von Bauern, daß euch der Tag nicht bitter ausschlägt!«

Fernab von den anderen an den Rand des Hügels tretend, überschaute Felix von Trugenhoffen mit pochendem Herzen die Schlacht. Ein erstickend in ihm aufquellendes Gefühl sagte ihm, daß es für die Bauern keine Rettung mehr gab.

Ein geschultes Heer hätte wohl schwenken und die überragende Burg und Stadt im Sturme wieder nehmen können, den unbeholfenen Bauernfähnlein aber konnte eine solche Bewegung nur heillosen Wirrwarr bringen. In den Linien, in denen sie die Führer mühsam aufgebaut, mußten sie stehenbleiben oder fliehen. Ein Drittes gab es nicht.

Von Böblingens grauen Mauern schossen gleichzeitig eine Reihe blitzroter Streifen wie feurige Schlangen hinaus. Dumpfer Qualm stieg dahinter auf, und langsam rollte der Donner nach.

Die erste Lage war zu kurz gegangen. Das vorderste Bauerntreffen stand noch unberührt. Nur der Gesang war verstummt, und an seiner Stelle lief der Jammerruf: »Verrat!« durch die angstvoll zuckenden und zitternden Linien.

Und schon flammte es zum zweiten, zum dritten Male oben auf. Und diesmal traf's. Ein Hagel von Stein und Eisen fegte verderbenbringend von der Flanke her durch das Treffen, ganze Glieder der Fähnlein in den Sumpfboden schmetternd. Die dem Städtchen zunächst gelagerten Scharen aber, die regellos, unter verzweifeltem Geschrei zum Sturme anliefen, lichteten sich im Augenblick unter dem Geknatter der Büchsenschützen oben wie ein Stangenwald im Sturm, sie lösten sich in zurückrennende Häuflein auf, und hinterher humpelten und krochen jammernd die Getroffenen.

Madlene hatte entsetzt das Gesicht abgewendet, als es mit der Schlacht nun greulicher Ernst wurde. Aber da hörte sie vor sich das Jauchzen der Ritter. »Die Büchsenschützen halten sich weidlich!« schrie Diepolt vom Steyn. »Sie schießen gewaltig hinaus in die Ordnung der Bauern ...«

»Den Bauern in den Rücken!« ergänzte Traysch von Buttlar, über das ganze Gesicht lachend, »Sie schießen sie aus ihrem Vorteil im Moos!«

Der greise Reitersmann neben ihm faltete die Hände: »Sie schießen sie von den Bergen und Bühleln hinab. Schaut – es wird schon Raum – der reisige Zug kommt neben dem Städtchen hinauf in seinen Vorteil!«

»Der verlorene Haufe schwenkt ein!« brüllte ein riesiger Gewappneter, und um ihn jauchzte das Stimmengewirr: »Der gewaltige Haufen reitet im Schritte an. Was fechten kann, geht übers Moos! Das rechte Geschütz hinterher – und alle Drommeten schreien zum Angriff.«

Madlene hatte den Kopf wieder nach vorn gewendet. Sie mochte wollen oder nicht: das fürchterliche Bild da unten hielt sie gebannt. Auf den ersten Blick unterschied selbst ihr ungeübtes Auge, wie sich die Schlacht inzwischen gewendet. Eine mächtige Pulverwolke umqualmte Böblingens graue Zinnen und Türme, und aus ihr krachte es ununterbrochen in grellen Feuerstreifen hinab auf die dunklen, in tausendfachem, verworrenem Gewimmel zurückflutenden Massen des ersten Treffens. Alle Ordnung hatte sich aufgelöst. Die einen Fähnlein standen noch trutzig fest, andere wanderten langsam zurück, die dritten liefen, was sie konnten, dem zweiten Treffen zu, das als ein langes, von Spießen starrendes Viereck sich düster von dem lichten Grün des Waldrandes abhob.

Gegenüber den unstet wogenden, von den einschlagenden Kanonenkugeln hin und her geschobenen und auseinandergerissenen Scharen ritten die kriegsgeübten Männer des schwäbischen Bundes zum ernstlichen Angriff auf. Die Fürsten und Grafen trabten, mit buntwallenden Helmfedern geziert, ihrer Gefolgschaft voraus, die, eisenhart wie die Vernichtung, über das Blachfeld dahinrasselte. Die Banner flogen, alle Kriegshörner bliesen. Der Boden donnerte im Anlauf der schnaubenden Rosse, »Voran, der Bauern Tod!« brüllte Graf Fürstenberg, der Führer des Geschwaders. »Und machet den Angriff grimm, daß uns keiner mehr steht!«

Betäubend klang unter den geschlossenen Visieren das dumpfe Geschrei der Edlen als Antwort. Wie eine eiserne, alles zermalmende Woge brach die lange Linie der Ritter und Reisigen in die Bauernschaft ein. Aus ihrem Geflimmer zischten ununterbrochen im Sonnenglanz die Schlachtschwerter auf das um ihre Knie brodelnde Gewühl, durch das ein jeder dieser unangreifbaren Stahlklumpen sich, wie der Schnitter durch das schwankende Korn, hindurcharbeitete.

Die langen Spieße waren in dem Gedränge nutzlos, Axt und Messer glitten an dem Harnisch ab, und ununterbrochen hoben und senkten sich die würgenden Schwerter, während die goldenen Sporen, tief in die Weichen eingehackt, die Rossesbrust wie einen Keil voraus in die Menschenmauern trieben. Schon waren einzelne der Ritter durch das Treffen hindurchgedrungen und kehrten um, um von hinten mit stoßweisem, atemlosem Gebrüll das Vernichtungswerk von neuem zu beginnen; schon sank im Mittelpunkt der Schlacht, die, ein weithin ausgebreitetes Gewühl von eisernen Schädeln, von schäumenden Pferdehäuptern, von im Sturme schwankenden Bannern, sich langsam über das Blachfeld dahinzog – schon sank da, wo die Stuttgarter auf Tod und Leben mit den Rittern rangen, unter wütendem Geschrei die große Fahne des hellen christlichen Haufens, und wo noch dicke Klumpen ineinandergeballt der Reiterei standhielten, da wetterte und sprühte es von der Böblinger Burg in tödlichem Hagel und blies die Verratenen auseinander.

»Viktoria!« gellten die Trompeten. »Viktoria!« hallte aus heiseren Kehlen der Jubelruf der Ritterschaft. Es ward frei um die kämpfenden Edlen. Ein plötzlicher wahnsinniger Schrecken, eine gräßliche Erkenntnis, daß alles verloren sei, riß, was vom Bauernheer noch stand, in wilder Flucht dahin. In den Wald hinein, nur in den Wald – das schien der einzige Gedanke der Tausende – in den Wald, dessen Gesträuch Schutz vor diesen furchtbaren, nicht einmal ein Menschenantlitz zeigenden Eisengestalten und dem erbarmungslosen Mähen versprach, mit dem sie wie die Wölfe in der Schafherde hausten.

Aber schon klang von ferne eiliger Paukenschlag. Die frommen Knechte, durch ihre Späher unterrichtet, wie gut sich der Tag für die Ritterschaft wende, kamen im Sturmschritt heran, um wenigstens die Beute nicht zu versäumen. Demütig die Hüte lüpfend trabten sie, die Hellebarde auf der Schulter, an den Kriegsgewaltigen vorbei, und wo einer ob der Meuterei befragt wurde, da wußte er gar nicht anzugeben, auf welche Weise solch unziemliche Forderung in der Gemeinde ausgekommen sei! Er jedenfalls, der fromme Landsknecht, sei nicht dabei gewesen und müsse jetzt weiter, um in den Büschen den berittenen Herren zu helfen.

Durch den weiten Wald hallte alsbald der Lärm des erneuten Kampfes. Im Gestrüpp und Dickicht würgten die Kriegsknechte unter den Bauern, sie schossen sie von den Bäumen herunter und führten sie in langen Zügen als Gefangene zurück auf das mit Gefallenen übersäte Böblinger Feld.

»Sehet den Ehrwürdigen!« schrie auf dem Hügel an der Wagenburg Dievolt vom Steyn. »Er sticht und metzelt mit eigener Hand unter dem Bauernvolk –«

In der Tat, da unten ritt der Bischof von Eichstätt, das blanke Schwert in der Faust, auf der Walstatt umher, und wo er einen Trupp Gefangener kommen sah, da sprengte er mit seinen Begleitern hinein und wütete wie ein Tiger.

Felix von Trugenhoffen war finster geworden beim Anblick der entsetzlichen Niederlage. Jetzt warf er den Kopf zurück: »Der Bischof dienet dem Teufel –,« rief er, an sein Schwert schlagend, »aber nicht der Liebe Gottes! Dafür will ich ihm Red' und Antwort stehen!«

»Ei, so gehet doch zu den Bauern!« fuhr ihn Diepolt vom Steyn an, und Buttlar höhnte: »Die evangelischen Brüder da unten können einen starken Kriegsmann wie Euch bitterlich brauchen!«

Die Ritter drängten nach vorn und zeigten jauchzend und lachend in die Ferne, wo um den vom Kampfgetöse erfüllten Wald herum ein langer, silberner Streifen sich rasch wie eine tückische Schlange wand. »Wißt Ihr, was dort reitet? Die fünfhundert Reisigen sind es, mit denen Herr Frôwin von Hutten den Bauern, die aus dem Walde entrinnen, wie ein Gewitter hinter dem Galgenberg hervorbricht. Der Truchseß führt sie selbst. Er hat geschworen, daß ihm kein Mann vom Bauernheer entgehen soll!«

»Kein Mann!« bestätigte, langsam den Hügel heraufreitend, der leichtverwundete Graf von Fürstenberg, dem Bauernblut in Menge die Harnischfugen verklebte und die Beine seines Hengstes umkrustet hielt. »Es sind ihrer schon jetzt mehr als achttausend erschlagen!«

»Achttausend Bauern!« Wie ein Seufzer der Erlösung klang es andächtig von den Lippen der Ritter.

Der von Trugenhoffen trat düster zur Seite. »Der Weg ist frei!« sprach er zu Madlene. »Die Fürsten und großen Hansen halten sich weidlich im Bauernblut. wir, die armen Ritter, haben ihnen den Vorteil erstritten. Morgen vor Tag und Tau bring' ich Euch und die Frauen ins Kloster.«

Der von Trugenhoffen trat düster zur Seite. »Der Weg ist frei!« sprach er zu Madlene. »Die Fürsten und großen Hansen halten sich weidlich im Bauernblut. wir, die armen Ritter, haben ihnen den Vorteil erstritten. Morgen vor Tag und Tau bring' ich Euch und die Frauen ins Kloster.«

XVI

Ein Meer von grünen Wipfeln, die im Morgenwind rauschend und flüsternd die Berghänge bekleideten, umsäumte der junge Wald das Quelltal. Durch saftige Matten plätscherte die silberklare Flut dahin, an den Hügeln hoben sich die weißbeschneiten Lichtgebilde der Blütenbäume in zarter Schönheit von dem tiefblauen Himmel ab, der sonnige Frieden des Frühlings lebte und webte überall in knospendem Laub und Amselschlag, in Schmetterlingsflug und stiebendem Blütenschnee.

Die Nonnen waren dem einsamen, nur von Hans Waldvogel, dem Buben, gefolgten Paare weit voraus. Dort unten im Talgrund, wo sich langgestreckt die weißen Mauern des Klosters, von der Kirche überragt, am Bachrand hinzogen, dort lagen sie auf den Knien und dankten allen Heiligen im Himmel, daß die Zerstörung gnädig an ihrem Gotteshaus vorübergeschritten war. Wohl waren die Kammern geleert, die bunten Heiligenbilder zerbrochen, die Glasfenster der Kapelle eingeschlagen, aber an das Schlimmste, an den Brand, hatten sich die durch jahrhundertelange Hörigkeit erschlafften Hintersassen des Frauenklosters nicht gewagt, und nun boten dessen Lehnsleute, kleine Ritter, die, selbst halb verbauert, auf verwahrlosten Waldburgen ringsum hausten, genügenden Schutz gegen etwa noch streifende Rotten.

Die beiden oben hatten ihre Pferde gezügelt und sahen schweigend hinab ins Tal. »Gehabt Euch wohl, Madlene!« sprach der Ritter endlich. »Dort ist das Kloster. Dort müßt Ihr bleiben, bis die Kriegsläufte aufhören –«

Sie schauerte leicht zusammen. »Mir ist, als hätte mir gestern ein Hexenmeister die Schlacht und all die Greuel vorgegaukelt. Heute, hier in unseres lieben Herrgotts schöner Welt, kann ich's gar nicht mehr verstehen, daß so viel Haß und Furie auf Erden sein kann.«

»Ihr habt nicht geträumt!« Der von Trugenhoffen schüttelte das Haupt. »Es war eine gewaltige Schlacht gestern. Und die letzte war es nicht. Wohl ist der helle christliche Haufen zu Staub zerschlagen, und suchen die Reisigen in allen Dörfern nach den Rädleinsführern, den Mordgesellen von Weinsberg, aber noch steht bei Königshofen das große fränkische Bauernheer zum Kampf gerüstet und vor Unserer Frauen Berg, des Bischofs Schloß ob Würzburg, liegt Florian Geyer mit seiner schwarzen Schar!«

»Aber einnehmen wird er das Bischofshaus nicht!« sprach Madlene. »Die Herren haben mir's wohl verraten: da, wo der Schloßturm am höchsten ist, da sitzt in seinem Kämmerlein der blinde Barfüßermönch, der gewaltige Zauberer und Teufelsbruder, fängt die Kugeln in seinem Ärmel auf und treibt sein Hexenspiel mit den stürmenden Rotten, daß sie im Wallgraben hin und her tappen wie blindes Gewürm im Sonnenlicht. Und jüngst hat er gar, die Bauern zu schrecken, ihnen am Lager gespenstige Totenreiter erscheinen lassen –«

»Das waren Herren von des Truchsessen Rennfahne«, murmelte der Trugenhofer. »Die verwegenen Gesellen haben solchergestalt denen im Schloß den baldigen Entsatz gemeldet. Aber mag das feste Haus fallen oder nicht, noch steht der Bauern Sache hoch aufgerichtet.«

Madlene bog sich im Sattel zu ihm und faßte in jäher Angst seine Hand, »Lieber!« stieß sie mit banger Stimme hervor. »Seid Ihr denn wirklich im Herzen der Bauernsache so zugetan?«

Der Ritter wandte ihr sein gebräuntes, bartloses Gesicht mit den dunkelblitzenden Augen zu. Ratlose Verzweiflung grub ihre Furchen in die hartgeschnittenen Züge. »Es wird übermächtig in mir!« sprach er langsam und mit lauter Stimme. »Es mahnet mich bei Tag und Nacht: Fluch dem, der wider Wissen für die schlechte Sache zu Feld liegt! Fluch dem, der säumt, bis es zu spät ist. Fluch dem, der seine Brüder im Geiste verrät!«

»Lieber Herr,« – er empfand den bebenden Druck ihrer Hände auf seinem Arm – »sind denn das Eure Brüder, die teuflischen Bauern?«

»Den Bauern veracht' ich,« – der Ritter sah hochmütig in die Ferne – »aber die hinter den Bauern stehen: der Geyer, der Eysenhut, die Edlen alle – das sind die Meinen! Was die wollen – ein freies Reich deutscher Nation, ohne Pfaffen und Fürsten, ein einziger Kaiser als der Kriegsgewaltige – das dünket mir recht und gut. Das lebt in mir und wächst gewaltig. Des Geistes, wie die drüben, bin auch ich. Und statt zu ihnen zu traben und zu rufen: ›Da bin ich, Brüder,

bereit zum Leben und zum Tod!‹ statt so zu handeln und mich zu befreien, liege ich in der
Fürsten Lager umher, nicht besser als ein heimatloser Landsknecht, muß für die Herren, die
mir meinen Burgstall im Feuer zum Himmel geschickt, mich in Gefahr Leib und Lebens geben
und froh sein, wann der hochfahrende Truchseß oder gar der blutige Pfaffe von Eichstätt mir
ein gnädiges Wort hinwirft.«

»Und was hält Euch zurück, daß Ihr nicht zu den Bauern reitet?«

»Ihr, Madlene!«

Sie verstummten beide. Um sie lachte im Frühlingsglanz der Wald. Unten im Tal begann leise
die Klosterglocke zu läuten und schickte ihr zitteriges Dankgebet zu den blauen, unendlichen
Höhen empor.

»Um Euretwillen bin ich in Not und Gefahren durch die Lande geritten,« hub der von Trugenhoffen wieder an, »hab' mich, des Turms gewärtig, dem Pfalzgraf gestellt – die Flammen
Eures Schlosses haben unsere Herzen ineinandergeschmolzen, daß sie eins bleiben müssen, solange wir die Sonne schauen und Gottes Luft atmen. Wie soll ich das zerbrechen, das doch
eins ist?«

Madlene schaute zur Seite. »So bleibt«, sagte sie leise. »Lasset Euer Roß ungesattelt, wenn die
da drüben winken. Denket: Es kommen auch andere Zeitläufte – Ruhe und Stille im Land...«

»Aber in mir wird keine Ruhe sein,« – der Ritter ballte in ohnmächtigem Grimm die Faust –
»solang' ich lebe, nicht! Des seid gewiß, Madlene!«

»Ich kann nichts anderes tun, als Euch bitten: Bleibt hier! Tut Euch nicht zu denen, auf die
der Henker mit dem Beil schon wartet. Wenn das Euer Ende und Ausgang ist, dann will ich
mein langes Haar vor der Kirche lassen und meine Tage der heiligen Magdalene opfern und in
der Klosterzelle bleiben...«

»Ei – lasset den Henker aus dem Spiel!« rief der von Trugenhoffen zornig, »Wer sagt Euch,
an wen das Sterben gerät, Ritter oder Bauer, wann das Spiel zu Ende ist?«

»Und wenn der Bauer die Oberhand gewinnt?« – wieder legte sich wie gestern ein harter
Haß über Madlenens schöne Züge – »Felix, Lieber, soll ich dann zu ihm treten und ihm sagen: ›Ich danke dir, Bruder Bauer, daß du mir meinen Herrn gemordet hast und meine ganze
Sippschaft‹ – was doch zum Erbarmen und den Türken zuviel wäre – ›daß du mir das Haus angezündet und all das Meine geraubt, und von dem alten ehrenfesten Geschlecht der Heerdegen
nichts mehr lebt, als ich arme Bettlerin, die aus Barmherzigkeit ihren Leben im Kloster nach-
weinen darf‹ – nein, Lieber – das ist mehr, als ein Mensch vermag.«

»Ich weiß es,« erwiderte der Ritter finster, »und darum habe ich nichts davon zu Euch geredet.
Ihr könnt nicht anders handeln! Mir aber liegt es ob, mannhaft mit der Versuchung zu ringen
und zu schauen, ob ich sie bestehe!«

Den Talweg herauf kamen ein paar Klosterknechte, um Madlene herabzugeleiten. Sie reichte
noch einmal dem Ritter die Hand. »Fahret wohl – ich bin getrost!« sprach sie, und ein Lächeln
der Demut glitt über ihr Gesicht. »Ihr werdet selbe Versuchung bestehen – um meinetwillen.
Das weiß ich und will hier still auf Euch harren!«

»So schütz' Euch Gott!« Herr Felix wandte sein Roß. »Ich muß zum Pfälzer Heere zurück-
reiten, ehe es den Neckar aufwärts zu dem schwäbischen Bunde zieht!«

Wie das Getöse einer Schlacht scholl über die weiten Matten am Neckar der Jubel der beiden
zueinanderstoßenden Ritterheere. Ungeheure Staubwolken qualmten über allen Wegen. Aus
ihnen starrten, ein tausendstacheliger, von graugepuderten Bannern überrauschter Wald, die
Lanzen der fromen Knechte, und zog im Poltern der Karren, in dem Gebrüll der Rinder, mit
Geschrei und Peitschenknall der Troß hinterher. Dazwischen trabten über die junge Saat in
blitzenden Klumpen, über denen sich schräg geneigt die trutzigen Wappenfahnen schaukelten,
die reisigen Geschwader der Ritterschaft, was vor den Hufen ihrer schweren Rosse in zartem
Grün prangte, blieb als zerstampfte braune Wüste dahinter zurück, ohne daß die Edlen des
achteten. Aller Augen spähten nur nach vorn, nach den langerwarteten Freunden, und suchten
in den gleißenden Amen, die da unter Trompetengeschmetter, stürmischem Zuruf, Banner-
schwenken und dem dröhnenden Hämmern des Schwertknaufs auf die Schildwölbung endlos

hin aufritten, die Führer und die Genossen früherer Fehden zu erkennen. In das bunte Farbenspiel der sich grüßend neigenden Wimpel und Wappen blitzte es in schweren, von weißem Dampf gefolgten Schlägen. Auf den Hügeln aufgefahren, brüllten sich die Feldschlangen ihren groben Donnergruß zu, und in ihr kurzes Bellen mischten sich das regellose Geknatter, mit dem die Büchsenschützen ihre zum Himmel aufgekehrten Musketen losgehen ließen, und der gröhlende Gesang der Landsknechte. –

»Das ist lustig zu schauen...« – in seine Träume verloren, hörte Ritter Felix hinter sich eine rauhe Stimme und gewahrte, sich umwendend, zwei Reisige, die langsam auf müden Rossen dem Berghang zuritten, »...wie freudig sich die beiden Heere begrüßen. Des Bundes Reisige, wohin man sieht, – die Knechte ziehen in gewaltigen Haufen nach, das grobe Geschütz geht fröhlich mit Pulver in die Lüfte ab...«

»Da reitet Herr Jörg übers Feld«, rief der andere, »Viele Ritter um ihn her. Sie helfen ihm aus dem Sattel, er steigt ab, um den Pfalzgrafen zu grüßen –«

»Das ist der Pfalzgraf – jawohl – der im vergoldeten Harnisch, der jetzt auf Herrn Jörgen zustapft und ihm die Hand hinstreckt. Das ist freilich Seine Gnaden, der Pfälzer Kurfürst! Dem mag das Herz im Leibe lachen, nun er des Bundes Feldmacht sieht, zu Pferd und zu Fuß, und die vielen Stücke und die große Summe Wagen, mit aller Notdurft und Bereitschaft wohl versehen, und –«

Der Ritter unterbrach mit einer Handbewegung das Geschwätz der beiden kriegstrunkenen Knechte und musterte die dampfenden Gäule. »Was sind eure Tiere so abgetrieben?« fragte er finster. »Ihr meint wohl, es fallen uns die Pferde noch nicht genug wie die Fliegen in jedem Lager, und hetzt sie ohne Feindesnot über Stock und Stein.«

»Wir waren auf Streife, Ritter!« meldete ihm der Reisige. »Wes Pferd nach dem hitzigen Treffen gestern noch laufen konnt', den haben die Herren auf Streife hinausgelassen – sollen der Bauern Rädleinsführer greifen, die sich da und dort in den Dörfern versteckt halten.«

»Und habt ihr etliche der Gesellen gefangen?« forschte Herr Felix.

Der Reitersmann nickte. »Man klaubt sie emsig aus den Nestern. Mancher liegt als ein Siecher zu Bett und tut erbärmlich, wenn man in die Stube tritt – hat ihm nichts geholfen – und mancher verkriecht sich im Stall unter Dung oder hockt oben im Taubenschlag, wie der Jäcklein Rohrbach –«

»Ihr habt den Jäcklein Rohrbach eingebracht?«

Der Reiter deutete den Talweg hinab; dort holperte ein Handkarren dahin, von Bauern gezogen und von Reisigen mit blankem Schwert umringt. Ein wüster Geselle lag gefesselt mit blutüberronnenem Gesicht darauf.

»Und wenn ich alles Gold der Fuggerschen hätte,« lachte der Gewappnete, »in des Jäcklein Haut möcht' ich jetzt nicht stecken und die damastene Schaube auf dem Leib tragen, die dem Grafen Helfenstein zu eigen war –«

»Und in der Pfaffheit Haut möcht' ich auch nicht stecken,« ergänzte der andere, »die sie heute vor Tag und Tau in Eppingen aus den Federn gezogen haben.«

»In Eppingen?«

»Wohl, Ritter! Ein ganzes Nest voll Schwarzkittel, die meisten haben sie dort behalten. Zwei aber, als die obersten Anstifter von Rumor und Totschlag wider die Obrigkeit, die hat sich Herr Jörg, der Truchseß, ins Lager befohlen. Er wolle Seiner pfalzgräflichen Gnaden den Lotterpfaffen Eysenhut als einen Beutepfennig verehren –«

»Pfaff Eysenhut ist gefangen –«

»Wenn Ihr den bösen Buben noch von Angesicht schauen wollt, Ritter, so müßt Ihr zureiten. Er ist schon im Lager, und Kopf und Leib wird ihm, dünkt mir, bald zweierlei sein –«

»Mach voran!« Sein Genosse wies in die Ferne, wo in dem Grün der Wiesen und Bäume flimmernde Punkte aufleuchteten und Zwischen den Dörfern hin und her glitten. »Dort suchen sie die Häuser weiter ab. Wir müssen dazu. Auf manchen aus den Bauernräten sind hundert Gulden gesetzt, wer ihn Herrn Jörgen lebend zuführt.«

Die beiden Knappen trieben mit Sporenstichen ihre ermatteten Rosse weiter den Berg hinan. Der Ritter kümmerte sich nicht mehr um sie. So rasch der schotterübersäte Pfad es erlaubte, sprengte er ins Tal hinab, der Mitte des Lagers zu, wo des schwäbischen Bundes Fahne und der Pfälzer Löwe einträchtig nebeneinander im Maiwind flatterten.

XVII.

Hochaufgerichtet stand Antonius Eysenhut vor den Herren im Ringe, das hagere Schwärmerantlitz von langen blonden Haarsträhnen umweht, die Augen in unheimlichem Glanze leuchtend. Neben ihm der stiernackige Frühmesner von Gottwoltshausen, Herr Wolfgang Kirschenbeißer, dem eine zerbeulte Sturmhaube den mächtigen Schädel deckte und das ledige Schwertgehänge den starken Leib umgürtet hielt.

Vor ihnen hielt der Truchseß, im Harnisch auf reglosem Roß, zur Seite Meister Berthold, der Henker, mit seinen Gesellen. Um sie in Gruppen zerstreut Ritter, Reisige, neugierige Landsknechte und angstvoll herbeigeschlichenes Volk.

Herr Kirschenbeißer hatte seinen Trotz noch lange nicht verloren. »Siehe da,« höhnte er mit seiner dumpfen Donnerstimme, »Berthold Aichelin, der Henker, den des Herrn Truchsessen Gnaden nur seinen besonderen, lieben Berthold nennt! Ihr seid einander wert, die Ritter und die Henker, der eine kann ohne den anderen nicht bestehn!«

Meister Berthold, der finstere Geselle, lachte tückisch, »Wisset,« sprach er, »mit euch wild ungezogenen Pfaffen hat es jetzt keine Art mehr. Ich, der Berthold, hab' einen besonderen grimmigen Haß auf das Evangelium, Wo mir ein evangelischer Praktikant ankommen mag, der hat bei mir den Hals verspielt.«

Felix von Trugenhoffen stand dicht bei ihm. »Jawohl,« murmelte er, »Meister Aichelin rastet nicht! Er fängt's, beraubt's, schätzt's, henkt's an die Bäume elendiglich – da hat all Erbarmen ein Ende!«

Antonius Eysenhut wandte den Kopf zu ihm, da er die wohlbekannte Stimme vernahm. Die Männer schauten sich an. Ein Grauen ging durch die Brust des Ritters bei dem wilden Lächeln voll verächtlichen Mitleids, mit dem der Schwärmer seine Augen auf ihn gerichtet hielt.

Zum erstenmal bewegte sich des Truchsessen Gestalt im Sattel. »Wer wird hier wider meinen lieben Berthold laut?« Er schaute suchend im Kreise umher. »Meister Berthold tut, wie ihm heiße! Es soll ein Schrecken unter die Bauern gehen! Die Reiter sollen ihnen eitel stählern dünken! Als ob Gott ihnen auf dem Nacken säß' und ihnen das Herz nähme, so sollen sie fliehen, ob ihnen auch niemand nachläuft, und, so sich nur ein Vöglein rührt oder ein Blatt von einem Baum fällt, meinen, es wäre ein Reiter! So groß und greulich muß Gott die Reiter in ihrem Angesicht machen und mich, der Reiter Obersten, und Berthold Aichelin, meinen Henker, dazu!«

Unverwandt hatten während der dräuenden Worte die Augen Eysenhuts auf seinem einstigen Jugendgesellen Felix Trugenhoffen geruht. Der vermochte diesen Blick, der unerbittlich bis in sein tiefstes Inneres drang, nicht mehr zu ertragen. Gebeugten Hauptes ging er zur Seite.

Er hörte, wie Wolfgang Kirschenbeißer laut in zornig rollendem Basse betete, und vernahm seine letzten Worte: »Nichts Unrechtes hab' ich nicht getan, sondern die lautere Wahrheit gepriesen!«

»Ich bin anders berichtet«, erwiderte kurz vom Pferd der Truchseß und winkte mit der Hand. Ein dumpfer Schlag ertönte innen in dem Menschenring. Die Pferde im Kreise scheuten nicht. Sie waren es schon gewohnt, Meister Berthold bei der blutigen Arbeit zu schauen.

Und dann klangen wieder innen aus den Gruppen der Edlen die Worte des Truchsessen: »Laß dir leid sein, Antonius Eysenhut, daß du deinen Glauben verlassen und die Kappe ausgezogen und ein entloffener Pfaff geworden bist!«

Die iunge Stimme des Pfalzgrafen fiel ein: »Eysenhut, laß dir das allein nicht leid sein, daß du die aufrührerischen Leute gemacht hast. Und traue dennoch Gott. Er ist gnädig und barmherzig. Er hat seinen Sohn für dich in den Tod gegeben!«

Eine tiefe Stille. Dann sprach Pfaff Eysenhut: »Nichts lass' ich mir leid sein, es sei denn, daß Euch, den Pfalzgrafen, und Euch, den Truchsessen, annoch der Erdboden trägt. Ich rühm' mich meiner hitzigen Episteln, die ich unters Volk gestreut, und meiner Zung' voll Feuerflammen, die das Evangelium verkündet, und meiner starken Hand, die es ausgesäet, daß es nimmer verdorret, sondern fröhlich aufkeimet, je mehr ihr es mit Blute düngt. Mit euch hab' ich nichts gemein.

Ihr tuet, wie wir euch getan haben, und möget der Rache gewärtig sein. Ihr handelt, wie ihr's versteht, aus eurer Einfalt. Ich aber« – er richtete sich hoch auf, und seine Augen wanderten sprühend im Kreise – »ich suche einen, der handelt nicht aus Einfalt, sondern aus Verstocktheit und bösem Willen. Ich suche einen, der die Wahrheit sonnenklar erkennt und ihr doch nicht dienen mag! Felix Trugenhoffen, dich ruf' ich! Felix Trugenhoffen, tritt vor mich – hör' meine Worte. Es sind meine letzten Worte auf Erden!«

Wie gelähmt hatte der Ritter dagestanden. Er wollte hinweg, den Untergang des Freundes nicht schauen. Aber die Füße trugen ihn nicht, willenlos, kalten Schweiß auf der Stirne, hörte er durch die Menschenhaufen hindurch die gellende Mahnung, aller Blicke richteten sich auf ihn. Vor ihm öffnete sich eine Gasse, er wußte selbst nicht, wie es zuging, aber da war er schon in dem Ringe und starrte Pfaff Eysenhut in das weiße Antlitz.

»Bruder Felix!« sprach der. »Ich schaue durch deinen gleißenden Hauptharnisch, ich schaue durch deine Brust dir mitten ins Herz und sage dir: Du bist ein Verräter! Und weißt, daß du ein Verräter bist an der heiligen Sache! Darum wird es dir auf Erden Wohlergehen bei den Tyrannen, denen du dienest mit unfrohem Herzen und hassest sie insgeheim. Über der Erde aber lade ich dich vor das Gericht! Da sollst du mir Red' und Antwort stehen vor Gottes Angesicht, dort drüben, im Tale Josaphat.«

Der Ritter richtete sich gewaltsam auf. »Ich bin mir keiner Schuld bewußt!« stieß er hervor.

»Du bist's!« sagte Pfaff Eysenhut.

»Nein!« Der Trugenhofer trat auf ihn zu: »Geh du voraus, Bruder Antonius! Und wenn Gott der Herr mich abruft, will ich dir Red' und Antwort stehen vor seinem Angesicht, dort drüben, im Tale Josaphat.«

»Du vermagst es nicht! Ich weiß es wohl, was dich mit eisernen Klammern in der Tyrannen Lager zurückhält. Das ist nicht Ehr' und Reichtum, nicht Geld und Gut, das ist ein Weib. Dem opferst du dein zeitliches und ewiges Heil, dem legst du deiner Brüder Häupter zu Füßen, dem gibst du alles hin, was du bist und vermagst, und machst dich in deiner ganzen wohlgestalteten Ritterschaft zu einem armen Schelm und argen Heuchler. Und darum: Sei verflucht, Felix Trugenhoffen. Wenn nicht in letzter Stunde die Erkenntnis dich überkommt, so sei verflucht! – Das ist das letzte, was ich auf Erden spreche. Mein Gebet hab' ich im stillen getan. Nun will ich schweigen.«

Da hob der Truchseß die eisenbewehrte Hand. Meister Berthold schwang das Schwert und richtete Pfaff Eysenhut, den Leutpriester von Eppingen, und das düstere Haupt rollte unter die Hufe der Rosse in das rotbeperlte Maiengras.

Die Richtstätte lag einsam. Die Edlen waren davongeritten, und hinter ihnen her hatte sich der Troß verlaufen, dem Lager zu, wo immer noch lange Züge von Gefangenen eintrafen. Die Runde vom Tode Eysenhuts hatte sie schon ereilt, und dumpf wehte über die Neckarwiesen der ergebene Gesang der Verlorenen:

»Nun hebt sich an des Feinds Gewalt, Es müssen sterben jung und alt! Gott geb' ihnen allen Gnaden! Das Unglück hat sie heuer getroffen, Wer weiß, wenn es bis Jahr wird offen, An wen es wird geraten.«

Wie eine letzte Mahnung scholl der rauhe Klang an das Ohr des Ritters, der ausgestreckt, das Gesicht nach unten, im Grase lag, als gehöre er selbst zu den Opfern des Tages.

Es gab kein Zaudern mehr, kein Schwanken. Er mußte sich entschließen, ehe die nächsten Tage über ihn hinweg die Entscheidung rollen ließen.

Nein, was Pfaff Eysenhut ihm aufgab, das war das Gebot eines wahnwitzigen Schwärmers! Lockend und lachend lag vor ihm, Felix Trugenhoffen, im Maienglanz die Welt. Das Weib, nach dem seit Jahren sich sein Herz in Glut und Nöten verzehrte, war sein, wenn der nächste Frühling im Neckartal grünte, Acht und Bann war von ihm genommen, an Stelle seines armen Burgstalls würde er auf dem Wolframstein als Schloßherr walten, den Sickingen und Gemmingen gleich, von den Fürsten geehrt, vom Volk gefürchtet, ein fester, froher Ritter ohne Furcht und Tadel.

Und das alles aufzugeben? Ja, wofür denn? Für ein unbestimmtes Sehnen, einen dunklen Drang nach neuer Wahrheit und neuem Heil. Der Trugenhofer lachte höhnisch auf und richtete sich empor.

Er trat auf den Richtplatz und nahm, niederkniend, das Haupt des Freundes in seine Hände. Ein eisiges Grausen erfaßte ihn bei der Berührung des kalten Haares, und er fühlte, wie seine Zuversicht jählings schwand.

Pfaff Eysenhut sah ihn an, mit starren, fürchterlichen Augen. Aus dem klagend halbgeöffneten Munde schien noch ein Hauch des Feuers von einst zu wehen, und aus den Furchen der wachsgelben Züge sprach gewaltig ein Leben voll wilder, zorniger Liebe zum Nächsten, ein Leben voll wilden, unversöhnlichen Hasses wider alle, die die Liebe verleugneten.

Ein reiner Mensch war dahingegangen – der einsam Kniende empfand es wohl – rein selbst in seinen Verbrechen. Denn was er tat, das hatte er für die anderen getan, für das Glück der Armen, wie er's verstand.

Und je mehr der Ritter in die starren Züge schaute, desto heißer lohte die Inbrunst in ihm auf, dem Freunde zu folgen, sich seines Fluches unwert zu erweisen, indem er in letzter Stunde noch sich zur Wahrheit bekannte.

Und dann? Er schloß fröstelnd die Augen – dann war alles verloren. Alles, was er auf Erden erstrebt, vor seinen gesenkten Wimpern sah er nicht mehr Eysenhuts hageres Träumerangesicht, ein blonder Kopf stieg vor ihm auf, ein blonder, schöner Kopf, der sich in leisem, süßem Lächeln vor ihm neigte, als wollte er sagen: wozu die Qual und Pein? Ich bin dir doch das Liebste auf der Welt und du bleibst bei mir!

Ein Blutstropfen fiel schwer zu Boden. Ritter Felix fuhr zusammen und bettete, aus seinem Traume erwacht und bebend aufstehend, das Gespensterhaupt auf seinem Mantel unter einer blühenden Schlehdornhecke.

Jauchzender Vogelsang klang aus dem Innern der kleinen, süß duftenden Wildnis. Ein leuchtendgelber Falter umgaukelte tändelnd den Kopf des Toten, und um ihn schlüpften eilfertig die stahlgrünen Käfer durch das Gewirr der Veilchen dahin, was sorgte sich all dies lachende Gesindel des Frühlings um die Qual der großen zweibeinigen Raubtiere, die um sie her die weiche Luft mit Schwerterklang erfüllten?

Als Hans Waldvogel mit einigen schaufelbewehrten Knechten herankam, sah er mit ungläubigem Schrecken, daß sein Herr, der feste und strenge Ritter, Tränen vergossen hatte. Und mehr noch: er schämte sich der Zähren nicht. »Hier schaffet mir eine Grube –« sagte er mit weicher, halblauter Stimme, »und haltet euch daran. Nacht und Nebel zieht schon herauf, und die Wiesen dampfen. Ehe die ersten Sterne am Himmel stehen, wollen wir, was an Pfaff Eysenhut gestorben ist, zur Erde geben – –«

XVIII.

Lang hinhaltender Paukenwirbel, tausendfaches Rossegetrappel, Stimmengewirr und Gelächter drangen aus den Staubwolken, die unabsehbar sich von Neckarsulm durch das Tal wälzten, dem grauen Städtchen zu, über dem in schwarzen, immer noch leise schwelenden Trümmern die gebrochene Burg Weibertreu vor dem blauen Himmel stand. Wie eine staubüberschüttete, raubgierig am Boden hingleitende Riesenschlange wälzte sich in tausenden, vom Qualm der Heerstraße erblindeten, dumpf rasselnden und knirschenden Schuppen der Rachezug der Edlen gen Weinsberg.

Der Truchseß an seiner Spitze, vom Meister Berthold gefolgt, rechts und links von ihm vier Henker hoch zu Roß, das glitzernde Richtschwert aufgereckt im Sattel.

Schrecken und Entsetzen gingen vor ihm her, wie feurige Dörfer und kopflose Leiber hinter ihm den Weg der Fürstengeschwader bezeichneten. Was nur noch kriechen konnte, war geflohen und sah von unzugänglichem Höhendickicht oder aus sumpfigem Weidengestrüpp wie gescheuchtes Raubwild auf die Panzerreiter, die keuchend in der stechenden Glut der Abendsonne auf ihren stolpernden Gäulen saßen.

Wie im Traume zog Felix von Trugenhoffen mit ihnen. Seine Knie berührten im Reiten die der Genossen, ihre rauhen Flüche und Scherze umflogen ihn, und doch war es ihm, als fahre er einsam, ganz einsam seines Weges dahin.

Und denen um ihn dünkte das ebenso. Sie mieden ihn seit dem Tage vorher, da er Pfaff Eysenhut so zaghaft Rede gestanden und selbst mit den Knechten dessen Leib verscharrt hatte, wie einen geächteten Mann, wie einen Feind, der nur aus Zufall statt des weißen Kreuzes der Bauernschaft das rote Ritterzeichen auf dem Harnisch führte.

Solchergestalt – der Trugenhofer entsann sich des aus früheren Fehden – trabte wohl ein ritterbürtiger Gefangener im reisigen Zug, als ein Freier, als ein Schwager vom Adel betrachtet und doch von Herren und Knechten mit lautlosem Mißtrauen unablässig überwacht.

Die ganze Nacht hatte er schlaflos dagelegen und zum Sternenhimmel aufgeschaut, wie eine Erleuchtung war es einmal über ihn gekommen. Er wollte aufspringen, sein Roß satteln und in das Dunkel hinausjagen. Aber dann fiel es ihm ein, daß solches vorhaben in dem von flackernden Holzstößen lichterloh überstrahlten Lager sofort erkannt werden mußte, und matt sank er wieder hin, mit sich ringend, bis im frostigen Grau der neue Tag sich hob.

Und dieser neue Tag – das empfand er als den bleiernen Druck eines unabwendbaren Schicksals – der mußte die Entscheidung bringen. Ehe die Sonne dort im Westen hinter den Odenwaldbergen niedersank, hielt er vor dem Wegweiser und lenkte sein Pferd nach rechts oder links, wie es ihm der Wille des Schicksals eingab.

»Was für ein gut, groß Dorf!« murmelte ein Ritter neben ihm. »Es raucht noch! Und wieviel Vieh da hin und wieder liegt, vom Feuer niedergefallen und verdorben.«

»Ei wohl!« Sein Nebenmann lüftete sich, in die Steigbügel tretend, schwer im Sattel. »Zum Plündern sind die Landsknechte flugs gewärtig, zur Schlacht aber nicht! Jetzt haben sie heute morgen wieder eine Gemeinde gehalten und zum andernmal gemeutert! Wer freundlich ankommt, den verjagen sie mit wütigem Geschrei und langen Spießen. Potz ja! – die machen Herrn Georgen, dem Truchsessen, bald mehr saure Arbeit als die Bauern.«

»Er wird ihrer Meister werden,« tröstete ihn der andere, »wie er der Bauern Meister wird und auf und ab am Neckar ihre Kapitäne hängen läßt, so viele sich ihrer auch noch dabei auf dem Marsch verzetteln und entfliehen. Sie heißen ihn ja schon nickst anders als den Bauernjörg.«

Das Gespräch hatte den Trugenhofer aus seinem Sinnen aufgeweckt. Er blickte umher. Um ihn qualmte der Staub, darüber in grauen Schwaden der Rauch des eingeäscherten Dorfes. Zerknickte Rebenterrassen, zerstampfte Wintersaat, umgehauene, in verdorrende weiße Blütenpracht gehüllte Obstbäume überall! Ein wilder Zorn ob der zwecklosen Verwüstung

überkam ihn, ein grimmiger Ekel vor den eisernen, seelenlosen Larven, in deren Mitte er, ein Fremdling aus anderer Zeit und anderem Lande, einsam dahinritt.

Von vorne klang stärkeres Rasseln und Poltern, und in riesigen Qualmfahnen stieg der Staub zum Himmel auf. Die Geschwader setzten sich in Galopp, und an ihrer Spitze deutete der Truchseß auf einen Baum, der, einen grünen Wiesengrund überschattend, hart vor Weinsbergs grauen Mauern stand. »Reitet etzliche Herren der Rennfahne voraus und traget mir säuberlich das Allerheiligste aus der Kirche!« gebot er. »Der von Trugenhoffen, der mit in Weinsberg war und die Gelegenheit kennt, mag euch führen. Ich selbst und die Ritter erwarten eure Wiederkehr dort unter der Linde, unter der die jämmerliche Tat der Entleibung der Grafen und Edlen geschehen.« – –

Unheimlich hallte der schwere Tritt der sporenklirrend die enge Gasse emporsteigenden Gewappneten durch die Totenstadt. Noch standen rings die Häuser, noch blökte und grunzte es aus den Ställen, und schlich in weitem Bogen an dem angeketteten Hofhund vorbei die Katze ihren Raubgelüsten nach – noch blinkte aus den Giebelluken des Kornes goldener Segen, noch zog der Duft wohlgefüllter Weinkeller aus unterirdischen Gewölben hervor und plätscherte lustig der Brunnen am Markte – aber nirgends mehr war ein Mensch zu sehen, eine Menschenstimme zu hören.

Es war, als habe die Pest in einer Nacht alles, was in der Stadt atmete, dahingerafft, so jählings hatte, als von ferne auf dem Neckarsulmer Wege der Staub zu wirbeln begann und dumpfe Paukenschläge dröhnten, der wahnsinnige Schrecken die Bewohner auf und davon und in die Wälder gejagt. Wie sie gingen und standen, waren sie mit Weib und Kind geflohen, all ihr Hab und Gut in den Händen des Siegers lassend. Nur ein greises, gelähmtes Ehepaar war in einem der ersten Häuser zurückgeblieben und wurde, um nicht den Flammentod zu erleiden, auf Geheiß des Truchseß von Knechten herausgetragen.

Felix von Trugenhoffen hatte indessen die Ritter zur Kirche geführt. Auf einem Grabstein sitzend, sah er wie geistesabwesend zu, als die Herren durch das immer noch mit den Trümmern zerschmetterter Pulte gefüllte Schiff zum Altar stapften und sorgfältig, sich bekreuzigend, das Allerheiligste in eine mitgebrachte Pferdeschabracke hüllten.

»War's da?« fragte heraustretend einer von ihnen mit leiser Stimme und deutete auf den Turm.

Der Trugenhofer nickte nur zur Antwort. Sein Auge war auf das Innere des Kirchenraums gerichtet. Ein Streifen Abendsonne fiel durch das eine schmale Fenster, und in seinem Golde leuchtend lächelte ihm wieder wie damals die heilige Magdalene geheimnisvoll zu.

Ein anderer Ritter kam dazu. »Ich bin die Schnecke hinaufgestiegen,« flüsterte er, »Gott bewahr mich, das muß ein fürchterlicher Kampf gewesen sein.«

»So war's auch«, sprach Ritter Felix wie im Traum und starrte in die Kirche.

»Und was hat Euch gerettet?« forschte der andere weiter.

»Die heilige Magdalene!« Der von Trugenhoffen stand von dem Grabstein auf und dehnte die Glieder. »Merkt's lieber! Selbe Magdalene war einmal ein Weib, sogar ein sündhaft Weib, aber nun ist sie's nicht mehr, sondern ist eine Heilige und rettet die Seelen. Darum sprech' ich: wer in Nöten und Zweifeln liegt, soll nicht an das Weib denken, sondern an sein Seelenheil. Denkt er an das Weib, so verliert er sein besser Teil im Himmel und auf Erden, denkt er an sein Seelenheil, so wird ihm geholfen, und er kann in Frieden vor Gottes Angesicht treten, dort drüben im Tale Josaphat.«

»Lieber!« Der Ritter schüttelte verwundert den Kopf. »Ich kann Eure Worte nicht verstehen!«

Sein Genosse stieß ihn in die Seite. »Laß den verkehrten Mann –« raunte er, »und tummelt euch, ihr Herren! Der Truchseß wartet!«

Scheu, böse Blicke links und rechts werfend, stiegen die Gewappneten wieder hinab, das Allerheiligste in rauhen Fäusten. Hinter sich verketteten und versperrten sie das Stadttor. Kein Reisiger sollte plündernd in Weinsberg einfallen, was darin war, gehörte dem Feuer.

An einer stelle im weiten Felde flackerte es schon in ersterbender Glut um einen Baum, und schwarze Menschenmassen standen schweigend herum. Dort hatte der Truchseß den bei Böblingen gefangenen Jäcklein Rohrbach lebendig verbrennen lassen, wie es zuvor schon Melchior Nonnenmacher, der dem Grafen Helfenstein zum Todesgange aufgespielt, widerfahren war, und

hatte sich selbst mit den Edlen nicht zu gering gedünkt, Holzscheite herbeizuschaffen und das
Feuer zu schüren.

Nun stand der Bauernjörg, eine brennende Fackel in Händen, vor Weinsberg. »Ihr wisset,
Adel und Unadel,« sprach er, »ich bin wohl ein Kriegsmann, aber des Blutes nie gierig gewesen.
War auch meinen Untertanen ein guter und frommer Herr, wie sie solches auch freudig
anerkannt, bis sie nun doch auf das Geschrei der Aufrührer haben hören und einen Haufen
aufwerfen, einen ehrlosen Pfaffen an meiner Statt über sich setzen müssen. Wie mir, ist's euch
allen ergangen, wenn ich schon nicht verschweigen will, daß mancher vom weltlichen und geistlichen Stande anders als recht und billig mit seinen Hintersassen gehandelt hat. Nun ist der
Aufruhr da und eine Zeit, wo es der Obrigkeit nicht Lachens gilt, sondern allen Ernst heraus-
zukehren. Darum in des schwäbischen Bundes Namen: Weinsberg, die freie Stadt, soll heute
noch stehen und nimmermehr! Sie soll im Feuer aufgehen, und wo sie war, selber Ort soll wüst
und brach liegen für alle Zeiten, in Gestrüpp und Unkraut. So tun wir im Gedächtnis unserer
Brüder vom Adel, die die Weinsberger erwürgt.«

»Euer Gnaden sind übel berichtet!« Felix Trugenhoffen trat finster und entschlossen vor den
Truchseß hin: »Ich war in Weinsberg, wie Ihr wißt, an dem Ostersonntag. Wie ich die Sach'
mit angesehen, gebührt den Bürgern wohl eine merkliche Strafe, und sie haben sich billig zu
schämen, daß sie sich so leichtlich durch das ungeschickte Bauernvolk haben abschrecken lassen, aber erschlagen haben die Weinsberger die vom Adel nicht! Es war kein Bürger dabei!
Hätt's auch nicht hindern können, selbst die Hauptleut' und Rät' vom hellen Odenwälder Haufen haben nichts davon gewußt, sondern sich entsetzt, wie die Nachricht auskam. Der Jäcklein
Rohrbach hatt's allein angestiftet mit seinen Gesellen. Darum habt Ihr ihn als einen ganz leichtfertigen Stifter all des Mordsjammers verbrannt. Aber Weinsberg solltet Ihr nicht verbrennen.
Die Straf' ist zu hart!«

Der Truchseß runzelte die buschigen Brauen. »Wahrt Euch, Ritter Trugenhoffen!« sagte er
halblaut und drohend. »Wollt Ihr Euch auch an der Bauern faule Rotten henken? Es bedünkt
mich schier so! Dann ziehet hin und bestehet Euer Abenteuer darum. Wollt Ihr aber bleiben,
so wisset: in des Bundes Lager bin ich Herr und halte einzig die Gewalt!«

Er schwang die lohende Pechfackel hoch in die Luft. »Für meinen liebwerten Vetter und
Freund!« rief er. »Ludwig Helferich selig, Graf von Helffenstein, dem Gott genade!«

Der Feuerbrand zischte durch die Luft und schlug auf das von der Frühlingshitze ausgedörrte
Schindeldach über der Mauer; dort blieb er, gierig um sich fressend und qualmend, liegen.

Rudolf von Ehingen trat vor, bitterer Gram auf seinem tapferen Gesicht. »Für meine Söhne,«
stieß er hervor, »für meine beiden einzigen Söhne, denen Gott genade!« Und seine Fackel schlug
in den offenen Kornboden des Hauses nebenan.

Ein anderer folgte dicht hinterher und ließ die Flamme durch die Luft kreisen. »Für meinen
Schwager!« schrie Herr Traysch von Buttlar ihr nach und machte Herrn Jakob von Bernhausen,
dem Vogt zu Göppingen, Platz. »Für Phillips, meinen Sohn!« schrie der, die Fackel werfend, und
fast zugleich schleuderte neben ihm ein bleicher, junger Ritter den Feuerbrand: »Für meinen
Vater, Herrn Sebastian von Ow, dem Gott genade!«

Hinter den Rittern stand eine Greisin mit wirrem Grauhaar und irrem Blick. »Werfet auch
für mich eine Fackel!« bat sie und verfolgte gierig die sprühende Bahn. »Noch eine zweite Fackel!
Meinem Eheherrn, Dietrich von Weiler, die eine! Die andere für Dietrich, meinen Sohn! Gott
schenke ihnen seine ewige Gnade!«

Ganze Schwärme von Fackeln flogen in die lautlos im Abendgold träumende Stadt. »Meinen
Brüdern Jörg und Friedrich, den Edlen von Neuhausen! Herrn Westerstetten, dem Burgvogt
von Stauffen, meinem Freunde! Hans Späth von Höpfigheim, meinem Sohne! Bleikard von Riexingen, meinem Sohne! Weiprecht von Riexingen, meinem Bruder, denen Gott genade! Dem
Wolf von Heisenberg! Herrn Rauch Eigen, dem Letzten derer von Eigenhofen, Gott sei mit
ihm! Hans Konrad und Hans Dietrich, den Schenken zu Winterstetten, denen Gott genade!
Und das dem Jörg von Kaltenthal, eines alten Mannes einzigem Sohn!«

In wildem Gewirr klangen die Namen all der edlen Geschlechter ineinander, und von innen, aus Weinsberg, kam mählich die Antwort. Das Feuer begann zu prasseln und zu knattern. In glühenden Nestern hockte es in Strohdach und Schindeln, die Nester breiteten sich reißend in der Runde aus, sie flössen ineinander zu einem Flammenmeer, das, im Abendwind wogend, als brausende Sturmflut über die Dächer dahinrollte. Aus den verriegelten Ställen klang hohl und angstvoll das Gebrüll des Viehs, aus den Höfen das verzweifelte Kläffen der angeketteten Hunde, die donnernden Hufschläge, mit denen die Rosse ihren Pferch zu zertrümmern suchten. Ganze Schwärme von Tauben kreisten in bangem Fluge über der Glut und sanken wieder in die riesigen blutroten Feuersäulen zurück, in die jedes einzelne Haus im Städtchen sich verwandelt hatte.

Und gleichzeitig loderte es überall zwischen den Hügeln auf. Alle Dörfer in der Runde brannten, von den ausgesandten Reisigen angezündet. Das Weinsberger Tal war hin einziges Flammenmeer, dessen Widerschein die Wölkchen am Himmel rosig färbte und sich blutig in den gleißenden Rüstungen der Edlen spiegelte, die, weithin um die Linde gelagert, das Schauspiel der Zerstörung genossen.

Sie rächten ihre Freunde und Lieben! Felix Trugenhoffen verstand sie wohl, von solchen Männern in solchem Kampfe war nichts anderes zu versehen. Und dennoch stieg immer gewaltiger der Drang in ihm auf, nichts mehr mit denen gemeinsam zu haben, die vom Grunde aus nichts verstanden als das, was fleißige Hände im Frieden geschaffen, in ewigem Kriege wieder zu zerstören. Wie sie da so befriedigt in die Glut starrten, all diese kleinen Tyrannen, für deren jeden Hunderte von Armen sich mühen und placken mußten, um ihm Zeit zu Fehde und Turnier zu gönnen, da erschienen sie ihm als das eigentliche Übel, das, mit den Pfaffen im Bunde, schwer wie eiserne Ketten auf dem Leibe deutscher Nation lastete und dessen kraftstrotzende Arme ermattet zu Boden zog.

Das Feuer da vor ihm – das schritt fessellos, gewaltig vor. Jauchzend bäumten sich die Flammenzungen aus sprühenden Dächern und leckten das vermorschte Holzwerk, die verstaubten Türme von der Erde hinweg.

Und wieder ging es durch Felix Trugenhoffens Brust: Der Bauernaufruhr ist solch ein Feuer! Was verrottet und vermorscht ist, das will er vom Boden fegen, daß Raum für Neues werde. Du aber, der Sohn einer neuen Zeit, eines Hutten und Sickingen Freund, du dämpfst das segensreiche Feuer und ziehst mit den Rittern der Finsternis, mit vergilbten Kutten und verrosteten Panzern als der Wahrheit Widersacher durch das Land!

Eine lohende Riesengarbe stand der Kirchturm von Weinsberg aufrecht in dem heißen Gezüngel, und aus seiner Flammenkrone hallte ein seltsamer unerhörter Ton.

Die Glut hatte das Erz der Glocke erhitzt. Das schmelzende Metall begann von selbst zu läuten. Durch das prasseln und Brausen des Brandmeeres klang und klagte die glühende Glocke, unsichtbar und gewaltig, in immer schnelleren, immer helleren Schlägen, als wollte sie den Träumer da unten mahnen.

Der sah zu ihr auf. Das Zeichen – war das das Zeichen – der letzte Anstoß, den er den ganzen Tag erwartete?

Der Glockenstuhl stürzte schmetternd und funkenstiebend zusammen, in aufschwelendem schwarzem Qualm verhallte die eherne Mahnung, und ein Jubelruf hallte unten durch die Reihen der Edlen, da sie den Untergang der Mordkirche sahen.

Hart neben dem Trugenhofer warf sich der Bischof von Eichstätt auf die Knie. Die schuppengepanzerten Hände faltend, das gelbliche Eulengesicht von Blutgier überleuchtet, stammelte er heiser sein Dankgebet:

»Lobet den Herrn, die ihr auf Erden seid, ihr Walfisch und alle Schlünde! Feuer, Hagel, Schnee und Eis, Wind des Ungewitters, die sein Wort ausrichten! Berg und Bühel, fruchtbare Bäum' und Zedern, Tier' und alles Viech, Gewürm und Geflügel mit Fittichen! Ihr Könige auf Erden und alle Völker, Fürsten und alle Richter auf Erden, Jünglinge und Jungfrauen, ihr Alten mit den Jungen, lobet den Namen des – –«

Der Bischof fühlte sich mit einem Ruck an der Schulter emporgezogen. Ritter Felix stand vor ihm mit grimmig flammenden Augen, und ein Sturm des Entsetzens ob solcher Tat ging durch die Gruppen der Edlen.

»Er ist von Sinnen!« schrie Diepolt vom Steyn. »Reißt den Bischof, unseren Ehrwürdigen, aus dem Gebet!«

»Wißt ihr, zu wem der Ehrwürdige betet!« lachte der Trugenhofer. Ihm war plötzlich leicht und frei ums Herz. »Er betet zum Teufel! Denn von Gott versehen und trösten wir uns seiner allmächtigen Liebe. Der Pfaffe da ist aber des Hasses voll bis an den Rand, schreit wie ein Mordgeselle nur nach mehr Blut und Leichen und plärrt als ein rechter Römling sein unsinnig, ruchloses Zeug.«

»Hört ihr's!« Der Bischof keuchte vor Wut. »So spricht der Ketzer! So spricht Martinus Luther und seine Rotte! Er hält es mit dem Luther!«

Herr Felix breitete die Arme aus: »Ich will es bekennen: ich halte es mit der Wahrheit im Himmel und auf Erden! Die Wahrheit aber, der lautere Bronnen, ist nicht bei euch! Ich will sie anderswo suchen! Meine Ritterschaft tue ich von mir und streiche mein Wappen aus, wie mein Haar schon abgeschnitten ist, und hebe mich hinweg von euch, ihr lieben Gesellen vom Adel, für heut und immer!«

»Er will zu den Bauern!« zischte der Bischof. »Haltet ihn, ihr guten Christen!«

Aber der Truchseß gab ein Zeichen, vor dem die Reisigen innehielten.

»Der Ritter ist nicht meines Heeres –« sagte er ruhig, »sondern des Pfalzgrafen. Mir aber soll niemand nachreden, es hab' sich in meinem eigenen Lager meine getreue Ritterschaft wider mich empört, als hätt' sie mit den Schelmen von Landsknechten aus einer Schüssel gelöffelt. Solche Zeitung möchte unseren Widersachern erst rechten Mut geben. Darum beurlaube ich Euch aus meinem Lager, Trugenhoffen! Reitet, wohin Euer Herz begehrt. Ihr findet manch verlorenen Gesellen vom Adel vor, wenn Ihr im Bauernheer einkommt. An einem mehr ist dort wenig gelegen.«

Da schritt der Trugenhofer schweigend zu seinen Rossen, die Hans Waldvogel hielt, und trabte, ohne den Kopf zu wenden, mit seinem Buben in die Abenddämmerung hinaus.

An einem Hügel machten sie nach kurzem Halt. »Hier scheiden sich unsere Wege!« sprach der Ritter. »Du, Hans Waldvogel, mein Bub', hebst dich auf deinem Pferd alsbald zum Kloster Gnadenthal, und solches meldest du dort, du weißt schon wem: Felix von Trugenhoffen, der Ritter, ist tot! Er hat die Eitelkeit der Welt von sich getan. Schon einmal war er in Weinsberg verloren und ist wieder zum Tageslicht aufgestanden. Nun ist er zum zweiten Male vor selber Stadt umgekommen und als ein neuer Mensch aufgestanden und davongegangen – in der Bauern Lager!«

Hans Waldvogel starrte seinen Herrn ungläubig an. Aus weiter Ferne klang der Gesang eines Pilgerzugs vertriebener Mönche, die aus ihrem verbrannten Kloster, um während des Wiederaufbaues Buße zu tun, in das Heilige Land wallten.

»Herr, das soll ich melden?« fragte Hans Waldvogel mit erstickter Stimme.

»Das tue du!« Der Ritter nickte ihm zu. »Und der du's meldest, die wird schon weiter für dich sorgen. Auf den weg, den ich geh', will ich dich armen Bub' nicht mitnehmen!«

Und ohne eine Antwort abzuwarten, wandte er den Kopf seines Pferdes gen Norden und sprengte davon, der schwarzen Schar vor Würzburg zu. – –

In schweren, rauschenden Stößen umwehte ihn der Abendwind. Aus den rasch einfallenden Nebeln der Dämmerung, aus dem Brausen der schwankenden Waldwipfel, dem Raubvogelgeschrei hoch in den Lüften, aus dem würzigen Dunst der weißdampfenden Ackerschollen und dem geheimnisvollen Blinken der Gestirne am sich verfärbenden Himmel, aus dem ganzen brünstigen Knospen und Weben der ahnungsgrauenden Frühlingswelt um ihn her schien ihm das mitzuschwingen und zu klingen, was seine Seele mit einem Gefühle unbegreiflicher Erleichterung erfüllte, mit einer lachenden Erlösungsfreude, die ihn sein Roß zum Schritte zügeln und, sich im Sattel aufrichtend, in tiefen Zügen die reine Nachtluft einatmen ließ.

Die Pilger mußten jetzt ganz nahe sein. Durch das Dunkel hörte man das Scharren ihrer Sandalen und den eintönigen Gesang, den der Abendwind dem einsamen Reiter herübertrug.

»Zum rechten Brunnen mußt du gahn! Die Pfützen ungetrunken lahn, Willstu Gesundheit pflegen! Bewahr dich mit Speis', die nicht zerrinnt! Dein Bündel mußt du tragen.

Stab und Stecken mußt du han – Mit David mußt einher du gan Den Weg, den Gott geboten. Der Töpf' Egypti achte nit, wo Fleisch darin gesotten.«

Der Gesang verstummte. Seine ungelenke Klage war dem Ritter tief in die Brust gedrungen. Eine bittere Wehmut erfaßte ihn. Sein Herz krampfte sich bei dem Gedanken an das Glück zusammen, das er unwiederbringlich verloren. Da hob eine Stimme wieder an, eine weiche, tiefe Männerstimme:

»Welcher das Elend bauen wöll', Der tu' sich auf und rüst' sich schnell Wohl auf die rechte Straßen –«

und in hundertfach verworrenem Gemurmel klang der Gesang der Pilgerschaft hinterher:

»Vatter – Mueter – Ehr' und Gut – Sich selbst – muß er verlassen.« –

Der Sturm rauschte und brauste durch den nächtlichen Bergwald. Das Krachen des niederge-
fegten Tannendickichts, der schmetternde Schlag, mit dem nach jahrhundertelangem Kampf
manche Rieseneiche sich ihm neigte, ging hinter ihm her, und mit sich trug er das Gejohle
und kreischende Gelächter der Waldkäuzchen auf rauhen Schwingen hinab in die Talmatten des
Klosters, daß die Äbtissin mit ihren Nonnen ängstlich, wie eine gescheuchte Henne mit ihren
Küchlein, den flackernden Kienspan in der Hand, von einem Raume in den anderen lief.

Von außen drohte freilich keine Gefahr mehr. An der Zugbrücke hielten die Lehnsmannen
des Gotteshauses, ein paar ungeschlachte Heckenreiter, mit ihren Knechten sorgsam wacht.
Denn hatten auch diese armen Waldgesellen bei Beginn des Aufstandes wie so viele burgge-
sessene Habenichtse bedenklich mit den Bauern geliebäugelt und im Geiste schon die beiden
goldenen Becher der Äbtissin, die Altarschätze und Kornvorräte der frommen Frauen unter
sich geteilt, so legten sie nun, da der Handel so übel ausschlug, einen heftigen und beherzten
Diensteifer an den Tag.

Aber innen, in den stillen Kammern und Sälen, da hatte der Teufel in Gestalt betrunkener
Bauern gehaust und an den Wänden der verwüsteten Gemächer seine bösen Sprüche eingekrit-
zelt zurückgelassen.

Die gründlichst zu vertilgen, das war die erste Aufgabe dieser Nacht, in der man doch nicht
schlafen konnte. Von ihren Nonnen umgeben, scheuerte und kratzte die junge, rotbäckige Äbtissin bei Fackelschein die Spuren des Bösen eigenhändig aus.

Wie die Handschrift des Satans selbst prangte es da vor ihr in ungefügen riesigen Kohlen-
buchstaben auf der Kalkwand: »So hat Pfaff Eysenhut den armen Konrad belehrt: ›Der Spreng-
wedel ist des Todes Keule, die Tropfen des Weihwassers sind lauter Funken des höllischen Feuers.‹«

Und während die Ehrwürdige das noch mit zitternden Fingern auslöschte, deutete Madlene,
die ihr half, schon mit großen, entsetzten Augen auf eine neue Stelle: »Der Mönche langes
Schreien ist nicht besser als Hundegeheul, und welch' Kind einem Bettelpfaff die Hand küßt,
das wird nicht reiner, als hätt' es sich an einem Ferkel gerieben.«

»Heilige Jungfrau!« stöhnte die Äbtissin und arbeitete mit doppeltem Eifer. »Und was haben
die Schelme da im Kreuzgang vermerkt.«

»Der Beichtstuhl ist der Pfaffen Kuckuck!« buchstabierte Madlene und schlang die Hände
ineinander. »Und darunter lasset sich ein leichtfertiger Bub' vernehmen: ›Wenn die Pfaffen ein
ganzes Pfund Öl an dir verschmieren, sprich, Liebe: was hilft's deiner armen Seele?‹« –

»Gott helf unserer armen Seele« – die Äbtissin setzte sich betrübt nieder – »in den erschrecklichen Läuften und Nöten –«

»Unvermeldet sind die Läufte nicht gekommen,« murmelte eine blasse Nonne neben ihr,
»sondern im Odenwald war schon den ganzen Winter ein solches Rumoren in den Lüften, daß
man leichtlich nichts Gutes daraus nehmen konnte. Von Burg Schnellerts hat's mir die Frau
nicht verhehlt, daß sie in den zwölf Nächten jede Nacht haben das Hussa, Getös und Geklingel
hören müssen, mit dem er umgezogen ist.«

»Er – wer denn, Schwester?« forschten, ängstlich im Kreise kauernd, die Nonnen.

Die Klosterfrau war erstaunt: »Der Wode! Wer's ist, weiß ich nicht. Niemand hat den Woden
noch geschaut. Aber wenn er unruhig wird und nachts mit seinen Gespenstern, Pfaffenmägden
und allem Geschäft dahinfährt, dann behüt uns die heilige Jungfrau! Dann kommt Krieg und
Pestilenz über uns arme Sünder wie jetzt. Umsonst haben sich die beiden wilden Weibchen
auch nicht auf dem Stein in unserem Wald sehen lassen, die seit Menschengedenken keiner
mehr mit Augen geschaut hat, und haben die Hände gehoben und geklagt. Das erfüllt sich
nun alles an uns Armen!«

»Es erfüllt sich schrecklich!« sprach die Äbtissin. »Im Heere haben die Herren gesagt, es sei
nicht anders, es müßten an die hunderttausend Menschen im Deutschen Reich ihr leben lassen,
ehe der Bauer wieder zur Ordnung kommt, wir wollen preisen und singen, daß wir ein Dach zu

Häupten haben. Überall sonst sind Burgen und Klöster verbrannt. In Franken allein mehr als tausend. Dort stehet nichts mehr als unserer Frauen Berg über Würzburg, und vor dem liegt der Geyer mit seiner höllischen schwarzen Schar.«

Madlene seufzte nur zur Antwort, und in stillschweigender Bekümmernis lauschten die Frauen dem Tosen des Frühlingssturmes draußen.

Durch sein Rauschen und Branden drang jetzt ein anderer Ton. Eine helle Stimme aus der Ferne, rauhe Rufe und Fragen vom Tor, dann das schwere Knirschen, mit dem die Zugbrücke sich zu dem Spiegel des in der Dunkelheit plätschernden Bergbachs senkte.

Einer der Männer trat ein und wandte sich zu Madlene: »Frau – es ist ein Bub' in Nacht und Nebel hier angekommen! Er hab' eine Zeitung, die wolle er Euch sagen und sonst niemand –«

Im Klosterhof, wo Hans Waldvogel wartend stand, war es stockdunkel. Der Wind fauchte und fegte, daß man kein Wort verstehen konnte.

Madlene faßte die beiden Hände des Boten und beugte sich zu seinem Ohr hernieder: »Hans, wo ist dein Herr?« stieß sie bang hervor.

Der Junge öffnete den Mund und schrie, um den Sturm zu übertönen. In abgerissenen Worten vernahm sie seine Meldung:

»Mein Herr schickt mich und läßt Euch sagen: ›Felix Trugenhoffen, der Ritter, ist tot – er hat die Eitelkeit dieser Welt von sich getan – und ist auf und davon gegangen – zu den Bauern‹ –«

Madlene ergriff den Buben am Arm und zerrte ihn hinter sich in den Kreuzgang, zum Scheine einer im Lufthauch zitternden Kienspanfackel. Dort faßte sie ihn am Kopf und starrte ihm ins Gesicht. »Was sagst du?« stammelte sie. »In der Bauern Lager –?« »Nach Norden ist er geritten« – Hans Waldvogel wies weinend und kleinmütig die Richtung – »und mich, seinen Buben, hat er von sich geschickt. Ihr solltet für mich sorgen. Aber das will ich nicht. Die Botschaft hab' ich gebracht, und morgen früh tue ich mich auf nach Norden. Mag sein, daß ich meinen lieben Herrn doch wieder find'!«

»Weißt du denn, wo der Bauern Lager ist?«

»Nein. Sie ziehen ja umher!«

»Und weißt du einen Weg, der zu ihnen führt?«

»Nein. Und wenn ich ihn weiß, kann ich ihn nicht reiten. Dort sind die Bauern noch nicht zahm, wie hier nach der Schlacht. Sie schießen mich aus dem Sattel und nehmen mir das Pferd!«

»Was willst du also tun?«

»Bei Tag im Wald liegen und des Nachts weitertappen, wie es geht.«

»Du dummer Bub'!« Madlene schaute aus starren Augen in die Ferne. Die Worte fielen ihr langsam, wie in Geistesabwesenheit gesprochen, von den Lippen: »Auf solche Art siehst du deinen Herrn auf Erden nicht wieder – nicht tot und nicht lebendig.«

»Frau, ich weiß nichts Besseres!« Hans Waldvogel fing jämmerlich an zu heulen. »Frau, helft Ihr mir! Gebt an, wie ich's halten soll!«

Madlene schob ihn von sich. »Ich will in mein Kämmerlein gehen und es bedenken! Laß mich jetzt allein! wenn der Morgen aufgeht, werd' ich's wissen.«

Als Madlene gegen Morgen wieder auf den Kreuzgang herauskam, war sie ganz ruhig.

Geblendet von dem Frührot, das in breiten, lachenden Wellen aus der Frühlingspracht draußen in das graue Gemäuer flutete, blieb sie stehen. Von der Kirche her tönte in hellem Jubel der vielstimmige Morgenpsalm der Klosterfrauen, und das Glöckchen oben im Holzturm zitterte friedlich hinterher.

Die Andacht war beendet. Als erste erschien vor ihren Nonnen die Äbtissin auf der Kirchenschwelle.

»Gerechter Gott!« schrie sie, und der Rosenkranz entglitt beinahe ihren Händen. »Liebe – Ihr sehet ja bleich aus wie der Tod. Man könnte sich vor Euch entsetzen und meinen, Ihr seid eben von unten aus der Gruft gestiegen!« Sie trat forschend näher. »Und was habt Ihr Euch so angetan, als wenn Ihr zu Pferd steigen und Weiterreisen wolltet?«

»Selbes hab’ ich auch in Sinn und Meinung«, sagte Madlene. »Ehrwürdige, wie Ihr mich gepflegt und meiner gewartet habt, dafür dank’ ich Euch und den lieben Frauen aus innigem Herzen. Aber hier bleiben kann ich nicht. Es ist an dem, daß ich weiter muß...«

»Allein – in die Welt hinaus?« Die junge Nonne traute ihren Ohren nicht.

»Ich hab’ den Bub’ bei mir, der diese Nacht gekommen ist.«

»Heilige Maria, hilf, und ihr lieben Heiligen alle – wo wollt Ihr denn hin? Euer Haus ist verwüstet, die Euren sind tot – Liebe, Ärmste, Ihr habt ja kein Heim da draußen...!«

»Ich will mein Heim suchen!« sprach Madlene. »Ich will es redlich suchen! Ob ich’s finde, Äbtissin, das wißt Ihr nicht, und weiß ich nicht. Das weiß nur der über uns. Betet für mich, ihr lieben Frauen. Es mag sein, daß ihr mich eines Tages vor eurer Schwelle wiederfindet. Dann will ich hier bleiben und dem Kloster dienen, solang ich lebe.«

»Und wenn nichts mehr von Euch ruchbar wird?«

»Dann –« Madlene richtete sich auf. »Dann hab’ ich gefunden, was ich suche. Fragt nicht, wohin ich gehe, Äbtissin! Das ist mir selber nicht bekannt. Und seid bedankt für Eure Lieb’ und Treue...«

Lange Zeit spähten die Nonnen in sprachlosem Erstaunen den beiden nach, bis sie am Waldrand verschwanden.

»Wir wollen beten!« sagte die Äbtissin endlich schaudernd. »Wir wollen den bösen Feind bannen, der mit der Unseligen dort dahinfährt in zeitliches und ewiges Verderben. Denn mir ahnet wohl, von wem sie da draußen nicht lassen kann in ihrem Herzen, und wen sie sucht, statt in Demut ihr Unglück zu tragen.«

»Wie aber ist der böse Feind in sie gekommen, ehrwürdige Mutter?« forschte ängstlich die blasse Nonne.

Die junge Äbtissin sah auf die zerkratzte und übertünchte Wand. »Ich hätt’ ihr nicht erlauben sollen,« sprach sie reumütig, »mit mir den Frevel da auszutilgen, den der Teufel in unserem Haus zurückgelassen hat. Beim Auslöschen seiner Schriftzüge, da ist er in sie gefahren und stark in ihr geworden! Wachet und betet, meine Töchter, und meidet die Versuchung.«

»Des bist du gewiß berichtet,« fragte Madlene, am Straßenrand sitzend, »daß die Fürsten und Herren hier vorbeiziehen?«

Hans Waldvogel schnallte den Sattelgurt des weidenden Pferdes fester. »Ja, Frau! Es ward gestern im Lager gesagt, wenn wir hier zwei Tage reiten, ward gesagt, so kommen wir dahin, wo das Hauptheer der Bauern steht,« – er brach ab und warf sich, das Ohr an den Boden legend, nieder – »ich höre schon ganz wohl das Hufgetrappel. Und es sind keine Bauernpferde, die barfuß gehen, sondern wohlbeschlagene Pferde, wie sie nur die Ritter reiten. Tut den Kopf an die Erde, Frau, so merkt Ihr selbst.«

Nur kurze Zeit verstrich, da tauchten in dem weißen Nebelmeer, das noch dampfend über den Rebenhügeln lagerte, die ersten Herren der Rennfahne mit taunassen Panzern und verschlafenem Angesicht auf. Graf Haug von Montfort, der zuvorderst ritt, hatte am Abend zuvor in der Freude über Weinsbergs Zerstörung mehr von dem roten Neckarwein geschluckt als billig und recht, sein Kopf war schwer, von der Last des Helms bedrückt, und es erschien dem mißmutig verträumten Herrn wie eine Ausgeburt seiner schlaftrunkenen Gedanken, daß da plötzlich das blonde, schlanke Weib am Wege stand und auf den Truchseß zuschritt, der nach seiner Gewohnheit an der Spitze seines Heeres ritt.

Der Bauernjörg zog erschrocken die Zügel an. Obwohl er täglich Dutzende von Männern köpfen ließ, erfüllte doch der Gedanke, daß eine edle Frau die Nacht im Walde habe zubringen müssen, sein Herz mit Schrecken.

»Habt Ihr Euch verirrt?« fragte er rasch.

Madlene schüttelte das Haupt. »Ich war die Nacht im Kloster. Aber das Kloster ist mir noch nicht der rechte Ort. Ich kann nicht beten und die Heiligen lieben. Ich bin noch zu voll von Haß und Gram ob der Bekümmernis, die ich von den Bauern hab’ dulden müssen, denn solche Bauern haben mich zur Witwe gemacht und meinen alten Stamm vertilgt, daß ich ganz allein dastehe.« !

»Euch ist schweres Leid widerfahren.« Der Truchseß sah sie kopfschüttelnd an. »Aber wie wollt Ihr's ändern?«

»Lasset mich weiter mit Eurem Heere ziehen, wie bisher«, bat Madlene, die Hände faltend. »Ich hab' geschworen, meinen lieben Herrn und meine guten Brüder zu rächen.«

»Das ist unser Werk, nicht Eueres!«

»Aber ich finde anderswo keinen Frieden!«

»Nein,« sagte der Truchseß finster, »in meinem reisigen Zuge könnt Ihr nicht bleiben, Der hat für das Frauenzimmer keinen Platz.«

Madlene zuckte die Achseln. »Wo die geistlichen Herren ihre Mundköche und Hofnarren mit im Trosse führen, da wird für mich schon auch ein Raum sein. Herr Haug von Montfort war meines Herren Freund – der wird für mich sorgen.«

»Das täte not,« – der Truchseß wandte sich fragend zu dem Herren und empfing dessen kurzes Nicken zur Antwort – »denn der Trugenhoffen, der Euch damals gerettet, selber Ritter ist gestern abend ehrlos und treubrüchig geworden und hat sich zu den Bauern geschlagen!«

Madlene schwieg und sah zu dem Grafen Montfort empor.

»Kommt nur mit mir,« sagte der, »ich will Euch zum Troß bringen. Ihr seid eines Ritters Kind und oft hinter Eurem Mann im Sattel im Lande umgeritten. Ihr seid an Wind und Wetter gewöhnt und fürchtet Euch nicht vor Hitze und Staub.«

»Also ziehet die paar Tage mit«, sprach der Truchseß und spornte sein Pferd. »Es dünkt mir nicht unbillig, edle Frau, wie's Euch zumut ist. Und wo ich noch einen finde, der mit bei Weinsberg war, der sich böslich zu Eurem Manne und zu Euch und Euren Brüdern verhalten hat, den will ich strafen, wie Ihr es wollt und heißt, damit Ihr Eure lieben Herren rächt und den Frieden in Gott gewinnt.«

XX

Wie eine Felsenklippe aus dem ringsum brandenden Meere des Aufruhrs aufstarrend reckte Unsrer Frauen Berg, das feste, ob Würzburg gelegene Schloß des geflüchteten Bischofs, seine trotzigen Mauern und Zinnen zu dem grauenden Morgenhimmel empor.

Übel hatte der Feind schon an ihm gehaust, verkohltes Gebälk, zerschrundene Türme und gespaltenes Quaderwerk zeugten von der Wirkung des Rothenburger Geschützes. Ein tiefer Stollen gähnte am Fuße des Abhanges, durch den die Bauern das starke Haus in die Lüfte zu sprengen gedachten, und bis an die verwüsteten Bollwerke der bischöflichen Ritterschaft drinnen zogen sich die Feldschanzen und Pfahlgräben der außen lagernden schwarzen Schar.

Von Herrn Florian Geyers Schwarzen hatten schon viele, allzuviele bei dem allgemeinen, nach wütendem Kampfe kürzlich abgeschlagenen Sturm auf dies letzte unbezwungene Schloß im Frankenland ihr Leben gelassen und moderten in den feuchten, tiefen Wallgräben, die rings um die Festung liefen. Und unverzagt hielt sich drinnen der hundertköpfige reisige Lehnadel der Würzburger Pfaffenschaft. Der Tag von Weinsberg hatte es die Edlen gelehrt, daß sie alle verloren waren, sobald einmal die schweren Eisentore des Frauenberges sich der evangelischen Brüderschaft öffneten.

Heute an diesem dämmernden Maimorgen herrschte ein ganz ungewohntes Leben auf der sonst still und grimmig daliegenden Feste. Durchdringend läuteten ununterbrochen die Glocken, heller Lichterschein und Dankgesang aus rauhen Kehlen drang durch die buntbemalten Kirchenfenster, und aus den Schießscharten der Türme spähten allerhand Köpfe, fahlgewordene, bärtige Ritterhäupter, im unfreiwilligen Fasten abgemagerte Pfaffenschädel und lustige Bubengesichter höhnend und johlend zum Tal hinab, in das Lager der schwarzen Schar, aus dessen Nebelgrauen dumpfes Poltern und Stimmengewirr aufstieg.

Und dann kletterten drei Zinkenisten auf den Mittelturm, stellten sich recht sichtbar oben hin und bliesen aus vollen Backen unter dem Jubel der Bischöflichen das Spottlied: »Hat dich der Schimpf gereut, so zeuch du wieder heim!«, während unten sich allmählich die Schwaden lüfteten und die Morgensonne den Abzug der schwarzen Schar, die Aufhebung der Belagerung beschien, von deren Ausgang das Schicksal des Krieges in Franken überhaupt abhing.

»Eine Woche noch –« Florian Geyer starrte düster zu dem grauen Bollwerk und den spöttisch daraus grüßenden farbigen Punkten empor, »eine Woche noch, und sie hätten sich geben müssen! Ohne Kampf! Ich bin wohl berichtet, daß sie zum längsten kein Wasser mehr haben. Sie kochen sich die Speisen mit Frankenwein und waschen sich mit Steinwein Hände und Gesicht. Ihre Pferde haben sie geschlachtet und aufgefressen. Es war am letzten und hat doch nicht sollen sein! – Felix Trugenhoffen, du bist zur bösen Stunde bei uns eingeritten! Hörst ja, was sie dort oben blasen! Laß dich den Handel gereuen, ehe du darin verstrickt bist, und hänge dich nicht an die verlorene Sache!«

»Wer das hinter sich gelassen hat, was hinter mir liegt,« – Ritter Felix schwang sich mit dem Freunde zu Pferd – »für den gibt's keine Umkehr. Gestern abend bin ich an das Würzburger Tor gekommen und habe zu der Bauern Wache auf die Frage: ›Was leit dir an?‹ das Losungswort gesprochen: ›Was dir anleit, leit auch mir an!‹ Da haben sie zum dritten gesagt: ›So eröffne uns deine Heimlichkeit‹, und mich zu dir geleitet! Dir hab' ich alles eröffnet, Bruder Florian, und bin eins mit dir und deiner gerechten Sache!«

»Die Sache ist gerecht und wird doch untergehen!« Florian Geyer warf einen letzten Blick auf den Frauenberg zurück. »Der Truchseß mit dem ganzen Fürstenheer zieht im Eilmarsch auf Königshofen. Dort liegen die Bauern zwar in Menge, in lichten Haufen und wohlbewahrt, aber in sich uneins, voll Hader und Neid. An mich und die Schwarzen klammern sie sich an wie die stoßenden Bienen um die Königin. Bin ich da, so halten sie stand. Sehen sie mich nicht, aber vor sich die reisigen Geschwader in vollem Rosseslauf, so ist ihre Furcht vor den Geharnischten schon allzu mächtig, und alles verzettelt sich übers Feld und wird erstochen, wie's eben der Herzog von Lothringen mit seinen Untertanen gemacht hat.«

»An einem Tage hat er ihrer fünfzehntausend erwürgt,« – der von Trugenhoffen schaute finster vor sich nieder – »und am Rhein hin mehr Blut vergossen, als Wasser im Flusse rinnt. Nun hat er freilich Ruhe in seinen Landen.« – –

Die Stadt lag hinter ihnen. Ein schweigender Zug wand sich die schwarze Schar die geschlängelte Waldsteige gen Heidingsfeld hinauf. Es war völlig hell geworden.

»Bei Weinsberg hab' ich deinen Haufen zum erstenmal gesehen!« hub Ritter Felix nach einer Weile wieder an. »Da zog er mit aufgerecktem schwarzem Banner übers Feld wider die Weibertreu und dünkte mir wohl viermal so gewaltig wie jetzt.«

Ein bitteres Lächeln lief über Florian Geyers kühngeschnittenes, blondbärtiges Gesicht. »So gewaltig war er auch! Die Hälfte hab' ich vor dem Frauenberg im Sturme lassen müssen, von der anderen ist ein gut Teil in die Dörfer zurückgegangen und sonst abhanden gekommen. Mir sind nicht mehr als sechshundert geblieben. Die freilich sind grimme weidliche Kerle, Kriegsleute und andere unerschrockene Männer, bis an die Zähne mit Büchsen, Spießen und Schwertern bewehrt, des Todes gewärtig und ineinander verschworen, keinen Feind, wer es auch sei, am Leben zu lassen, sondern die Reisigen aufzuhängen und den frommen Landsknechten die Hälse abzuschneiden.«

»Bruder Felix!« Der schwarze Geyer hatte in Gedanken vor sich hingeschaut und wandte sich nun wieder zu dem Freunde. »Heb dich von mir! – Bei den Bündischen ist deines Bleibens freilich nicht. In die Schweiz aber sollst du reiten! Unter freien Männern leben und sterben, viele von unserem guten Adel sind nach der Sickingenschen Fehde dorthin geflohen.«

»Viele vom guten schwäbischen Adel!« sprach der Trugenhofer. »Ich war unter ihnen ein Jahr – Sie haben ihre Wappen vergessen und leben als Bauern in der Eidgenossenschaft. Statt der Turnierlanze halten sie den Pflug, binden die Reben auf und schneiden das Bergheu, statt mit den Wölfen hinter der Straßenhecke auf der Lauer zu liegen oder vor irgendeinem güldengekleideten Herrlein oder feisten Pfaffen zu tänzeln und scherwenzeln. Und bleiben doch ein mannhaft kriegerisches Volk.«

»Reite zu ihnen, Felix! Wer den Handel angefangen hat, wie ich, muß auch das End' abwarten. Du aber kannst Leib und Leben retten.«

»Ich bleibe!« erwiderte der von Trugenhoffen, und schweigend ritten sie weiter in die Mittagsglut hinein.

Viele Stunden waren verstrichen, die Sonne stieg schon wieder allmählich vom Himmel, da ging eine plötzliche Bewegung durch den stillen, müde der nachtfarbenen Fahne nachwandernden Zug. Aus der Ferne dröhnte ein dumpfer Schlag, vier, fünf andere folgten rasch hintereinander. Dann war alles wieder unheimlich ruhig.

Florian Geyers Gesicht war aschfahl geworden. »Das waren grobe Stücke«, murmelte er. »Es ist nicht möglich, der Truchseß müßte geflogen sein mit Mann und Roß.«

Ritter Felix zuckte die Achseln. »Der Truchseß reitet schnell, was von Pferden fällt, läßt er leichten Herzens den Raben, und um die meuterischen Knechte sorgt er sich nicht eines Fingers breit.«

Sie spornten ihre Gäule, denn der Haufe vor ihnen schritt rascher und immer rascher aus, so daß sie antraben mußten, um an seine Spitze zu gelangen. Der Geyer lauschte atemlos. »Es ist nichts!« sprach er endlich mit unsicherer Stimme. »Sie haben verdorbenes Kraut aus den Feldschlangen herausgeschossen und darum –«

Er brach ab. Vielstimmiges Geschrei des jählings stillhaltenden Zuges begrüßte einen Reiter, der plötzlich vor ihnen auftauchte und, seinen schweißtriefenden, mit Schaumflocken überspritzten Rappen verzweifelnd spornend, angstverzerrten Gesichts über die Wiesen dahinstob.

»Bauernhans – wohin reitest du?« brüllte es dann. Ein paar Knechte suchten mit vorgestreckten Hellebarden seinen Lauf zu hemmen. Der junge Bauernführer wich ihnen mit einem wütenden Fluche aus. »Flieht, – flieht,« schrie er mit heiserer Stimme, »es ist alles dahin – alles!« Und mit angstgekrümmtem Rücken trieb er sein Roß durch krachendes Dickicht, über sumpfige Wiesen dahin, als ritte der Teufel selbst hinter ihm.

Drei, vier andere Kapitäne folgten, atemlos, auf dampfenden Gäulen. Die Schwarzen erkannten sie schon aus der Ferne. »Da kommt Wolf Meng,« schrie es vorn, »Hans Flux bei ihm – und Ulrich Vischer – und der Georg Metzler selbst – der Bauern Gewaltiger! Steh, Metzler – steh oder du wirst vom Sattel gestochen – steh und gib Bescheid – was ist geschehen?«

»Was geschehen ist?« Georg Metzler keuchte in Todesangst. »Das evangelische Volk liegt tot auf der Walstatt – erstochen und erschossen – der Truchseß hat uns überfallen – hält mit den Fürsten ein Gejaid, wie auf der Schweinshatz.«

Ein hagerer Mann mit den scharfen, harten Zügen eines Buchgelehrten sauste vorbei, mit Meisterschaft die Kräfte seines feurigen Rosses lenkend und schonend. Bei seinem Anblick senkte Herr Florian wie in Verzweiflung das Haupt, indes Wendelin Hipler, der einstige hohenlohische Kanzler und nun die Seele des ganzen Aufruhrs, ihm mit der Hand zuwinkte. »Brauch deine Sporen, Geyer! Wer keinen Hengst zwischen den Beinen hat, ist verloren! Die Fürsten kennen keine Gnade – haben unsere Büchsenmeister bestochen, daß sie uns heimlich von den Geschützen entlaufen sind, und uns dann von drei Seiten die wehrlose Wagenburg gestürmt. Flieht – flieht, der Tod ist hinter uns! vom Hügel oben könnt Ihr ihn schauen, wie er mäht und rafft.«

Florian Geyer wandte sich im Sattel um und musterte seine schwarze Schar. Keiner der finsteren Gesellen hatte sich zur Flucht umgewendet. Aller Augen hingen erwartungsvoll an ihm. Da ritt der Hauptmann vorwärts dem Hügelrande zu, und in mannhaftem Schweigen folgten ihm seine Getreuen und spähten über das Blachfeld dahin.

Wie ein Ameisengewimmel, das der Stock des Wanderers aufgestört, zitterte und hastete es in schwarzen Flocken und Klümpchen, sich strahlenförmig ausbreitend, über die Felder.

Blinkende Streifen schossen mordgierig hinterher, und wo sie in die schwarzen Wolken hineingeraten waren, da erstarrte bald um sie her Leben und Bewegung. Es färbten sich, tausendfach von reglosen dunklen Punkten durchkörnt, die frühlingsgrünen Matten, indes die fliehenden, von den reisigen, blitzschnell gleitenden Schlangen gelichteten Schwärme immer dünner, immer langsamer über die Hügel hinrieselten.

Um die Wagenburg, die, eine finstere, zerbeulte Krone, den Kopf eines kahlen Bergkegels umspannte, kämpfte man noch. Man sah das Durcheinanderfunkeln, das Auf- und Niederblitzen der Waffen, die geballten Pulverwolken im Sonnenlicht. Nach hinten zu war der Karrenring geplatzt. Eine weite Lücke klaffte da, aus der zuweilen dicke Ströme von Bauern herausquollen, um alsbald unter dem Anlauf der draußen haltenden Geschwader zu vergehen wie Wasser im Sande. Weithin, so weit das Auge reichte, erstreckte sich die Flucht. Aus fernen Dörfern sah man schon den Rauch der Kirchen aufsteigen, in denen sich versprengte Haufen noch einmal zur Wehr setzten.

»Dort brennt Giebelstadt, mein Dorf.« Florian Geyer blickte, die Augen mit der Hand beschattend, scheinbar ganz ruhig in die Runde. »Meine Stammburg liegt in Asche. Ich, ihr Herr, fahre desselben, Wegs und wir alle – der Bauernkrieg ist aus ohne Hoffnung und Rettung!«

Die schwarze Schar schaute stumm zu ihm auf. Er lächelte stolz und heiter. »Brüder!« rief er mit heller Stimme. »Gott hat's nicht gewollt und nicht geschehen lassen, was wir ersonnen und gewollt haben. Er hat denen drüben den zeitlichen Sieg gegeben. Uns gibt er den ewigen Sieg! Wer hier bei dem schwarzen Banner bleibt, das mein Fähnrich so lustig aufreckt, der muß sterben, wer nicht sterben will, der entlaufe eilends, wie schnell ihn seine Füße tragen, und berge sich vor den Reitern.«

Nichts regte sich in der Schar. Nichts klang aus ihr als die schweren Atemzüge der Männer und leises Waffengeklirr. Kein einziger trat aus den Reihen.

»Wenn ihr euch zum Tode schicken wollt, schwarze Brüder,« fuhr Herr Florian fort, »so schaut: da drüben haben sie uns erkannt! Sie blasen das Feindsgeschrei aus allen Hörnern, sie rotten sich in Gewalthaufen zusammen und rufen nach dem Truchseß und den Fürsten. Denn sie wissen's wohl: der Kampf schlägt ihnen nicht ganz ledig aus, sondern sie müssen viel Schadens von der schwarzen Schar nehmen. Ist selbes euer Wille, vor eurem Tod dem Feinde noch manchen guten Gesellen – edel oder unedel – zu beschädigen, so weist es mir.«

Die Schwarzen entblößten statt der Antwort die Schwerter, und dräuend richteten sich die Hellebarden in die Luft.

»Wir sind noch eine große Meile vom Feind,« – Florian Geyer ritt zur Seite – »darum wollen wir ihn nicht im freien Feld bestehen, sondern zu unserem Vorteile in einen festen Ort entweichen. Dort bei dem Dorfe liegt das Schlößlein Ingolstadt, zerstört zwar, aber mit gutem Gemäuer noch umfangen. Gegen das ist mit Reisigen bös handeln. So folgt mir, ihr Schwarzen, und seid getrost! Wann jetzt in diesen geschwinden Läuften viel ehrliche Kriegsleut' am Himmelstor anpochen, dann erschleußet Herr Petrus auch euch freudig die Tür zu Gottes Gnade.«

XXI

Nahe an hundert Jahre waren vergangen, seit Ingolstadt, das Raubschlößlein, sich den mannhaften Rothenburger Bürgern und Bauern hatte geben müssen. Mit Schirm und Leitern, Beil und Pickel, Seil und Tartschen und was zu solchem Handel gehört, waren sie herangezogen und eingedrungen, ehe die weinschweren Köpfe der Edlen drinnen sich klärten, die Köpfe Wilhelm von Elms, des acht Schuh langen, raublustigen Burgherren, und seines Genossen Peter Pfeil, von dem das alte Volkslied klagte:

»Peter Pfeil war ein Schalk so groß! Kein' Bosheit ihn je nie verdroß, Zu reiten und zu laufen! Bürger und Bauern warf er so viel, Als wollt' er Kälber kaufen!«

In den folgenden Versen hielt noch das Landvolk der Umgegend die Erinnerung an den glücklichen Ausgang des Abenteuers wach:

»Die Bauern schoben zween Wägen hinan. Dahinter stund manch stolzer Mann, Die konnten gar frischlich schießen! Wilhelm von Elm und Peter Pfeil Tut das gar hart verdrießen!

Wilhelm von Elm an die Leitern trat – Er zu Hansen Kreglingen sprach: Nimm du mich gefangen! Ich und meine Gesellschaft Haben's gar großes Verlangen!«

Sein Verlangen ward erfüllt. Aber nicht zum Vorteil des Riesen. Auf dem Marktplatz zu Rothenburg hieb man ihm eilends das Haupt ab und ebenso seinen festen Gesellen vom Adel, dem Klingenburg und dem Greusing, dem Hutten und dem Ursprung, und schlug zur ewigen Erinnerung an die seltsame Länge des Gerichteten in Höhe von acht Fuß eine Eisenklammer an das Galgentor der guten Stadt, ehe man auch Peter Pfeil mit drei Knechten ihrem Herren nachschickte. Das Schlößlein aber sank in Schutt und Asche. Seine Wassergräben versiegten und wandelten sich in raschelndes Röhricht, in seinen geschwärzten Mauern grünte der Wald, und um den Burgfried lärmte das Raubvolk der Raben. So träumten die Trümmer dahin, Jahr um Jahr, ein Jahrzehnt nach dem anderen, in Sonne und Regen langsam zerbröckelnd und zerfallend, eine verrufene Stätte, an der zur Nachtzeit ungern nur ein sich bekreuzigender Wanderer vorüberschlich. – –

Und nun plötzlich füllte wie vor hundert Jahren der Lärm der Waffen die stillen, grasübersproßten und vom Brombeergerank überwucherten Mauern. Aber die Zeiten hatten sich geändert; die damals die Burg zerstörten, die freien Bauern aus dem Taubergrund, die suchten jetzt in den Ruinen Schutz, und statt der paar vom Adel, die sie damals innen überfallen, ritt es jetzt hundertfach und tausendfach mit wehenden Büschen und blitzenden Schwertern über die Gefilde heran. Denn rasch hatte sich überall die Runde von der Einkreisung der schwarzen Schar auf dem Schlachtfeld verbreitet und die Reisigen von der Verfolgung der Bauern ihre Rosse nach Ingolstadts Trümmerwerk zurückwenden lassen.

Das Fußvolk samt dem groben Geschütz war noch in weiter Ferne. Nur ein paar Falkonette kläfften gegen die Mauern und hatten an einer ohnedies schon halb zusammengesunkenen Stelle ein handliches Loch von zehn, zwölf Fuß hineingebissen. Dahinter freilich waren die Geyerschen unverzagt bei der Arbeit. Man sah, wie sie als geübte Kriegsleute Steine herbeitrugen und Terrassen aufwarfen, um den drohenden Sturm zu bestehen. Und hinter den auf dem Mauerkranz nickenden Waldbüschen blitzte es ununterbrochen in die zornig und kampfgierig gleich ratlosen Hatzrüden auf und nieder reitenden Ritterschwärme.

»Sie schießen so feindlich heraus,« schrie, neben seinem sich mit der Steinkugel im Leibe wälzenden Gaule stehend, Diepolt vom Steyn, »als stünd' keine Sorge ihnen da an ihrem Verlust.« Und von innen klang es dumpf dawider: »Heran, heran! wir begehren weder Gnad' noch Fried'!«

Der graue Graf Montfort schüttelte grimmig die Eisenfaust, daß die Fingernetze klirrten. »Sollen wir auf die Landsknechte warten«, knirschte er, »und auf die langen Stücke! Flugs, ihr Herren! Wir wollen zum Sturme antreten!«

»Das Tor ist wohl verwahrt!« warnte neben ihm unter dem Visier eine hohle Stimme. »Sie vermeinen nicht mit Unrecht, sich darin zu erhalten.«

Zorniges Gelächter antwortete ihm. »Herab vom Pferde, ihr Grafen und Herren!« schrie der Dynast von Montfort und schwang sich aus dem Sattel. »Herab vom Pferde, ihr Ritter und

Knechte!« Diepolt vom Steyn schwenkte, den Fuß auf seinen erstarrten Hengst setzend, die Klinge, und brausend mischte sich in seine Worte der Ruf der vom Rossesrücken gleitenden Knechte: »Lauft uns voran, ihr lieben Herren! Wir wollen das Schlößlein zum Sturme vornehmen!«

In ungeordneten Haufen rannte und rasselte es, während sich alle Sättel fast gleichzeitig lichteten und die Buben truppweise die Pferde beiseite führten, gegen den Schloßgraben heran. Jenseits davon erschienen die Köpfe der Verteidiger, lange Reihen finsterer, sonnengebräunter Gesichter. »Heran, heran!« grollte der Schlachtruf der schwarzen Schar, und hinter ihren Blechkappen zerstiebten in Staub die dürren Erdbrocken, die sie uraltem Kriegsgebrauch gemäß vor Beginn der Schlacht vom Boden hoben und über die Schulter rückwärts schleuderten.

Die ersten Gewappneten, die unter dem Klatschen und Pfeifen der Steinkugeln die Grabensohle gewonnen hatten, glitschten dort aus und fielen lang hin. »Merkt auf, Adel und Unadel!« warnten sie, sich mühsam aufrichtend, den schwerfällig herabkletternden und wogenden Panzerschwarm. »Der Graben ist wüst und moosig, voll lehmichten Kotes, kommt in Ordnung, der Sturm ist nicht leicht zu gewinnen!«

Aber die Nachdrängenden waren viel zu hitzig, um sich zu einer rechten Sturmsäule zusammenzuschlagen, wie es sich traf, wateten sie regellos dahin. Voran, das breite Schlachtschwert hiebgerecht mit beiden Händen vor sich hinhaltend, stapften und stelzten die kostbaren Panzerrüstungen des Adels durch das zischelnde Schilf; ihnen folgten, im Schlamm stecken bleibend, ausgleitend und sich gegenseitig unter Flüchen wieder aufrichtend, die reisigen Knechte.

Da, wo der Schuttwall der eingeschlossenen Mauer in den Graben vorsprang, klommen, von den Hintermännern gestützt und gedrängt, die Vordersten über das Steingeröll einher. Der ganze Raum vor der Bresche bedeckte sich mit dem schuppigen, zornig aufwärts strebenden Gewimmel.

Aber die Bresche war nicht leer. Ein Wall von Hellebarden füllte sie aus. In zehn Reihen starrte das stachlige Gehege aus den Fäusten der nach bester Landsknechtkunst dahinter geordneten Schar, deren erste Glieder knieten, die folgenden standen und die letzten auf herbeigeschafften Steinen ihre Genossen überhöhten. Unbeweglich, wie in den Boden eingerammt, stand die reisige Dornenhecke. Die Edlen mochten mit der gepanzerten Brust dagegen drücken, sie mochten mit den Schwertern blindlings in die Schäfte hineinschlagen und sie herauszureißen suchen – es war umsonst.

»Sie weichen nicht!« keuchte es in dem Gewühl der ineinander knirschenden und sich scheuernden Panzer, »wir müssen zurück! Laßt ab, liebe Herren und frommen Knechte, wir müssen zurück!«

Aber kaum begann die eiserne Welle zerschellt und zersprengt in die Grabentiefe hinabzurollen, da entlud es sich von den Höhen der Ruine wie die Schloßen eines Hagelschlags. Die Musketen sandten in knatternden Rauchwirbeln ihre groben Steine, von stählernen Armbrüsten flitzten die scharfen Bolzen in die Harnischfugen, und in Menge flogen, wie ein steinerner Regen, die mächtigen Mauerblöcke aus nervigen Händen auf Federbusch und Helm, daß die Getroffenen in lautem Klirren niederbrachen.

Zurück, so rasch es ging, durch den zähen, grausam die Schritte hemmenden Morast! Zurück und unter dem Hohngeschrei der Schwarzen den jenseitigen Grabenrand herauf, voraus die unbeschädigt Gebliebenen, dann, von ihren Knechten unter den Armen geführt, mühsam holpernde Ritter und erbitterte, mit der Faust nach rückwärts drohende Nachzügler; hinter ihnen da und dort, wie schlammüberzogene Krebse dahinkriechend, die stöhnenden, die Blutspur ihrer Wunde hinter sich ziehenden Knappen.

Viele auch waren ganz still geworden, überall in dem Schilf, von Wasser und Morast halb bedeckt, lagen die zuckenden Gestalten von Edlen und Unedlen ausgestreckt.

»Wir haben an die hundert Mann verloren!« jammerte und zeterte es aus den rückkehrenden Haufen draußen im Felde, wo bei den Pferden der Truchseß mit den Fürsten hielt, »Viele Herren und gute, rechte Gesellen vom Adel. Die Geyerschen stellen sich in ihrer letzten Not ganz ernstlich zur Gegenwehr!«

»Ich merk's!« Der Truchseß musterte finster die Gesichter seiner Herren, die unter dem nun aufgeklappten Visier mehr noch aus Scham als von der Hitze des Kampfes dunkelrot über struppigen Bärten glühten. »Sie haben sich des ersten Anlaufs trefflich erwehrt und euch abgeworfen!«

»Das geschossene Loch ist zu klein!« riefen viele Stimmen dagegen, »wir müssen's weiter machen!«

Herr Georg wies auf die groben Stücke, an denen die Zeugmeister standen. »Da hab' ich die rechte Arkeley, so wie sie eben kommen ist, vor das Schlößlein geruckt! Laßt sie baß in die Mauern gehen und schießet den Rittern ein ziemliches Loch, daß all die guten Leut' zum andernmal mit allem Ernste wieder antreten mögen!«

Die Geschütze brüllten zur Antwort, daß der Boden zitterte und die ledigen Rosse prustend an der Hand der Buben tanzten. Durch den Qualm drangen das Poltern zusammenstürzenden Quaderwerks und verworrene Stimmen von drüben.

Aber als der Rauch sich verzog, war der Schaden am Schlößlein nicht allzu groß, Und ebenso nach der zweiten, der dritten Tage. »Es hätte doch niemand geglaubt,« – Herr Georg und die Fürsten schüttelten den Kopf – »daß die alte, schlechte Mauer solchem Geschütz widersteht!«

»Sie wollen sich ergeben!« schrie einer der Ritter. »Sehet, wie sie die Hüte in die Höhe werfen.«

»Ei was, ergeben?« Der Truchseß lachte grimmig. »Das ist der Geyerschen Art nicht! Sie wollen mich locken, ich weiß, und Zeit gewinnen, daß wir bei der zufallenden Nacht vom Handel ablassen müssen. Das ist aber nicht meine Meinung. Heda! Lasset die ganze Arkeley in einem an die Bresche gehen, daß wir Raum gewinnen!«

Diesmal zitterte und stäubte die Mauer nicht nur unter dem Aufschmettern der schweren Eisenkugeln, sie begann zu wanken und fiel, sich vornüber beugend und in lockeres Geröll auflösend, in den Graben.

»Da komme ich gerade zu paß mit meinen frommen Knechten!« Ein großer, dicker Herr mit dunklem Krausbart schritt gemächlich, eine schwere Lanze über der Achsel, zu Fuße heran und sah sich nach dem langen Zuge sonnenverbrannter, in schreiende Farben gekleideter Gesellen um, die staubwirbelnd mit geschulterter Hellebarde herbeitrabten. »Wir wollen euch zeigen, wie man solch Schlößlein aufbricht!«

»Ihr mögt Euch aller Landsknechte Vater mit Recht nennen, Herr Jörg von Frundsberg,« erwiderte der Truchseß verdrießlich, »aber denkt nicht zu weniges von denen da drinnen! Es sind verzweifelte Kriegsleut' – wir müssen erst noch mit Kugeln unter sie schießen –«

»Bis die Nacht da ist und sie heimlich entlaufen. Nein, seid getrost, wir wollen ihnen lieber heute etwas angewinnen als morgen. Nicht zum Saufen und Schlemmen hat Seine Römische Majestät mich die deutschen Knechte aus Neapolis über die Alpen herüberführen geheißen, sondern zum herzhaften Kriegen. Da sehet – Schärtlin von Burtenbach, der jüngst wegen seiner Tapferkeit zum Ritter geschlagen ist, wartet nicht erst lange! Da steigt er mit den Knechten schon hinunter und läuft mit vorgereckten Spießen an!«

Der ganze, bisher so düstere Graben war bunt von der bizarren Farbenpracht der Landsknechte, den geflammten Pluderhosen und federverbrämten Hüten, den grellgrün und scharlachfarben gemusterten Röcken und dem Waffenglanz der Hellebarden. Selbst die Ritter jauchzten Beifall, als sie die Kriegskunst sahen, mit der die verwegenen Knechte trotz Sumpf und Wasser und dem immer spärlicher blitzenden Musketenfeuer als wohlgeordneter, festgeballter Gewalthaufe in die Bresche krochen und mit ihren ersten Kolonnen in den klaffenden Schlund einstiegen.

»Sie sind darin!« schrie es in den Gruppen der abgesessenen Edlen. »Die Bauern können das große Loch nicht füllen – sie sind darin –«

Aber die zu Pferde saßen, machten besorgte Mienen. »Die Geyerschen haben einen Klumpen gemacht im Hof. Jetzt rennen sie an – sie fallen wie die Wütigen auf die Knechte –«

Der Hellebardenzug im Graben begann zu stocken, und plötzlich fuhr es wie ein Stoß aus Riesenfaust durch die Bresche, daß der bunte Farbenknäuel der Landsknechte in Fetzen auseinanderstob und rückwärts herabrollend als eilig davonhastendes, von nachgeschleuderten Steinblöcken gelichtetes Gewimmel den Schilfgrund übersäte.

Nur in wenigen Zacken und Leisten des halbzerschmetterten Mauerwerks blieben wie die Katzen angeklebt und gekauert einige tollkühne Kerle zurück. Die große Masse stieg verstört und atemlos wieder zu den Geschützen empor, den durch einen Steinwurf nahe bis an den Tod verwundeten Herrn Schärtlin mit sich schleppend.

Ein greller Aufschrei der Wut rollte durch das bündische Geschwader, von Scham und Zorn sinnlos, ordneten sich Adel und Unadel, Ritter, Reisige, Landsknechte und Söldner der Reichsstädte, wie es sich traf, ohne Ansehen der Person, zum erneuten, verzweifelten Angriff.

»Wir wollen den rechten Ernst fürwenden!« heulte es unter den buntgefiederten Eisentöpfen der voraustappenden Edlen. »Sturm, ihr lieben Schwäger! Sturm, ihr frommen Knechte!«

»Sturm! Sturm!« brauste der wütende Ruf. In tollem Anlauf, einer kampfgierig am anderen vorbeihastend, brandete es zur Bresche hinan und mengte sich mit den entgegenstürzenden Bauern zu einem Wirbel geschwungener Schwerter und ineinandergekeilter, sich umkrallender, tosender und röchelnder Klumpen, der in stetem Strudel doch beinahe reglos in der Mauerlücke stand.

Die Abendsonne schien hell darauf. In ihrem Glänze blinkte es von den beiden, hin und her zuckenden und sich ineinander verbeißenden Sturmhaufen wie von zwei silbergeschuppten Drachen, die sich da, inmitten ihres zerklüfteten Schlupfwinkels, auf Tod und Leben würgten.

Grimmer und grimmer preßten sich die Angriffssäulen, alle Wucht der Leiber zusammenkrampfend, schwitzend und stöhnend wider die Öffnung, in das zähneknirschende Handgemenge, in dem lebende und Sterbende in Haufen übereinandergewälzt, von Staub und Qualm geblendet, in Wutgeschrei und Todesröcheln sich mengten und der hochgeborene Freiherr Auge in Auge mit dem armen Bauernknechte rang. Kaum noch konnte man Freund und Feind unterscheiden. Die Banner waren in dem Getümmel versunken. Tot lagen der Fähnrich von Augsburg, tot der von Nürnberg mit ihrer zerfetzten Seide unter den Füßen der Kämpfenden, über deren Häupten immer noch als einziges Feldzeichen grimmig die schwarze Fahne nickte. Aber es ging den Angreifern vorwärts! Zoll für Zoll erst – dann Schritt für Schritt – es wurde matter da vorn – ein Aufstöhnen der Erleichterung entrang sich der keuchenden Brust – ein heiseres Siegesgeschrei – die Schwarzen wichen zurück – –

»Das war eine mühsam gefährliche Arbeit,« ächzte im Schwarme aufwärts watend der dampfende Ritter Diepolt zu seinem Nebenmann, »als sich die Bauern so unterstunden! Gottlob, nun ist die größte Not erstritten!«

Sein Nachbar, ein riesenlanger Landsknecht, reckte sich empor und stieß, über die Häupter der vorderen blickend, einen wilden italienischen Fluch aus. »Vermeint das nicht, Ritter!« keuchte er. »Da fängt sich das Lärmen erst an!«

»Es ist inwendig noch ein Mäuerlein!« schrie es vorn. »Es steht ein zweites Mäuerlein im Hof. Davon stechen und werfen die Bauern so ernstlich heraus, wie je zuvor – wollen uns wiederum abtreiben und in merkliche Gefahr bringen.«

»Möcht' nur von Gottes Gnaden kein Edler mehr beschädigt werden!« Ein alter Reitersknecht mit langflatterndem Weißhaar hob einen Feldstein, »Werft ihnen die Mauerblöcke an den Kopf, sie haben nicht Kraut und Kugeln mehr, der Handel ist gleich.«

Krachend und polternd kreuzten sich die Steine und klangen in hellem Schlage auf dem Eisen. Wie ein Zyklopenkampf der Vorzeit tobte um die niedere Hofmauer, die die Ritter nicht ersteigen, die Bauern nicht lassen wollten, das grobe, Kappe und Schädel zermalmende Spiel, und jauchzend erklang, je mehr die Dämmerung herabsank, das Kampfgeschrei der schwarzen Schar. Dunkler ward es und dunkler in den bluttriefenden Ruinen. Schon sah man das Funkensprühen, mit dem die Steinklumpen am Boden aufschlugen und von beiden Seiten über dem Mauerkranz hin die Hellebarden in nutzloser Wut aufeinander hämmerten. »Sturm! Sturm, ihr Herren!« schrien immer noch die unverzagt kämpfenden Knechte. Aber keiner wagte den gefährlichen Aufstieg auf die ungebrochene Mauer, und schon konnte man im Abendgrauen kaum mehr die nächsten Nachbarn erkennen.

An der langen Gestalt merkte Herr Diepolt vom Steyn, daß der Landsknecht von vorhin neben ihm stand. »Haben wir uns darum so schwer durch das Loch gearbeitet,« fluchte er, »um vor solch Mäuerlein die Nacht zu liegen.«

»Die Nacht ist der Bauern Heil!« erwiderte der finstere Geselle, der sich eine Quetschung am Kopf hatte verbinden lassen und mit schräg aufgestülptem Hut in den Kampf zurückgekehrt war. »Es sind ihrer schon etliche im Dunkel rücklings durchgebrochen, in das kleine Waldstück hart daneben. Der Geyer selbst und seine Freunde, meinen sie, wären mit darunter und hätten sich im Gesträuch verschanzt.«

»Wo hast du das gehört?«

»Als ich eben bei Herrn Jörgen, dem Truchseß, vorbeiging. Er hat das Gehölz mit Reisigen umstellen lassen und große Wachtfeuer davor anzünden, daß keiner entläuft, bis morgen bei Tag die Knechte in den Wald fallen und denen darin einen guten Morgen bieten, davor sie sich bedanken!«

Ritter Diepolt hörte die letzten Worte nicht mehr. »Es steigen Fackeln auf die Mauer,« jubelte er, »schaut, liebe Gesellen, eine nach der anderen kommt herauf, sie haben vom Tor aus die Mauer gestürmt – vorwärts, duckt euch, fromme Knechte! Wir vom Adel wollen euch auf die Schulter steigen und die ersten auf dem Zarchen sein!«

Zugleich mit ihm klommen überall die Gewappneten die niedere Mauer empor und sprangen in dröhnendem Satze auf der anderen Seite hernieder, um sich in das letzte wütende Handgemenge zu stürzen, das in Dunkelheit und Fackelgeloder durcheinander sich über die Trümmerstätte, über Schuttwerk und Gebüsch bis in die Kellerwölbungen hinabzog. Dort wehrten sich in greulicher Finsternis die Schwarzen noch einmal wie wilde Tiere in ihrer Höhle, bis die davorgehäuften brennenden Strohmassen sie zwangen, wieder herauszusteigen und sich auf ihre Verfolger zu werfen.

Jede Hoffnung war jetzt verloren. Bei dem himmelan lohenden, alles mit Feuerschein übergießenden Strohbrand konnten die Fürsten und Bischöfe, die außen auf freiem Felde hielten, deutlich den Untergang der schwarzen Schar gegen zehnfache Übermacht erkennen. Immer noch verschlangen sich zahlreiche Gruppen waffenklirrend mit Spieß und Schwert, aber in einer nach der anderen ward es still. Die Männer traten auseinander und schauten schweratmend auf leblose dunkle Gestalten zu ihren Füßen nieder, um dann den anderen, vom Lärm des Kampfes noch erfüllten Haufen mit geschwungener Waffe beizuspringen.

Das Feuer erlosch. So wie es in sich zusammenfiel und im Nichts verging, so erlosch auch im Tode die schwarze Schar. Ein letzter geller Schrei fuhr noch einmal durch die Nacht, dann löste sich das Ächzen und Brüllen des Kampfes in das rauhe Stimmengewirr auf, mit dem die Knechte bei Fackelschein die Walstatt nach etwa noch verborgenen Geyerschen und nach Herrn Florian selbst absuchten.

Sie fanden ihn nicht und keinen anderen Ritter. Und nichts regte sich mehr vor dem prüfenden Lichte. Die schwarze Schar war tot.

Inmitten des Kranzes der lodernden Ringfeuer, die ihren funkenübersäten Qualm weithin durch die linde Nachtluft sandten, lag der Waldhügel finster als eine undeutliche schwarze Masse da. Es knackte und raschelte unsichtbar in seinem Dickicht, als schlichen Wölfe lauernd darin umher. Aber das heisere Raunen und Zischeln, das zuweilen der Frühlingswind herübertrug, war Menschenlaut, und die Reisigen draußen im Flackerschein wußten, was das bedeutete. Sie nahmen die Waffen fester zur Hand und spähten, gegen die Windseite des Feuers tretend, nach der leise rauschenden Wipfelgruppe, eines verzweifelten Durchbruchversuchs der Handvoll Geyerschen gewärtig, denen in ihrem Waldversteck das verbleichen der Gestirne, das erste Grauen des Maimorgens unrettbar das Verderben ankündigte.

Kein Wunder also, wenn Herr Florian mit den letzten Schwarzen seine Verbündete, die schwarze Nacht, sich zunutze machen sollte!

Aber es blieb still. Selbst das Flüstern und Räuspern verstummte im Gestrüpp. Der Wind hatte sich gelegt. Reglos standen die Schattenwölbungen der Bäume. In das verworrene Summen aus dem in der Ferne als weites Flammenfeld leuchtenden Lager mischte nur der Waldbach sein eintöniges Plätschern, der an einem dichtbewachsenen Hügelhange hin seine Wellen in bei Ingolstadt versumpfte, heute zu einem Schlammbrei zerstampfte Gräben führt.

Ab und zu wieherte ein müdes Roß. Manche der erschöpften Tiere hatten sich mit Zaum und Sattel lang in das Gras gewälzt und unterschieden sich nur durch die ruhig hingestreckten Beine von ihren der Hitze und dem Kugelschlag des verflossenen Tages erlegenen Genossen, deren Hufe, von steifen Sehnen emporgereckt, weit in die Luft starrten.

Neben den Pferden lagen die Reiter, matt und fröstelnd in einem Halbtraum, der das bunte Farbenspiel des hitzigen Abenteuers noch einmal an ihnen vorbeiziehen ließ, und die Erinnerung an den oder jenen guten Gesellen, der morgen nicht und nimmermehr beim Trompetenruf von seinem Walplatz auf grüner Heide aufstand, um mit ihnen wider das Gehölz da drüben anzutreten. Auch an den Ärger dachten sie, daß bei den armen Bauern kein Beutepfennig einzunehmen sei, kein Lösegeld, wie in ritterlichen Fehden, wie damals gegen den Sickingen, und in den lustigen Waffenhändeln des schwäbischen Bundes gegen den tollen Herzog Ulrich, den verjagten Württemberger, der von der Schweiz her gestern den Bauern zu spät mit einem Fähnlein hatte zu Hilfe reiten wollen.

Die Riedgräser zitterten, als schliche eine ungeheure Schlange aus ihrem nächtlichen Waldverließ auf Beute aus.

Etwas Langes, Schuppiges kroch lauernd am Boden dahin, Glied für Glied langsam, in listigem Schweigen über die weichen Wiesen schleppend.

Näher und näher kam der gepanzerte Wurm heran. Schon war er im Bereich des im Lufthauch wechselnden Lichtscheins zwischen zwei Lagerfeuern.

»Die Geyerschen!« Ein alter Kriegsknecht schnellte aus den Träumen empor. »Die Geyerschen kriechen durch!«

Vom Wachtfeuer drüben gellte die Trompete. Hastig auffahrende Gestalten, erschrocken scheuende Gäule, schreiende Troßbuben drehten sich ein paar Augenblicke im Wirbel um die flammenden Scheiter. Dann strebte es von zwei, drei Seiten zugleich, in hallendem Rosseslauf und atemlosem Fußgetrabe der Furche zu, die die schwarze Riesenschlange im Gras gezogen hatte.

Die Schlange war nicht mehr da! Ihre Glieder hatten sich getrennt und rannten einzeln, behende Männer, mit dem Tod im Nacken, über die Matten, dem Rauschen des Waldbachs zu. Das Dunkel nahm sie auf. Aber in den hinterherjagenden Gruppen, in deren Mitte die in der Hand gehaltenen Fackeln auf und nieder tanzten, scholl höhnendes Gelächter. Die da vorn konnten ja nicht das tiefe, reißende Frühlingswasser überschreiten! Sie waren abgeschnitten und verloren!

Die Sprünge der Pferde wurden kürzer und mühsam. Es gurgelte unter ihren Hufen. Man näherte sich dem sumpfigen Bachgrund. Aus den Sätteln gleitend liefen die Reisigen mit gezücktem Degen zu Fuße weiter. Jeden Augenblick mußte ihnen jetzt der vorauszitternde Lichtkreis der Fackeln das ratlos am Ufer auf und nieder irrende feindliche Häuflein enthüllen.

Aber da war schon das Ufer! Dicht vor ihnen sprühte im Feuerschein der Silberflimmer des eilig rauschenden Baches, und da – wütende Flüche begrüßten die Entdeckung – da lag an einer, vom Gebüsch umwachsenen, nur dem Bauern- und Jägervolk der Umgegend bekannten Stelle ein bemooster Baumstamm quer über dem Wasserspiegel.

Und drüben knackte und prasselte es schon flüchtig den Berg aufwärts! Hinüber, hinüber, ehe es zu spät war!

Die Verfolger machten jählings Halt! Der Weg über die Brücke war nicht frei! Eine dunkelgepanzerte Rittergestalt stand reglos mit geschlossenem Visier am anderen Ende und hielt ihnen, hell vom Licht umflossen, schweigend die zehn Fuß lange Lanze entgegen.

Dawider mit den kurzen Schwertern über den Baumstamm anzulaufen, bedeutete den sicheren Tod in den schäumenden Wellen. Und ihre eigenen Speere hatten sie, um nicht im Rennen behindert zu sein, beim Absteigen den Buben gelassen.

Diesseits und jenseits der Brücke standen sich die Feinde in stillem Grimm gegenüber. Fern aus dem bebuschten Berge verlor sich der Lärm der Flüchtenden. Sie waren entronnen. Und auch der Ritter mußte entrinnen! Er konnte sich lange in dem Dunkel verlieren, ehe sich seine Feinde, auf dem Bauche rutschend und den glitschrigen, runden Stamm mit Armen und Beinen umfangend, über das Wildwasser gearbeitet hatten.

Da flog seine Lanze in zischendem Wurfe herüber, daß die Knechte zur Seite fuhren. Der Gewappnete machte einen raschen Sprung seitwärts, aus dem Bereich der Fackeln in die tiefen Schatten des Bergwaldes.

Aber im selben Augenblick blitzte es von der anderen Seite auf. Einer der zu Fuß nachrennenden bündischen Schützen war herangekommen und hatte, noch atemlos sich aufs Knie werfend, die Muskete gelöst.

Drüben klang es hell wie Stein auf Eisen, und dumpf danach, wie das Klirren eines zusammenstürzenden Mannes.

So rasch es ging, schoben sich die Knechte, einer hinter dem anderen, über den feuchtbemoosten Baum und hoben leuchtend die Fackeln. Es blinkte im Grase. Da lag der Ritter, ohne sich zu regen.

Der Schütze trat heran und musterte mit raschem Blick von Kopf zu Fuß den Panzer. »Es hat den Helm getroffen,« sagte er und wies auf eine tiefe, von strahlenförmigen Rillen durchsetzte Beule in dem Eisenhut, »aber durchgeschlagen nicht. Der Ritter ist nicht tot und nicht gequetscht. Der Kugelschlag hat ihn betäubt.«

»Ich hör' ihn unter dem Visier schnaufen!« bestätigte einer der Reisigen, und der alte Kriegsknecht faltete fromm die Hände: »Wir haben Herrn Geyer gefangen und bekommen Ehre und Lohn vom Bunde!«

»Wer weiß, ob es der Geyer ist!« Der Schütze bemühte sich umsonst, das durch die Kugel verbogene Visier zu öffnen, »Wir wollen warten, bis er bei sich ist, und ihn dann zu Herrn Jörg ins Lager führen.«

XXII.

»Lasset zu den Heerespauken alle Drommeten aufblasen«, befahl, am Boden neben dem Feuer ausgestreckt und das von einem Degenstich beschädigte Bein auf einen Sattel gebettet, Herr Jörg, der Truchseß. »Heut kann das Kriegsvolk fröhlich und guter Dinge auf der Walstatt lagern, wir haben den Sieg hier und allenthalben!«

Er hielt einen erbrochenen Brief in der Hand, den ihm ein Bote gebracht, und ein finsteres Lächeln überlief sein Gesicht, wie er zu den sich neugierig um ihn drängenden Großen aufsah. In denen allen wogte und zitterte noch die Erregung des Kampfes nach. Zwar die Panzer hatten sie abgelegt und Lanze und Schwert den Buben gegeben, die ihnen in die damastenen Schauben und kostbaren Pelze halfen. Aber die Flammen beschienen verwilderte, verwüstete Gesichter. Die mörderischen Wochen zwischen Ostern und Pfingsten hatten ihre Spuren darin eingegraben, wie ein Widerschein des stromweise vergossenen Blutes spiegelte sich das Lagerfeuer auf den roh gewordenen, von ungepflegtem Haar umbuschten Zügen der weltlichen Edeln, auf den grausam kalten, scharfgeschnittenen Köpfen der hohen Pfaffheit.

Noch einmal blickte der verwundete Bauernjörg in der Runde über alle die schweratmend ihn umstehenden Gestalten, hünenhafte Ritter und abgezehrte Mönche, schmächtige, junge Grafen, feiste Deutschherren und massige Kirchenfürsten. »Lobet den Herren!« sprach er feierlicher, als sonst die Art des rauhen Kriegsgewaltigen war. »Mit seiner Hilfe ist die jämmerliche und gefährliche Rebellion des gemeinen Bauersmannes nunmehr gestillt. In Schwaben und Franken haben wir heute den Ernst so richtig fürgewendet, daß die aufrührerischen Gesellen sich verloren, verloffen und verzettelt haben, ihr oberster Prinzipal aber, der Florian Geyer, vor Tag und Tau in jenem Wäldchen seine Seele Gott befehlen muß. Aus Thüringen aber schicken mir die Sachsenherzöge eben eine geschwinde und frohe Zeitung: Bei Frankenhausen sind sie unter ihr mutwillig Volk gefallen, haben solcher Bauern an die elf Mille erlegt, die anderen auseinandergetrieben, und Thomas Münzer, den verkehrten Pfaffen, gefangen und gerichtet. Und ebenso trefflich hat der hochwürdige Fürstbischof von Salzburg wider die Seinen gehandelt. Ehe der Mond um ist, steht die Obrigkeit wieder aufrecht und unverzagt vom Thüringer Walde bis Tirol!«

Rings im Lager, durch das eilends die Botschaft der Feldherrn lief, gellten und schmetterten die Trompeten, in donnerndem Wirbel hallten die Pauken zu Trommelgerassel und Schwertergeklirr, ein tausendstimmiges, rauhes Jubelgebrüll rollte in mächtigen, sich immer erneuernden Wogen durch die Nachtluft dahin. Nicht nur die Edeln und ihre Knappen jauchzten und falteten die noch vom heißen Schwertschwung zitternden Finger. Auch die Landsknechte johlten. Feuergarben knatterten aus den Fähnlein der Bundesschützen zum Himmel auf, und ganz in der Ferne, vom Troß her, klangen Gezeter, schrille Stimmen und Hundegekläff zusammen.

In all dem Lärm sahen es die Edeln plötzlich mit Erstaunen, daß ein Weib in ihrer Mitte stand. Ein blondes, junges Weib hier im Feldlager, an dessen Rande schon das Grauen der Walstatt begann und Blutdunst und Pulverqualm über zertrampelten Gefilden brüteten, das war so seltsam, daß alle die grimmen Kämpen in der Runde verstummten, neugierig, was des Freiherrn von Wolframsteins Witwe in der Nacht, nur von einem geringen Troßbuben begleitet, in die Runde der Männer trieb.

»Frau!« sagte der greise Graf von Montfort ärgerlich, »was ficht Euch an? Das Frauenzimmer und der Krieg – das schickt sich eins nicht ins andere. Habt Ihr vergessen, wie ich heute morgen gesprochen hab': ›Es setzt einen heißen Tag! Bleibt in Eurem Zelte in der Wagenburg und betet für uns um Sieg!‹«

»Ich hab' gebetet den ganzen Tag!« erwiderte Madlene. »Aber nehmt es günstig, ihr Herren: für euch so wenig wie für die anderen! – Nur für einen hab' ich gebetet.«

Der Truchseß richtete sich halb am Boden auf. »Daß man den Geyer fängt? Da seid allerdings frohgemut! Der schwarze Haufen wird keine Weibertreu mehr stürmen und dem Adel kein anderes Weinsberg bereiten. Sie haben ihr Teil dahin! Euer Herr und Eure Brüder, für die Ihr mit uns gezogen seid, die sind gerächt dort drüben im Ingolstadter Schloßlein.«

»Ich weiß!« Madlene atmete schwer. »Um Mittag war's, da entstand in der Wagenburg das Geschrei: ›Es geht hitzig wider die Geyerschen! Die Geyerschen haben sich in einem alten Gemäuer verterraßt und wollen sich gutwillig nicht geben, sondern der Handel hat ein strenges und hartes Ansehen!‹ Da hab' ich nicht hinschauen mögen, sondern mich hingeworfen aufs Stroh und die Hände gerungen und gebetet in meiner Not, bis daß es Abend ward!«

»Frau! Euer Gebet war uns fruchtbarlich!« nickte spöttisch der Truchseß.

»Da kam Hans Waldvogel, der Bub', zurück,« fuhr Madlene fort, »und sprach: ›Den Florian Geyer können sie nicht erlangen, viele liegen tot in Ingolstadt, aber es ist kein Ritter darunter.‹ Da hab' ich tief Luft geholt und die Gnade des Herrn gepriesen. Die hat mir den am Leben bewahrt, für den ich alles auf mich genommen hab', Kriegsnot und Schrecken und Mühsal, und die Lüge zu Euch, als wollt' ich wie eine wütige Heidin und nicht wie eine Christin zuschauen, wie Ihr die Bauern straft! Nein, Herr Jörg, das hab' ich für den allein getan, den jetzt, wie ich berichtet bin, dort im Wäldchen Eure Reisigen mit den letzten Geyerschen bewachen, für den Felix von Trugenhoffen!«

Zorniges Gelächter und höhnende Zurufe der erhitzten Edlen ringsum war die Antwort. Der Truchseß gebot mit der Hand Schweigen. »Ihr wäret besser im Kloster geblieben —« sagte er kurz, »als uns hier in diesen beschwerlichen Läuften mit Liebeshändeln zur Last zu fallen. Trauert um Euren Herrn! Das gebührt sich. Aber es gebührt sich nicht, daß Ihr um den Trugenhoffer trauert, wird der morgen im Wäldchen ergriffen, so hat er verspielt, mag's Euch leid sein oder nicht!«

Da lachte Madlene, daß der Ritter Montfort neben ihr sich entsetzte und meinte, der Schrecken habe ihr den schönen Kopf verwirrt. Aber sie war ganz ruhig.

»Er hat nicht verspielt,« sagte sie zum Truchseß, »darum, Herr Jörg, bin ich ja eben hier, um es zu hindern!«

»Ihr seid unsinnig, Frau! Womit denn?« Madlene beugte sich über ihn. Er sah unter dem Gewirr goldener Strähnen ihre blauen Augen frohlockend auf ihn herabglänzen.

»Mit Eurem eigenen Wort, Truchseß!«

Der Bauernjörg antwortete ihr nicht. »Man soll kein Weib in Männerhändel hineingeraten lassen,« sagte er zu den Umstehenden, »der Weiber Vernunft ist zu schwach! Sie fassen's nicht und kommen jämmerlich zu Schaden!« Und sich zu Madlene wendend fuhr er barsch fort: »Schwatzet Ihr nicht in den Tag, wie der Dimpel dampelt, sondern meldet mir klipp und klar: wann hab' ich's Euch versprochen, daß dem Trugenhoffer nichts widerfahren sollte?«

»Vorgestern!« erwiderte Madlene. »Als ich am Wege gestanden bin und Euch gebeten hab', in Eurem Zuge mitreisen zu dürfen gen Würzburg. Da habt Ihr mich getröstet und Euch vernehmen lassen, wie's der Montfort und viele Herren von des Vundes Rennfahne gehört haben: ›Die Euren sollen gerächt werden!‹ habt Ihr mir zugesagt, ›Ihr habt Schweres von den Bauern erlitten. Darum, wenn wir einen treffen, der mit bei Weinsberg unter den Bauern war, der sich feindselig gehalten hat zu Eurem Herrn und Euren Brüdern oder Euch selbst gekränkt, dem soll die Strafe werden, die Ihr bestimmt und schätzet!‹«

Der Truchseß schüttelte den Kopf. »Was um Jesu willen hat das mit dem Trugenhoffen zu tun?«

»Ei — war er nicht mit bei Weinsberg unter den Bauern?« fragte Madlene erstaunt. »Hab' ich ihn doch selbst gesehen im kurzen Haar und Bettlerkleid! Hat er sich nicht böslich zu meinem Herrn und meinen Brüdern verhalten, ihnen auf dem Heidelberger Marktplatz recht wie ein unsinniger Mann vor Seiner Gnade, des Pfalzgrafen, Augen den Handschuh hingeworfen und Fehde angesagt? – Und hat er mich nicht bitter gekränkt und ist mir bei Nacht und Nebel zu den Bauern entritten und hat doch gewußt, wie ich ihm in meinem Herzen gesinnt bin! Also, wie Ihr's gewollt habt, so hat er gehandelt, und es ist mein gutes Recht!«

»Nein!« sagte der Bauernjörg. »Das ist es nicht. Ich hab' von der Strafe gesprochen und nicht von der Gnade. Die ist jetzt nicht am Platz!«

»Glaub's gern,« Madlene kniete neben ihm nieder, »daß die Obrigkeit jetzt sich nicht glimpflich halten darf. Ich aber bin bloß ein Weib und halte es mit Herrn Jesus Christus, unserem

Seligmacher. Der aber, wie mich die Klosterfrauen schon als junges Kind gelehrt haben, hat sich niemals und an keinem gerächt, sondern seinen Feinden verziehen!«

Darauf wußten die Ritter einen Augenblick nichts zu erwidern. Der Bischof von Eichstätt aber legte seine Hand auf Madlenes Schulter. »Ihr seid da wohl belehrt, liebe Tochter,« sprach er, »aber daß Ihr der Lehre rechten Sinn begreift, also wisset –«

Madlene wandte flüchtig den Kopf zu ihm empor: »Ihr habt Blutstropfen auf Eurer Kutte, Ehrwürdiger, Günstiger!« sagte sie. »Wie soll ich Euch da als geistlichen Vater schätzen und ehren? Es ist ja Eures Bruders Blut. Wie mich die Klosterfrauen gelehrt haben als junges Kind, soll ein Christ seinem Nächsten ein Bruder sein, und Ihr, sagen sie im Lager, erstecht die armen Sünder mit Eurer eigenen geweihten Hand!«

Zornig wandte sich das gelbe Männchen ab. Auch der Truchseß ward ärgerlich. »Es ist genug gegackert,« erklärte er, »ich halt' mein Wort, wie ich's meine – nicht wie Ihr es dreht!«

Madlene fuhr empor. »Eines Edelmannes Wort!« rief sie. »Herr Jörg – das habt Ihr übel gesprochen – und es würde Euch übel ausgehen! Glaubt nicht, daß ich still bin. Ich trag's herum im Lande. Dort ist genug Erbitterung über Eure Blutgier. Ich bericht' es allen Vettern und Schwägern vom Adel, daß der Truchseß sein Wort gebrochen hat, bloß um einen ehrlichen Ritter, der einen Tag nur bei den Bauern war, zu verderben, wo er doch den Götz von Berlichingen, der der Bauern Hauptmann war, geruhig in seinem Hause Hornberg sitzen läßt und manchen anderen, der schon vor Monden in die evangelische Brüderschaft geschworen hat. Nach Hispanien will ich reisen und mich vor des Kaisers Majestät niederwerfen und ihm anzeigen, wie ihm der Bund sein deutsches Land ausbrennt, daß bald nichts mehr übrig bleibt.«

Sie mußte abbrechen. Die Stimme versagte ihr. Aber ohne es zu ahnen, hatte sie einen wunden Punkt bei dem Truchseß getroffen. Der wußte genau, wie viele ihm sein schonungsloses Verfahren zur Last legten. Und zudem war ihm, dem starren Edelmann, der Gedanke, einen Ritterbürtigen richten zu lassen, von Grunde zuwider. Er hatte es bisher stets vermieden und nur gegen die Bauern gewütet.

Hans Landschad, der kluge pfälzische Rat, beugte sich zu seinem Ohr. »Lasset der Frau ihren Willen«, flüsterte er. »Ist ja ein Streit um nichts! Es ist am heutigen Tage kein Gefangener gemacht worden, denn die Schwarzen geben keine Gnade und nehmen keine. So werden's die im Wäldchen morgen auch halten, und der Trugenhoffen wird fallen, man mag ihn retten wollen oder nicht.«

Der Bauernjörg nickte und lächelte Madlene grimmig zu. »Es ist gut, Frau! Ich hab' mein Wort leichthin gegeben und muß es büßen! Wird der Ritter gefangen, so soll er los und ledig sein und es bleiben, vier Wochen ab vom morgigen Tag, und reichlich Frist haben, sich für immer aus dem Land des schwäbischen Bundes hinwegzutun, in die Eidgenossenschaft oder wohin er sonst mag!«

Gemurmel erhob sich vor den Rittern und Herren in der Gasse der Lagerfeuer. Es kam rasch heran. Ein paar Reisige rannten den dunklen Gruppen voraus. »Sie sind ausgebrochen!« schrien sie schon von weitem. »Die Schwarzen sind aus dem Wäldchen heraus – über den Bach, und flugs fort in die Nacht.«

Ihre Stimmen verklangen in dem Zorngeschrei der aufspringenden Großen. »Der Geyer! – Ist der Geyer auch entronnen?« Pfaffheit und Ritterschaft zeterte durcheinander.

Der alte Knappe deutete auf die mit schwankenden Fackeln eilig sich nähernde Menschenschar. »Sie haben einen Geharnischten gefangen genommen. Sein Visier ist verbogen, wir wissen's nicht, ob es der Geyer ist!«

Tiefe Stille trat ein. Aller Augen starrten auf die trotzig und schwerfällig heranschreitende Panzergestalt, die die Reisigen und Schützen umringten.

»Das ist der Geyer nicht!« jauchzte eine helle Stimme. »Die Rüstung kenn' ich!« Madlene griff nach dem Helm des Gefangenen, und woran die plumpen Fäuste der Knechte sich umsonst gemüht – das gelang im Augenblick ihren behenden Fingern. Die Eisenmaske schob sich in die Höhe, und ein Ausruf des Staunens fuhr von aller Lippen.

»Weiß nicht, was die Herren heute so Sonderliches an mir finden!« sprach, ohne darauf zu achten, wer ihn befreite, Felix Trugenhoffen. »Macht's schnell! Einen Beichtpfaffen brauch' ich nicht und –«

Sein Auge fiel auf Madlene, und das Wort erstarb ihm im Munde. Die aber schlang den Arm um ihn und schaute dem Truchseß schweigend und zornmütig ins Gesicht.

Eine beklemmende Stille. Dann lachte der Bauernjörg kurz und grimmig auf. »Trugenhoffen!« sprach er. »Ich würd' Euch herzlich gern zur Stund' vom Leben zum Tode bringen – aber es geht nicht an! Ihr seid frei! Ziehet aus und nehmet die da mit, die um Euretwillen Zucht und Sitte vergessen hat.«

»Truchseß!« erwiderte Madlene ruhig. »Das hab' ich nicht! Ich will meinem Herrn in Ehren ein Jahr nachtrauern und in Ehren zum andernmal vor dem Altar stehen!. Aber sein Leben freilich hab' ich gerettet, wie er das meine, und bereu' es nicht, was ich getan!«

Der Ritter griff sich verstört an die vom Anprall der Kugel geschrundene Stirne. »Mein Kopf ist wüst,« sprach er, »ich höre einen, der mir sagt, ich sei frei – und ich sehe Euch dastehen, Madlene –«

»Ja,« sagte Madlene und faßte seine Hand, »Ihr seid frei und ich stehe bei Euch, wo Ihr bleibt, da will ich bleiben! wo Ihr hingeht, da will ich hingehen, welch Schicksal Euch trifft, selbes soll das meine sein!«

XXIII.

Ein weißdampfendes Meer braute der Morgennebel über dem Bergwald. Durch das Niederholz, über tautriefendes Gras und perlenglitzerndes junges Laub schlangen sich feine Dunstschleier, sie webten um die still dastehenden Tannenriesen, sie hingen in knorrigem Eichengeäst – Nebel überall – das seltsame kühle Grauen zwischen Nacht und Tag, das fröstelnde Erwachen der Natur in einer reglosen, lautlosen Wolkenwelt, die langsam nur dem Sonnenstrahl und Himmelsblau und dem Lärm des Tages weicht.

Hart über das schwankende Ried dahin schwebte die Eule dem Mauerschlupf zu, das äsende Hochwild auf der Halde äugte häufiger schon und ängstlicher nach seinem Erbfeind umher, und aus dem Tale, aus dem in einer Nacht verwüsteten und zerwühlten Acker eines armen Bauern, zogen sich borstige, schwerfällig dahintrottende schwarze Klumpen, die Wildsauen, in ihren Waldkessel hinauf.

Aus den Wipfeln hoch oben klang schon das erste schüchterne Zirpen und Zwitschern. Das Finkenvolk grüßte sich von Nest zu Nest, die Amseln schlugen hell, der Kuckuck rief, und aus dichtem Laub ließ der Pirol, der scheue, goldfarbene Pfingstgast, seine sanft flötende Regenmahnung vernehmen. Auf der mit einzelnen Tannen bestandenen Waldblöße strich der Auerhahn von seinem Baume ab. Eine große, schwarzgrün schillernde Kugel, bahnte er sich mit metallisch klingendem Flügelschlag seinen Weg durch die splitternden und krachenden trockenen Zweige der jungen Tannen, und erst in weiter Ferne nahm die Luftfahrt des zornigen Vogels ein Ende.

Auch das Rotwild floh. In elastischen Sprüngen huschte es bergaufwärts in das Dickicht, und ärgerlich grunzend verlor sich auf ausgetretenem Wechsel die letzte Wildsau.

Auf dem einsamen Höhenpfad aber kam langsames Hufgeklapper näher und näher. Der Nebel umflutete die drei schweigsamen Pilger, den Mann und das Weib auf schwer dahinschreitenden Rossen; der Troßbube ritt auf einem stelzbeinigen Bauernfohlen hinterher, wie im Traum ritten sie dahin, wie durch ein stilles, ernstes Märchenland, das nichts von Menschenhaß und Menschenleid weiß. Um sie herum war die heilige Ruhe des Waldes, sein reiner Hauch umwehte ihre Stirnen, sein würziger Atem erfüllte ihre Brust.

Da hinten, weit hinter ihnen lagen Zorn und Kampf und Blut. Noch zitterten durch den lachenden Vogelgesang, der ob ihren Häupten schwirrte, in ihren Ohren die Laute des Krieges nach, haßerfülltes Geschrei, Geböller und Trompetenklang, Rossegewieher und das Krachen stürzender Mauern. Aber die Schleier des Nebels lagen dazwischen, Sie waren davon geschieden für immer. Sie sollten diese Menschen nie wiedersehen und das Land nicht, den schönen Gottesgarten mit seinen Rebenhängen und den grün wogenden Saatfeldern, mit seinen blauen Flüssen und altersgrauen Städten, mit den rauschenden Wäldern und den Trümmerhügeln am Bergfuß, die einstmals ihre Burgen gewesen.

Und vor ihnen der Nebel, die Wolkenwand, die ihnen die Zukunft verhüllte. Aber des Ritters suchendes Auge durchdrang die grauen Schwaden. Er sah es dahinter in die Lüfte ragen, in ewigem, von finsterem Tannenforst und grünen Almen umkleidetem Schnee, er sah dort in der Fremde den Frieden.

Sich aufrichtend musterte Herr Felix mit dem scharfen Blick des Kriegsmannes eine Fußspur, die in großen Abständen quer über den feuchten Lehmpfad führte.

»Da ist einer der Geyerschen gelaufen,« murmelte er, »solche Sprünge macht nur, wer um Leib und Leben läuft.«

»Der ist von den anderen abgekommen?« fragte Madlene.

Ritter Felix schüttelte das Haupt: »Sie haben sich alle getrennt. Im dicken Haufen kann man nicht ziehen, wenn man so hitzig verfolgt wird!«

»Und der Geyer selbst?«

»Der ist noch unverzagt wie je!« Der von Trugenhoffen wies über das Tal hinüber. Das Sonnenlicht durchbrach schon in blutigen Strahlen das milchige Gewölk, und durch dessen vergehenden Schleier hob sich undeutlich auf dem jenseitigen Hügel, in rötlichen, wie aus Feuer gewebten Umrissen ein türmereiches stolzes Schloß.

»Das ist Haus Rimpar!« fuhr der Ritter fort. »Gehört Wilhelm Grumbach, des Geyers Schwager, von dem will er sich Pferde holen und weiter ins Rothenburgische reiten!«

»Dort aber werden sie ihn greifen –«

»Den Geyer zu greifen, ist kein leichtes Stück! Sein Name ist bei der Bauernschaft gewaltig wie zuvor, wo er sich zeigt, da werden sie ihm von neuem zuströmen. Noch gibt es wehrhafte Männer zu Tausenden und aber Tausenden im Taubergrund, um einen anderen schwarzen Haufen aufzuwerfen und, was von versprengten und Geächteten in den Wäldern liegt, an sich zu ziehen!«

»Die Fürsten aber werden auch in die neuen Haufen fallen!«

»Die Fürsten,« sprach Ritter Felix, »haben ein einziges Heer! Und so sorgsam und trefflich Herr Jörg, der Bundesfeldherr, ist, so hat er doch schon auf seinen Zügen wohl ein Drittel seines Volkes, eine Menge Ritter und noch mehr Pferde verloren. Neue Knechte kann er nicht werben. Denn des Bundes Kassen sind leer. Und woher soll er neue Ritter und neue, wohlgerüstete Streitrosse nehmen? Wer den schweren Harnisch nicht von Jugend auf gewohnt ist, sei's Mann oder Pferd, kann ihn nicht tragen. Ist also dies Heer gelichtet und geschwunden, so haben die Herren kein anderes mehr. Der Bauern aber gibt es mehr als Fliegen im Sommer. Sie können, wenn sie dem Geyer folgen, den Fürsten immer neue Haufen unters Gesicht führen und sie überwältigen. Und darum wird im Bunde keiner seines Herzens froh, solange der Geyer lebt.«

Mit raschem Zügelriß hemmte er sein Roß. »Haltet still!« flüsterte er. »Es trabt unter uns ein reisiger Zug den Talweg herab, – ich hör's, wie die Pferde eilends laufen. Da kommen sie schon auf die Achtung heraus.«

Es war ein kleiner Reitertrupp, der in den Sätteln geduckt und schweigsam wie auf der Flucht dahinsprengte, ein halbes Dutzend Knappen mit verstörten Gesichtern, dann ein paar Rosseslängen dahinter ihr Herr. Sein Antlitz war erdfahl, es lag wie Entsetzen um den halboffenen Mund. Sich im Sattel umwendend, warf er ab und zu einen scheuen Blick nach rückwärts, der Höhe zu, von der sie herabkamen, und richtete dann wieder, den Hengst spornend, die Augen starr auf das in der Ferne ragende Schloß.

Hinter den Büschen sahen die oben dem Zuge nach, bis er im Tannenforst verschwand. Dann erst wagte es Felix von Trugenhoffen zu sprechen.

»Ich kenne den da unten!« flüsterte er heiser. »Es ist der Grumbach, des Geyers Schwager.«

»Warum eilt er so geschwinde in sein Haus zurück?«

Ritter Felix antwortete nicht gleich, sondern verharrte in finsterem Sinnen, wahrend sie weiterritten. »Der Grumbach war tief in den Bauernhändeln verstrickt!« sagte er endlich. »Darum haben ihm die Aufrührer sein Schloß stehen lassen. Nun ist es dem falschen Manne vor dem Gericht der Fürsten bange – mag sein, daß er den Geyer dort oben auf der Lichtung getroffen und ihn seiner Wege gewiesen hat.« Er setzte sein Roß in Galopp. »Gott gebe, daß wir auf der Waldblöße nichts Arges schauen!« –

Eine einzelne, hohe Eiche stand in der Lichtung. Das Gras im Schatten des alten Baumes war im Halbkreis niedergetreten und in den Boden gestampft. Man sah es von weitem, daß hier ein Kampf stattgefunden hatte, zwischen einem Manne, der, den Rücken an die Eiche gelehnt, sich tapfer gewehrt, und einer Überzahl von Angreifern. Und als sie näher kamen, erkannten sie den Mann. Herr Florian Geyer lag lang auf blutbetautem Rasen, das zerbrochene Schwert in der Rechten, aus erloschenen Augen zum Himmel aufschauend, von dessen Blau, in warmen Fluten niedersteigend, die goldene Maiensonne den Leib des Recken verklärte. Mit seinem Blondbart spielte der Frühlingswind, und aus allen Zweigen geleitete silberner Vogelgesang seine Seele hinauf zum ewigen Frieden.

Sie waren vom Pferde gestiegen und hatten die Hände gefaltet.

»Für deine Seele, Bruder Florian –« sprach Ritter Felix, »für die brauch' ich armer Sünder nicht zu beten. Die ist gerettet und im Licht. Denn es war eine reine und edle Seele, die nichts für sich gewollt hat und für die anderen das Beste! In dieser Zeitlichkeit hienieden hat dich der Grumbach erstochen, daß ihm sein Häuslein da drüben von den Fürsten ungebrochen bleibt. Aber tot bist du uns nicht, Bruder Florian, und wirst's deutscher Nation nicht sein, was du gewollt hast – ein frei und wahrhaft einiges Deutschland unter seinem Kaiser – das muß den Besten am Herzen liegen, solange wir ein solch zerrissenes und betrübtes deutsches Land haben – und wer's gewinnt, darf deiner nicht vergessen.«

XXIV

Das Gepolter der den Abhang niederkollernden Steine weckte die Ziegenhirten aus dem trägen Halbschlummer, in dem sie, im würzigen, warmbesonnten Berggras zwischen Edelweiß und Raute hingestreckt, ihre meckernde und glockenlautende Herde ohne Aufsicht die Halde hinabweiden ließen.

Die verwetterten Gesellen fuhren auf. Ein Fluch in ihrer rauhen, anderen unverständlichen Sprache lag auf ihren Lippen. Aber fast zugleich schon duckten sie sich wieder am Boden hin und schlichen wie die Katzen ihren Geißen nach, ehe der da droben ihre Saumseligkeit bemerkte.

Denn der da stand und mit einer Wendung seines eisenbeschlagenen Bergschuhs das Geröll gelöst hatte, das war der Herr dieses weltentlegenen Schweizer Tals.

So wie der sehnige Greis, dem Alpenkönig der Volkssagen gleich, von schwindelndem Felsvorsprung das Adlerauge spähend in die Tiefe gleiten ließ, während der Wind ihm den langflatternden weißen Bart zauste und sein Leib, stark und behend wie der eines Jünglings, sich auf den Bergstock gestützt über den Rand bog, so hatten seit undenklichen Zeiten seine Vorfahren dies einsame Hochtal als ihr Eigen zu ihren Füßen liegen sehen, diese lange, tannenschwarze Waldesnacht da unten, aus der erst an wenigen Stellen das freundliche Grün bewässerter Wiesen leuchtete und dünner bläulicher Rauch vom Schornstein sich über steinbeschwerte Schindeldächer dahinkräuselte.

Von jenem ersten römischen Zenturionen ab, der hier sein Heim nach mühevollem Kriegsdienst aufschlug, bis zur heutigen Stunde, hatten die Herren a Porta wenig Muße gefunden, mit Axt und Pflug die Wildnis ihres väterlichen Erbes zu bannen. Es hatte sie Hinausgetrieben in die Welt, in Stürme und Abenteuer und des Feldlagers bunte Wechselfälle, aus deren unstetem Meer doch immer wie eine Insel im Abendfrieden die Heimstätte der a Porta, Schloß Guardaval da unten, dem müden Manne winkte.

So hatte auch er es gehalten! In seltenen, jahrelangen Zwischenräumen nur erschien er, ein wortkarger, sonnengebräunter und seltsam gekleideter Fremdling, im Heimatstal und brachte mit, was man da draußen als Hauptmann der eidgenössischen Reisläufer von Fürsten und Städten zum Lohn gewann, flammende Narben und gleißendes Gold.

Das Gold bargen sie in dem Steinturm, der seit dämmergrauenden Langobardenzeiten an des Tales Pforte stand; von den Narben erzählte er kurz und trocken des Abends der Sippe bei flackerndem Kienspan, von Kämpfen in der Fieberluft der Campagna und den lachenden Feldern der Lombardei, vom Tode Karls des Kühnen und seiner burgundischen Ritterschaft bei Nancy und den Ritten Friedrichs des siegreichen von der Pfalz an der blütenweißen Bergstraße. Und bald hatte es ihn wieder davongezogen, wie es den Bergadler über Täler und Höhen treibt. Jubel empfing den verwitterten Edlen im Lager, und die Reisläufer, das harte Kriegsvolk, das für schweres Geld sein Blut und Leben jedem fehdelustigen Fürsten in Europa zu verkaufen gewohnt war, freuten sich, daß nun wieder Herr Schlaginhauff, wie sie den grimmen Helden nannten, an ihrer Spitze die Feinde niedermähen würde.

Das tat Herr Schlaginhauff a Porta redlich und seinem Eid getreu, bald für den Kaiser, bald für den Frankenkönig. Aber mählich kam selbst über ihn das Alter. Er freute sich nicht mehr wie sonst am Rosse, und der Trompetenschall fand seine Ohren taub. In ihnen lockte und klang etwas anderes: das Glockenlauten weidender Herden, das Rauschen des die Hänge niederfahrenden Föhnsturmes, das Plätschern der milchigen Wildwasser und ferner Lawinendonner – alle die alten, schon dem Kinde vertrauten Laute der Heimat, und über ihn kam das Heimweh, das noch keinen seines Volkes verschont.

In der Ruhe dort zu leben im einsamen Waldtal, das sein war, so weit der Falke über die grünenden Wipfel auf Raub strich, den ewigen Schlaf in der Erde zu finden, die auch seine Vorfahren umfing, im Glanz weißleuchtender Zinnen und der heiligen Pracht des Alpenglühens – das wuchs mehr und mehr in ihm, bis zur Sehnsucht, bis zum leidenschaftlichen Verlangen.

Und nun gerade hatte er sich in einen Feldzug voll Mühe und Gefahr begeben! Er focht mit Sickingen und seiner Ritterschaft wider die weltlichen und geistlichen Fürsten am Rhein. Und ein Abend kam – schon war Sickingen geächtet und alles verloren – da umschlich auch ihn der Tod. Beim Rückzug von einem Ausfall in den Landstuhl war er verwundet liegen geblieben. Über die Böschung, an der er lag, tauschten auf und nieder die Sickingschen von oben, die Fürstlichen von unten, ihre Kugeln. Ohne eigene, schwerste Gefahr konnte ihn keiner retten. Er fühlte sein Leben verbluten, und in Verzweiflung kam ihm der Gedanke, daß es vorbei sei mit dem Traum seines Alters, daß er niemals den Abendfrieden von Guardaval genießen würde.

Da war einer unter dem hitzigen Geböller des Feindes stillschweigend aus der Burg herabgestiegen, hatte ihn unter den Armen gepackt und mit nervigen Fäusten bergaufwärts und in die Ausfallpforte hineingezerrt.

Ein Jahr war seitdem vergangen. Daß ihm dieses Jahr hier in der Heimat beschieden war, daß ihm noch manche andere folgen würden, ehe sein eisenharter Leib der Zeit erlag, das dankte er dem Ritter vom Landstuhl, den er seitdem nicht wiedergesehen.

Mit markigen Schritten stieg er zu Tal, die Armbrust über der Schulter, die erlegten Berghasen am Gürtel, und wie immer glitt ein fröhliches Lachen über sein Gesicht, als er, aus dem Tannenforste tretend, Guardaval, sein gutes Haus, im Kranze grüner Matten vor sich liegen sah.

In den paar Jahren seines Lebens, die er, um Wunden zu pflegen oder die seltene und unerwünschte Zeit der Waffenruhe in allen Landen verstreichen zu lassen, im Elternschlosse zugebracht, hatte er sich verheiratet und sein Haus begründet. Die längst herangewachsenen Söhne sah er selten, die fochten bei Pavia oder fuhren im Mittelmeer wider die algierischen Piraten und statteten ihm allenfalls, wenn wieder einmal um des nahen Mailands Mauern der Tanz mit Schwertern und Kartaunen losging, aus eigenem Munde Meldung über die letzten Kriegshändel ab. Aber die Töchter, die Schwiegertöchter, die Enkel, die alle zusammen füllten die mächtigen, von den Jahrhunderten geschwärzten Giebelhäuser, und reges Leben herrschte allezeit im Schloß Guardaval.

Aber heute noch mehr als sonst. Schon aus der Ferne unterschied sein scharfes Auge einige ihm fremde Gestalten vor dem Haustor, Reisende, die wohl aus weiter Ferne kamen; das zeigten ihm beim Nähertreten die Magerkeit der Rosse, die verblichenen, staubbedeckten Kleider und die schwere deutsche Rüstung des Mannes.

Der erhob sich bei seinem Nahen. »Gott zum Gruß, a Porta!« sprach er. »Und ehe ich unter Euer Dach trete, antwortet mir: wißt Ihr noch, was Ihr mir vorm Jahr auf dem Landstuhl gesagt habt?«

Odysseus a Porta umfaßte mit eisernem Druck die Hand des Ritters: »Ich hab’ Euch gesagt, daß ich Euer Freund und Vater sein will, Trugenhoffen, all die Jahre, die ich noch lebe! Denn die Jahre sind nicht anders, als mir von Euch gegeben und geschenkt. Und nun ist’s an mir, zu fragen: Wo kommt Ihr her und wer verfolgt Euch?«

»Mich verfolgt niemand,« sagte der Trugenhoffer, »aber mein Schwabenland darf ich nicht wiedersehen und habe keine Heimat mehr. Bei Euch suche ich eine neue Heimat und ein neues Leben.«

»Trugenhoffen!« Der Alte schaute ihn ernst an. »Ihr seid ein deutscher Ritter, hier oben aber wohnt ein freies Volk. Es gibt keine Fehden von Burg zu Burg und keine Turniere, keine Fronen und keine Hetzjagd übers Saatfeld, wie bei Euch im Reiche.«

Der andere schüttelte den Kopf. »Ich bin kein Ritter mehr. Die Ritterschaft ist tot. Jahrhundertelang hat sie geblüht und Deutschland überschattet und noch einmal in unseren Tagen fröhlich gesproßt, wie eine alte Eiche die letzten Frühlingszweige treibt. Ich seh’ die Eiche fallen und Deutschland mit ihr, der Fürsten, Pfaffen und Franzosen Raub. Denen allen will ich nicht dienen, sondern mir und den Meinen, auf freiem Boden und in freiem Volke.«

A Porta wies zu dem Tannenforste hin, der über ihnen im Tale aufstieg. »Uns tun kräftige Arme not! Der Urwald gehört dem, der ihn ausrodet, der zwischen Baumstümpfen den Pflug gehen läßt, der die Bergwasser einfängt und Reben pflanzt, wo jetzt Brennnesseln und Farnkraut wachsen, der den Bären in seiner Kluft erschlägt, damit das Vieh in Ruhe weiden kann –«

»Und nichts mehr weiß von einem Tal,« sagte der von Trugenhoffen finster, »wo auf jedem Fels ein zerfallenes Raubnest steht und an jedem Bach ein unnütz Kloster und dazwischen in armen Hütten ein armes, wehrlos Volk. Wollt Ihr mir helfen, so will ich den Gedanken daran abtun.«

Odysseus a Porta hatte nach den Pferden hinübergesehen. »Daß Ihr einen Roßbuben habt mitreisen lassen, ist Brauch! Aber wie ist's dort mit dem jungen Weib bestellt? Ist's Eure Frau?«

»Führt mich ins Haus,« erwiderte der Ritter, »dort will ich Euch alles redlich und eigentlich berichten!« – –

Mit großen Augen sah Madlene, indessen die beiden im Hause Guardaval eingetreten waren, auf die Alpenpracht rings umher. Die fernen Eiszinnen, die weißleuchtend vor dem tiefen Blau des Sommertages standen, die in Silberstreifen niedergleitenden Waldbäche, deren Rauschen mit dem sanften Geläute der Herdenglocken die saftiggrünen Bergmatten erfüllte, die reine kalte Höhenluft, die über jäh abstürzende, mit Tannen bis zu schwindelnder Höhe hinauf bestandene Felsenwände herabstrich, und in der gerade über ihrem Haupt als zwei kaum sichtbare schwarze Punkte ein Adlerpaar kreiste, – die ganze Gebirgswelt, durch die sie in Hoffen und Bangen nun schon seit Wochen zogen, erschien ihr immer noch wie ein geträumtes, wundersames Land.

Und auch die Menschen, die so rauh und aufrecht einherschritten, die Dörfer, die schutzlos und behäbig sich in weitverstreuten einzelnen Häusern über die Wiesengründe dehnten, während über ihnen der Sturm durch zerstörte Zwingburgen pfiff, die Straßen, auf denen man bei mahnendem Hufgeklapper ruhig weiterritt, statt zur Wehr zu greifen und eines raubenden Heckengesellen gewärtig zu sein – das alles war so unerhört, so ganz anders, als sie es in dem verrotteten Gemäuer der Heerdegen, dem finster ragenden Wolframstein geschaut, daß sie ganz still dasaß, in geduldiger Ruhe ihres Schicksals harrend.

Schwere Schritte schreckten sie aus ihren Träumen auf. Odysseus a Porta stand vor ihr und zog sie freundlich zu sich empor. »Meine Töchter wollen Euch grüßen!« sagte er und wies auf die Frauen, die ihm gefolgt waren. »Nehmt ihre Hand und geht mit ihnen in mein Haus. Es soll Euer Haus sein ein Jahr lang. Das Jahr denkt an Euren verstorbenen Herrn, wie's einer christlichen Ehefrau geziemt. Der da aber,« – er schlug Felix von Trugenhoffen mit seiner stählernen Faust auf die Schulter – »der legt seinen Helm und Harnisch ab und nimmt für solche Zeit von Euch Urlaub! Er geht nicht weit von hier. Wenn Ihr oben im Bergwald die Tannen krachen hört und die Wagen knarren, in denen meine Männer und Rosse ihm hinaufführen, was er braucht, dann denkt: er zimmert rüstig mit den Meinen Euer Haus, und jeder Axtschlag, den er führt, und jeder Spatenstich im Moosgrund dient Eurem Glück und Heim, das ihr nicht anderen Menschen mit dem Schwert, sondern Wolf und Wildnis mit Pflug und Schaufel ehrlich abgewinnt.«

Er schritt mit seinen Frauen ihnen voran durch das Tor von Guardaval, an dessen Wölbung ein alter Spruch in das geschwärzte Holz geschnitzt war.

»Ich komme, ich weiß nicht, woher, Ich gehe, ich weiß nicht, wohin, Ich bin, ich weiß nicht, wo, Wie kommt es, daß ich fröhlich bin?«

»Wie kommt es, daß wir fröhlich sind?« wiederholte Madlene leise.

Der neben ihr lachte: »Weil wir den Hafen gefunden haben! Darum, Madlene, sind wir fröhlich und wollen fröhlich schaffen für uns und die nach uns sein werden.«

www.ingramcontent.com/pod-product-compliance
Lightning Source LLC
LaVergne TN
LVHW050653200726
843506LV00010B/1504